피터 팬

클래식 보물창고 29

피터 팬

펴낸날 초판 1쇄 2014년 6월 30일
지은이 제임스 매튜 배리 | **그린이** 프란시스 던킨 베드포드 | **옮긴이** 원지인
펴낸이 신형건 | **펴낸곳** (주)푸른책들 | **등록** 제321-2008-00155호
주소 서울특별시 서초구 양재천로7길 16 푸르니빌딩 (우)137-891
전화 02-581-0334~5 | **팩스** 02-582-0648
이메일 prooni@prooni.com | **홈페이지** www.prooni.com
카페 cafe.naver.com/prbm | **블로그** blog.naver.com/proonibook

ISBN 978-89-6710-378-9 04800
＊잘못된 책은 구입한 곳에서 바꾸어 드립니다.

이 도서의 국립중앙도서관 출판시도서목록(CIP)은 서지정보유통지원시스템 홈페이지(http://seoji.nl.go.kr)와
국가자료공동목록시스템(http://www.nl.go.kr/kolisnet)에서 이용하실 수 있습니다.
(CIP제어번호: CIP2014015267)

보물창고는 (주)푸른책들의 유아, 어린이, 청소년, 문학 도서 임프린트입니다.

Peter Pan

피터 팬

제임스 매튜 배리 지음
프란시스 던킨 베드포드 그림 | 원지인 옮김

보물창고

차 례

1. 피터 팬이 나타나다 • 7

2. 그림자 • 21

3. 빨리 가자, 빨리 • 36

4. 비행 • 59

5. 섬이 현실이 되다 • 75

6. 작은 집 • 93

7. 땅속 집 • 109

8. 인어의 호수 • 119

9. 네버 새 • 142

10. 행복한 집 • 148

11. 웬디의 이야기 • 159

12. 아이들이 잡혀가다 • 174

13. 요정을 믿니? • 181

14. 해적선 • 196

15. 후크와 피터, 결전의 날 • 208

16. 집으로 돌아오다 • 226

17. 웬디가 어른이 되었을 때 • 241

역자 해설 • 262
작가 연보 • 272

제1장
피터 팬이 나타나다

모든 아이들은 자란다. 단 한 명만 빼고 말이다. 아이들은 자신들이 언젠가 어른이 된다는 사실을 금방 알게 된다. 웬디의 경우는 이랬다. 두 살이 되던 해 어느 날, 웬디는 정원에서 놀다가 꽃을 뽑아 들고 엄마에게 달려갔다. 그때 그 모습이 무척 사랑스러워 보였던 게 틀림없다. 달링 부인이 가슴에 손을 얹고 이렇게 외쳤으니까.

"아, 웬디가 이대로 영원히 자라지 않으면 좋으련만!"

두 사람 사이에 오간 말은 그게 다였지만 웬디는 그 뒤로 자신이 어른이 될 것이라는 사실을 알았다. 이것은 두 살이 지나면 다 알게 되는 사실이다. 두 살은 끝의 시작이니까.

웬디네 집은 14번지였고, 웬디가 태어나기 전까지는 달링 부인이 그 집의 중심이었다. 그녀는 공상을 즐겼고 비웃는 듯한 입술 모양이 매력적인 사랑스러운 여자였다. 공상을 즐기는 그녀의 머릿속은 미지의 동양에서 온 조그만 상자 같았다. 상자를 열면 그 안에 또 상자가 있고, 열고 또 열어도 상자는 어김없이 또 나왔다. 그리고 그녀는 입술에 키스를 머금고 있었다. 하지만 오른쪽 입가에 보란 듯이 자리한 그 키스를 웬디조차 받아 본 일이 없었다.

달링 씨가 그녀를 아내로 얻은 사연은 이랬다. 달링 부인이 처녀였을 때 많은 청년들이 그녀를 사랑했고, 모두가 그녀에게 청혼을 하려고 그녀의 집으로 달려갔다. 하지만 달링 씨는 마차를 잡아타고 가 그녀의 집에 첫 번째로 도착했고 결국 그녀를 아내로 맞이할 수 있었다. 달링 씨는 그녀의 전부를 가졌지만 머릿속 가장 깊은 곳에 있는 상자와 입가의 키스만은 가질 수 없었다. 그는 그런 상자가 있는지도 몰랐을뿐더러 키스를 받는 것도 이내 포기해 버렸다. 웬디는 나폴레옹이라면 키스를 받아 냈을 거라고 생각했다. 하지만 키스를 받아 내려다가 잔뜩 화가 난 나폴레옹이 문을 쾅 닫고 나가는 모습이 내 눈에 선하다.

달링 씨는 웬디에게 엄마가 자신을 사랑할 뿐만 아니라 존경한다며 자랑을 늘어놓곤 했다. 또 그는 주식이니 배당이니 하는 것들에 관해 아는 것이 많았다. 물론 진짜로 아는 사람이 어디 있겠느냐마는 그는 꽤나 잘 아는 것처럼 보였다. 종종 주식이 올랐느니 배당이 줄었느니 하는 걸 보면 어떤 여자라도 그를 존경할 만했다.

달링 부인은 결혼할 때 하얀 드레스를 입었다. 처음에 그녀는 마치 게임이라도 하듯 빠짐없이 가계부 쓰는 일을 즐겼다. 방울양배추 하나도 빼놓지 않고 적더니 얼마 지나지 않아 꽃양배추 한 통이 통째로 빠지기 시작했다. 대신 그 자리에 얼굴 없는 아기 그림들을 채워 넣었다. 부인은 합계를 내야 할 때마다 아기 그림을 그려 넣었다. 그것이 달링 부인이 낸 답이었다.

가장 먼저 웬디가 태어났고 그다음으로 존과 마이클이 차례로 태어났다.

웬디가 태어난 뒤 한두 주 동안 달링 부부는 웬디를 키울 수 있을지 확신이 서지 않았다. 먹여 살릴 식구가 하나 더 늘어났기 때문이다. 달링 씨는 웬디가 몹시도 자랑스러웠지만, 워낙 명예를 중시하는 사람인지라 침대 끝에 앉아 부인의 손을 잡은 채 비용을 계산했다. 달링 부인이 애원하듯 그를 바라보았다. 그녀는 무슨 일이 있더라도 하늘에 운을 맡기고 헤쳐 나가고 싶었지만 달링 씨는 달랐다. 그는 먼저 연필과 종이부터 찾았고 달링 부인이 이것저것 제안이라도 해서 헷갈리게 하면 처음부터 다시 계산을 했다.

달링 씨는 부인에게 이렇게 사정했다.

"이제 끼어들지 말아요. 여기 1파운드 17실링이 있고 사무실에 2실링 6펜스가 있어. 회사에서 커피를 줄이면 10실링이 절약되지. 그럼 2파운드 9실링 6펜스고, 당신한테 18실링 3펜스가 있으니까 3, 9, 7, 내 수표책에 있는 5파운드를 합하면 8, 9, 7…… 움직이지 좀 마……. 8, 9, 7에 점 찍고 7을 옮기면…… 아무 말 말아요……. 당신이 지난번 문 앞에서 그 남자에게 빌려 준 1파운드가 있으니까……. 조용히 해라, 아가……. 점 찍고 아가를…… 거 봐, 틀렸잖아! 내가 9, 9, 7이라고 했던가? 그래, 9, 9, 7이라고 했어. 그러니까 내 말은 우리가 9파운드 9실링 7펜스로 1년을 버틸 수 있느냐 하는 거요."

"버틸 수 있고말고요, 조지."

달링 부인은 이렇게 외쳤지만 웬디 편에서 무턱대고 한 말이었다. 좀 더 위엄을 갖춘 쪽은 달링 씨였다.

"볼거리도 빼먹으면 안 되지."

달링 씨는 위협에 가까운 어조로 말하고는 다시 계산을 시작했다.

"볼거리가 1파운드고, 내 생각엔 그렇지만 실제로는 30실링쯤 할지도 모르지. 가만 좀 있어 봐요. 홍역이 1파운드 5실링, 풍진이 반 기니니까 2파운드 15실링 6펜스…… 손가락 좀 움직이지 말아요. 그리고 백일해가 15실링이니까……."

그렇게 계산이 이어졌고 매번 합계가 달랐다. 하지만 결국 부부는 볼거리를 12실링 6펜스로 줄이고 홍역과 풍진을 하나로 처리하는 것으로 마무리하면서 웬디를 키우기로 결정했다.

존이 태어났을 때도 똑같은 소동이 벌어졌고, 마이클이 태어났을 때는 더욱 힘들게 결정이 내려졌다. 하지만 둘 다 잘 자랐고 얼마 지나지 않아 세 아이가 나란히 보모와 함께 미스 풀섬의 유치원에 가는 모습을 볼 수 있게 되었다.

달링 부인은 뭐든 정확한 게 좋았고, 달링 씨는 이웃들과 똑같은 게 좋았다. 그러니 그들에게 보모가 있는 건 당연했다. 하지만 달링 부부는 아이들이 마셔 대는 우유 값을 대는 것만으로도 형편이 빠듯했기에 몹시 점잔 빼는 뉴펀들랜드 개를 보모로 들였다. 나나라는 이름의 이 개는 달링 가족에게 고용되기 전까지는 딱히 주인이 없었다. 하지만 나나는 늘 아이들을 중요하게 생각했다. 달링 가족이 나나를 만난 곳은 켄싱턴 공원이었다. 나나는 시간이 날 때마다 켄싱턴 공원에서 유모차를 기웃거렸다. 그래서 조심성 없는 하녀들에게 몹시 미움을 받았다. 나나가 그들의 집까지 쫓아가 안주인에게 그들의 부주의한 행동을 고해바쳤기 때문이다.

쓰고 보니 세상에 나나만 한 보모도 없다. 목욕 시간에는 자신이 흠뻑 젖을 만큼 열심히 아이들을 씻겼고, 한밤중에는 아이들 중 누구 하나의 울음소리가 들리면 그 소리가 아무리 작아도 벌떡 일어났다. 당연히 나나의 집은 아이들 방에 있었다. 나나는 아이들의 기침 소리만 듣고도 상태가 심각한지, 목에 양말을 둘러 줘야 하는지 귀신같이 알았다. 나나는 장군풀 같은 민간요법을 고수했고 세균이니 뭐니 하는 최신식 치료법은 전부 무시했다. 나나가 아이들을 학교에 데려다 주는 모습을 보면 예의범절 교본이 따로 없었다. 아이들이 얌전하게 굴 때는 옆에서 조용히 걷다가도 딴짓이라도 하면 머리로 밀어 제 길로 가도록 만들었다. 존이 축구를 하는 날이면 운동복을 꼭 챙겼으며, 비가 오는 날에는 입에 우산을 물고 갔다.

미스 풀섬의 유치원 지하에는 보모들이 기다리는 방이 하나 있었다. 그곳에서 다른 보모들과 나나의 차이는 보모들이 벤치에 앉아 있는 동안 나나는 바닥에 엎드려 있다는 것뿐이었다. 보모들은 나나를 자신들보다 사회적으로 신분이 낮다고 여기며 본체만체했고, 나나는 보모들이 주고받는 경박한 대화를 멸시했다. 나나는 달링 부인의 친구들이 아이들 방으로 찾아오는 것을 불쾌해했다. 그러면서도 그들이 오면 먼저 마이클의 턱받이를 파란색 술 장식이 달린 것으로 갈아 준 다음 웬디의 옷매무새를 가다듬어 주고 재빨리 존에게 달려들어 머리를 매만져 주었다.

이렇게 모든 것이 잘 굴러가는 아이들 방도 없을 것이다. 달링 씨도 이 사실을 잘 알고 있었다. 하지만 때때로 이웃들이 이러쿵저러쿵하지나 않을까 불안해했다. 그는 자신의 사회적 지위를 생각할 수밖에 없었던 것이다.

나나 때문에 애를 먹는 건 이뿐만이 아니었다. 달링 씨는 가끔 나나가 자신을 존경하지 않는다는 느낌도 받았다.

"나나가 당신을 얼마나 존경하는데요, 조지."

달링 부인은 이렇게 남편을 안심시키고는 아이들에게 아빠한 테 특별히 더 잘하라는 신호를 보냈다. 그러면 즐거운 춤판이 벌어지곤 했는데 나나를 빼면 이 집의 유일한 하인인 리자도 가끔 그 춤판에 끼어들었다. 리자는 자신이 이 집에 고용될 때 열 살이 넘었다고 박박 우겨 댔지만 치렁치렁한 치마를 입고 하녀 모자를 쓴 모습이 영락없는 꼬맹이였다. 모두들 흥겹게 춤을 추는 모습이란! 누구보다 즐거워하는 사람은 달링 부인이었다. 하도 정신없이 빙글빙글 도는 통에 보이는 거라곤 키스를 머금은 입술뿐이었고, 단숨에 달려든다면 그 키스를 받을 수도 있을 것 같았다. 피터 팬이 나타나기 전까지는 세상에 그렇게 행복한 가족이 없었다.

달링 부인은 아이들의 머릿속을 정리해 주다가 피터 팬을 처음 알게 되었다. 훌륭한 엄마들은 매일 밤 아이들이 잠든 뒤 아이들의 머릿속을 이리저리 뒤적이며 낮 동안 뒤죽박죽이 된 많은 생각들을 제자리에 정리하곤 한다. 물론 그럴 수 없겠지만, 여러분이 밤에 깨어 있을 수만 있다면 이런 일을 하는 엄마를 엿

볼 수 있을 것이다. 그리고 그런 엄마의 모습은 꽤나 흥미로울 것이다. 그 모습은 흡사 서랍을 정리하는 것 같다. 아마 엄마들은 무릎을 꿇고 앉아 서랍 속 물건 가운데 몇 가지를 한참 동안 흥미롭게 들여다볼 것이다. 이건 도대체 어디서 주웠을까 궁금해하기도 하고, 예쁜 것과 그렇지 않은 것을 골라내기도 한다. 그러고 나서 예쁜 건 새끼 고양이라도 되는 것처럼 뺨에 꼭 갖다 대고 그렇지 않은 건 허둥지둥 안 보이는 곳에 집어넣을 것이다. 그래서 여러분이 아침에 잠에서 깨어났을 때 잠자리로 끌고 들어갔던 장난기와 못된 생각들은 작게 접힌 채 마음 맨 아래쪽에 놓여 있을 것이다. 그리고 맨 위쪽에는 아름다운 생각들이 아주 잘 마른 채로 쫙 펼쳐져 언제든 입을 수 있게 준비돼 있을 것이다.

여러분은 사람 머릿속 지도를 본 적이 있는지 모르겠다. 의사들은 때때로 여러분 몸의 일부분을 지도로 그리는데 그것을 보는 것도 매우 재미있을 것이다. 하지만 복잡할 뿐만 아니라 쉴 새 없이 돌아가는 아이의 머릿속 지도를 그리는 것도 보기를 바란다. 그 지도에는 카드에 기록된 체온처럼 지그재그로 선들이 나 있는데, 그것이 아마 섬에 있는 길일 것이다. 네버랜드는 섬과 같은 모습이니까 말이다. 네버랜드 곳곳은 눈부시게 화사한 색으로 물들어 있고 앞바다에는 산호초가 있으며 날렵하게 생긴 배가 떠 있다. 또 야만인들과 인적 드문 굴이 있고 재단사로 일하는 땅속 요정들이 있다. 강이 흐르는 동굴과 형이 여섯이나 있는 왕자, 곧 허물어질 듯한 오두막 한 채와 체구가 아주 작은 매부리코 노파도 있다. 이게 전부라면 그리기 쉽겠지만 그 지도에는 첫 등교일, 종교, 아버지, 둥근 연못, 바느질, 살인, 교수형, 수여 동사, 초콜릿 푸딩의 날, 멜빵 메기, 99라고 말하기(*의사가 환자를 청진할 때 폐에서 나는 소리를 더 자세히 듣기 위해서 환자에게 99(ninety-nine)를 발음하게 한다. -이하 *표시 옮긴이 주), 스스로 이를 뽑고 받은 3펜스 등도 들어 있다. 이 모든 것들은 섬의 일부이거나 그 지도 밑에 언뜻언뜻 비치는 또 다른 지도이다. 하지만 도무지 얌전히 있는 것이라곤 하나도 없으니 더욱 헷갈릴 수밖에.

물론 네버랜드는 저마다 다른 모습을 하고 있다. 예를 들어 존의 네버랜드에서는 홍학들이 호수 위로 날아다니는데, 존은 그 홍학들에게 총을 쏘았다. 한편 아직 어린 마이클의 네버랜드에서는 홍학 위로 호수들이 떠다녔다. 존은 모래밭 위에 배를 뒤집어 놓고 그곳에서 살았고, 마이클은 둥근 천막에서 살았다. 또 웬디는 나뭇잎들을 솜씨 좋게 꿰매 만든 집에서 살았다. 존은 친구들이 없었고, 마이클은 밤이 되면 친구들이 생겼으며, 웬디는 부모에게 버림받은 늑대를 애완동물로 키웠다. 하지만 가족이라서 그런지 전체적으로 보면 아이들의 네버랜드도 닮은 구석이 있었다. 섬들을 일렬로 죽 세워 놓으면 서로 '코가 닮았다'라는 식의 말을 할 수 있었다. 아이들은 이 마법의 해안에 자신의 조그만 배를 마냥 정박시켜 놓은 채 논다. 우리도 그곳에 간 적이 있다. 지금도 파도 소리를 들을 수는 있지만, 더 이상 그곳에 배를 댈 수는 없다.

즐거운 모든 섬들 중에서도 네버랜드는 가장 아늑하고 오밀조밀하다. 크기만 크고 제멋대로 뻗어 있어 모험 하나를 끝내고 또 다른 모험을 하려면 지루할 만큼 먼 거리를 가야 하는 섬이 아니라 즐거운 모험들이 꽉꽉 들어찬 섬이다. 낮에 의자와 식탁보만 가지고 놀 때는 전혀 두려울 게 없는 섬이지만 잠자리에 들기 2분 전이면 생생한 현실이 되어 다가온다. 방에 취침 램프가 필요한 것도 그래서이다.

달링 부인은 아이들의 마음속을 여행할 때 도무지 이해할 수 없는 것들을 발견하곤 했다. 그 가운데서도 가장 당혹스러운 것은 '피터'라는 단어였다. 들어 본 적도 없는 그 이름이 존과 마이클의 마음 이곳저곳에 있었고, 웬디의 마음속은 아예 그 이름으로 도배가 되어 있었다. 또 그 어떤 단어보다 굵은 글자로 쓰여 있어서 눈에 잘 띄었는데, 달링 부인은 그 단어를 볼 때마다 이상하게 건방져 보인다는 느낌을 받았다.

"네, 좀 건방지긴 해요."

달링 부인이 묻자 웬디는 자신도 못마땅하다는 듯 대답했다.

"아가, 그런데 그게 누구니?"

"피터 팬이잖아요, 엄마."

달링 부인은 처음에는 그게 누군지 몰랐지만 자신의 어린 시절을 회상한 뒤 요정들과 산다고 알려져 있는 피터 팬을 기억해 냈다. 피터 팬에 관해 떠도는 이상한 소문들 중 하나는 아이들이 죽으면 무섭지 않도록 함께 가 준다는 것이었다. 달링 부인도 어릴 때는 피터 팬의 존재를 믿었지만 결혼도 하고 현실적이 된 지금은 그런 존재가 있을지조차 의심스러웠다.

"게다가 지금쯤이면 그 애도 자라서 어른이 되었을 거야."

달링 부인이 웬디에게 말했다.

"아니에요, 자라지 않았어요. 꼭 나만 한걸요."

웬디가 힘주어 말했다. 웬디가 자기만 하다고 말한 것은 몸과 마음이 모두 그렇다는 뜻이었다. 웬디 스스로도 어떻게 알았는지 모르지만 어쨌든 그 사실을 알고 있었다.

달링 부인은 달링 씨에게 이 일을 상의했다. 하지만 달링 씨는 콧방귀만 뀌었다.

"내 말 잘 들어요. 그게 다 나나가 아이들 머릿속에 터무니없는 것들을 집어넣어서 그런 거예요. 그건 개나 할 만한 생각이라고요. 내버려 둬요. 그럼 곧 잠잠해질 테니까."

하지만 잠잠해지기는커녕 이 골칫거리 소년은 곧 달링 부인에게 큰 충격을 안겨 주었다.

아이들은 기상천외한 모험을 하고도 대수롭지 않게 생각한다. 예를 들어 숲 속에서 죽은 아버지를 만나 함께 놀았지만 일주일이나 지난 뒤에야 갑자기 생각난 듯 그 사실을 털어놓을 수도 있다. 어느 날 아침 웬디도 이렇게 무심한 태도로 심상찮은 얘기를 꺼냈다. 어젯밤 아이들이 잠자리에 들 때는 분명히 없었던 나뭇잎 몇 장이 아이들의 방에서 발견되었다. 달링 부인이 영문을 몰라 어리둥절해하고 있는데 웬디가 관대한 미소를 지으며 말했다.

"또 피터가 다녀간 게 틀림없어요."

"웬디, 대체 그게 무슨 말이니?"

"바닥도 안 치워 놓고, 정말 못됐다니까."

웬디가 한숨을 내쉬며 말했다. 웬디는 깔끔한 아이였다.

웬디는 밤이 되면 가끔 피터가 와서 자신의 침대 발치에 앉아 피리를 불어 주는 것 같다고 아주 태연하게 얘기했다. 안타깝게도 잠에서 깬 적이 없어서 자신이 그 사실을 어떻게 알게 됐는지는 모르지만 그냥 안다고 했다.

"아가, 그게 무슨 말도 안 되는 소리야. 어느 누구도 노크를 하지 않고 집 안으로 들어올 수 없어."

"피터는 창문으로 들어오는 것 같아요."

"얘야, 여긴 3층이야."

"창문 밑에 떨어진 게 나뭇잎 아닌가요?"

사실이었다. 나뭇잎들이 창문 근처에 떨어져 있었다. 달링 부인은 이 일을 어떻게 이해해야 할지 도무지 알 수가 없었다. 하지만 웬디에게는 이 모든 게 아주 자연스러워 보여서 꿈을 꾼 거라고 말하며 묵살해 버리기가 힘들었다.

"얘야, 왜 진작 이런 얘기를 해 주지 않았니?"

달링 부인이 외쳤다.

"잊어버렸어요."

웬디가 대수롭지 않다는 듯 대답했다. 아침 먹을 생각에 마음이 급했던 것이다.

아, 분명 웬디가 꿈을 꾼 걸 거야.

하지만 나뭇잎들이 있지 않은가. 달링 부인은 나뭇잎들을 꼼꼼히 살펴보았다. 잎맥만 남아 있었지만 영국에서 자라는 나무의 이파리가 아닌 것만은 분명했다. 달링 부인은 촛불을 들고 바닥을 기어 다니면서 이상한 발자국이 없는지 자세히 살폈다. 부지깽이로 굴뚝 안을 탁탁 쳐 보고 벽도 두드려 보았다. 창문에서 1층 길가까지 줄자를 수직으로 늘어뜨리자 족히 9미터는 되었고, 벽에는 타고 올라올 배수관도 하나 없었다.

꿈을 꾼 게 틀림없어.

하지만 웬디가 꿈을 꾼 게 아니라는 사실은 바로 다음 날 밤에 드러났다. 아이들이 놀라운 모험을 시작하게 되었으니 말이다.

그날 밤 아이들은 모두 여느 때처럼 잠자리에 들었다. 마침 나나가 쉬는 시간이어서 달링 부인이 아이들을 목욕시켰다. 그러고 나서 아이들이 차례로 부인의 손을 놓고 스르르 꿈나라로 빠져들 때까지 노래를 불러 주었다.

모두가 매우 편안해 보였다. 부인은 쓸데없는 걱정을 했나 싶어 미소를 지으며 난로 옆에 자리 잡고 앉아 바느질을 시작했다. 그것은 마이클이 생일날 입을 셔츠였다. 난롯불은 따뜻했고 세 개의 램프만 켜진 방 안은 어둑어둑했다. 이내 달링 부인은 무릎 위에 바느질감을 내려놓고 얌전히 고개를 꾸벅거리다가 잠이 들었다. 이쪽에는 존, 저쪽에는 웬디와 마이클, 난로 옆에는 달링 부인, 잠들어 있는 넷을 보라. 잠든 사람이 넷이니 램프도 네 개였으면 좋을 뻔했다.

달링 부인은 자는 동안 꿈을 꾸었다. 꿈속에서 네버랜드가 코앞까지 다가오더니 이상한 소년 하나가 그 속에서 빠져나왔다. 부인은 소년을 보고도 놀라지 않았다. 아직 엄마가 되지 않은 여자들의 얼굴에서 소년의 모습을 여러 번 본 적이 있는 것 같았기 때문이다. 어쩌면 엄마들의 얼굴에서도 발견할 수 있을지 모른다. 그녀의 꿈속에서 소년은 네버랜드를 가리고 있던 얇은 막을 찢어 버렸고, 웬디와 존과 마이클은 찢어진 틈 사이로 안을 훔쳐

피터가 날아들다.

보았다.

꿈으로 끝났다면 별일 아닐 수 있겠지만, 달링 부인이 꿈을 꾸는 사이에 아이들의 방 창문이 휙 열리더니 한 소년이 바닥에 내려섰다. 소년은 주먹만 한 이상한 빛과 함께였는데 그 빛은 마치 살아 있는 것처럼 방 이곳저곳을 쏜살같이 날아다녔다. 달링 부인을 깨운 것도 이 빛이었을 것이다.

달링 부인은 비명을 지르며 벌떡 일어나 소년을 보았다. 어째서인지는 몰라도 부인은 소년이 피터 팬이라는 것을 단박에 알아차렸다. 여러분이나 나나 웬디가 그 자리에 있었다면 피터 팬이 달링 부인의 키스와 꼭 닮았음을 확인할 수 있었을 것이다. 피터 팬은 잎맥만 남은 잎과 나무 수액으로 만든 옷을 입은 사랑스러운 소년이었다. 하지만 가장 매혹적인 것은 피터 팬의 이가 모두 젖니라는 점이었다. 피터 팬은 부인이 어른인 것을 알고는 그녀를 향해 진주 같은 조그만 이를 갈았다.

제2장
그림자

달링 부인이 비명을 질렀다. 그러자 마치 초인종 소리에 답하 듯 문이 벌컥 열리더니 저녁 외출을 했던 나나가 돌아왔다. 나나 가 으르렁거리며 소년에게 달려들자 소년은 창밖으로 풀쩍 뛰어 내렸다. 이번에는 소년이 걱정되어 달링 부인은 또다시 비명을 질렀다. 소년이 죽었을 거라고 생각한 부인은 거리로 달려 나가 쓰러진 소년을 찾았지만 소년은 어디에도 없었다. 깜깜한 밤하 늘을 올려다본 부인의 눈에 띈 것은 별똥별처럼 보이는 것뿐이 었다.

부인이 아이들 방으로 돌아와 보니 나나가 입에 뭔가를 물고 있었다. 바로 소년의 그림자였다. 소년이 창문으로 뛰어오르는 순간 나나가 재빨리 창문을 닫았지만 소년을 잡기에는 역부족이 었다. 하지만 소년의 그림자가 미처 빠져나가기도 전에 창문이 쾅 닫히면서 그림자가 끊어져 버린 것이다.

달링 부인이 그 그림자를 얼마나 꼼꼼히 살펴보았을지 충분히 짐작이 가겠지만 그건 그냥 평범한 그림자였다. 나나는 이 그림자를 어떻게 하면 좋을지 자신이 가장 잘 안다고 확신했다. 그리고 그 그림자를 창문 밖에 걸어 놓았다.

'분명 그림자를 찾으러 다시 올 거야. 아이들을 깨우지 않고 쉽게 가져갈 수 있는 곳에 둬야지.'

하지만 불행히도 달링 부인은 그림자를 창밖에 그대로 걸어 둘 수만은 없었다. 빨래를 널어 둔 것처럼 보일뿐더러 온 집안 분위기를 어둡게 만들었기 때문이다. 남편에게 그림자를 보여 줄까도 생각했다. 하지만 달링 씨는 뇌를 맑게 한다고 머리에 젖은 수건까지 두른 채 존과 마이클의 겨울 외투 값을 계산하는 중이라 방해하면 안 될 것 같았다. 게다가 달링 부인은 달링 씨가 뭐라고 대답할지 정확히 알고 있었다.

"그게 다 개를 보모로 둬서 그래요."

달링 부인은 남편에게 털어놓을 적당한 기회가 올 때까지 그림자를 돌돌 말아서 서랍에 잘 넣어 두기로 했다. 아, 이런!

기회는 일주일 뒤 절대 잊을 수 없는 그날, 금요일에 찾아왔다. 금요일이었고말고.

"금요일에는 각별히 조심해야 했는데."

달링 부인은 그 일이 일어난 뒤 남편에게 이렇게 말하곤 했다. 아마 그때 나나는 맞은편에서 부인의 손을 잡고 있었을 게다. 달링 씨는 부인의 말을 듣고 늘 이렇게 말했다.

"아니, 전부 내 잘못이오. 나, 조지 달링이 한 짓이라고. 메아 쿨파, 메아 쿨파."

달링 씨는 고전 교육을 받아 '내 탓이오, 내 탓이오.'를 라틴 어로 말할 줄 알았다.

매일 밤 그들은 그렇게 앉아 그 운명의 금요일을 떠올렸고, 급기야 뒷면까지 활자가 찍혀 나온 불량 주화처럼 그날의 장면 하나하나를 머릿속에 깊이 새겼다.

"내가 27번지의 저녁 초대에만 응하지 않았어도."

달링 부인이 말했다.

"내가 나나의 밥그릇에 내 약을 붓지만 않았어도."

달링 씨가 이렇게 말하면 나나의 젖은 눈은 이렇게 대꾸했다.

"내가 약을 좋아하는 척만 했어도."

"내가 파티를 좋아한 탓이에요, 조지."

"내 망할 유머 감각 탓이라오, 여보."

"제가 사소한 일에 민감하게 반응한 탓이에요, 주인님."

그러고는 혼자 또는 같이 무너지듯 쓰러져 울음을 터뜨렸다.

'맞아, 맞아, 나 같은 개를 보모로 두지 말았어야 했어.'

나나는 이렇게 생각했다.

그래도 몇 번이고 손수건으로 나나의 눈을 닦아 준 사람은 달링 씨였다.

"악마 같은 녀석!"

달링 씨가 소리치면 나나도 짖어 대며 그 말을 따라 했다. 하지만 달링 부인은 피터를 비난하지 않았다. 부인의 오른쪽 입가에 있는 뭔가가 피터를 욕하는 것을 원치 않았기 때문이다.

셋은 텅 빈 아이들 방에 앉아 그 끔찍한 밤에 있었던 일을 아주 사소한 것 하나까지 떠올리곤 했다. 그 밤도 다른 수많은 밤과 똑같이 평범하게 시작되었다. 그날 밤 나나는 마이클의 목욕

물을 받아 놓고 마이클을 등에 태워 데려가고 있었다.

"안 잘 거야."

마이클은 자신이 결정권을 가지고 있다고 믿는 듯이 소리를 질렀다.

"안 자, 안 잘 거라고. 나나, 아직 여섯 시도 안 됐어. 어어, 어어, 이제는 널 사랑하지 않을 테야, 나나. 목욕은 안 할 거라고! 안 해, 안 해!"

그때 달링 부인이 하얀 이브닝드레스를 입고 방으로 들어왔다. 부인은 일찌감치 드레스를 차려입었다. 그 옷을 입고 달링 씨가 준 목걸이를 한 부인의 모습을 웬디가 무척 좋아했기 때문이다. 또 손목에는 웬디에게 빌린 팔찌를 찼다. 웬디는 엄마에게 자기 팔찌를 빌려 주는 것도 무척 좋아했다.

달링 부인은 웬디와 존이 엄마 아빠 놀이 하는 모습을 지켜보았다. 웬디가 태어날 즈음의 자신과 남편을 흉내 내는 것이었다.

"달링 부인, 당신이 이제 엄마가 됐다는 걸 알려 주게 돼서 기쁘다오."

존이 말했다. 달링 씨가 당시에 진짜로 사용했음직한 말투였다. 웬디는 기쁨의 춤을 추었는데, 달링 부인이라면 실제로 그러고도 남았을 것이다.

그러고 나서 존이 태어났는데, 남자아이가 태어났다고 특별히 더 요란한 환영 인사를 받았다. 목욕을 하고 온 마이클이 자기도 태어나게 해 달라고 졸라 대자, 존은 더 이상 아이를 원하지 않는다고 딱 잘라 말했다.

"아무도 날 원하지 않아."

마이클이 울먹이자 이브닝드레스를 입은 부인이 그 모습을 그냥 두고 볼 리 없었다.

"아니야, 난 정말 셋째 아이를 원해."

"남자애요, 여자애요?"

마이클이 큰 기대 없이 물었다.

"남자애."

그러자 마이클이 부인의 품속으로 뛰어들었다. 달링 부부와 나나가 이제 와서 굳이 떠올릴 만한 일은 아닌 것 같지만, 마이클이 아이들 방에서 보낸 마지막 밤이라는 것을 생각하면 이야기가 달라진다.

그들은 회상을 계속 이어 갔다.

"그때 내가 회오리바람처럼 들이닥쳤지?"

달링 씨는 자책하며 이렇게 말하곤 했다. 사실이었다. 하지만 달링 씨에게도 변명의 여지는 있었다. 달링 씨도 파티에 가려고 옷을 차려입는 중이었는데 넥타이를 매기 전까지는 모든 게 순조로웠다. 이런 말을 한다는 게 당황스럽지만, 이 남자는 주식이며 배당은 잘 아는지 몰라도 넥타이 다루는 솜씨는 영 형편없었다. 가끔 애를 먹지 않고 넥타이를 맬 때도 있었지만, 그가 자존심을 접고 미리 매 놓은 넥타이를 사용한다면 집안이 평화롭겠다 싶은 때도 있었다.

그날 밤이 바로 그런 때였다. 달링 씨는 볼품없이 구깃구깃해진 넥타이를 손에 들고 아이들 방으로 들이닥쳤다.

"아니, 무슨 일이에요, 여보?"

"무슨 일?"

달링 씨가 소리를 질렀다. 정말로 소리를 **빽** 질렀다.

"이 넥타이, 이 넥타이가 매지지가 않아."

달링 씨는 비아냥거리는 게 금방이라도 폭발할 듯했다.

"내 목에는 안 돼! 침대 기둥에는 되는데 말이지! 그래, 침대 기둥에는 스무 번이나 맸는데 내 목에는 안 된다고! 안 돼! 나도 이제 그만두겠어!"

달링 씨는 부인이 그다지 심각하게 받아들이지 않는다고 생각했는지 단호한 어조로 말을 이었다.

"여보, 내가 경고하는데 이 넥타이가 내 목에 안 매지면 우리는 오늘 밤 만찬에 안 갈 거고, 오늘 밤 만찬에 안 가면 다시는 사무실에도 안 갈 거요. 내가 사무실에 안 간다면 당신과 나는 굶어 죽게 될 테고 우리 애들은 길바닥에 나앉게 되겠지."

달링 씨의 경고에도 달링 부인은 태연하기만 했다.

"제가 해 볼게요, 여보."

달링 부인이 말했다. 사실 달링 씨도 부인에게 그 부탁을 하려고 왔던 것이다. 달링 부인은 멋지고 능숙한 솜씨로 달링 씨에게 넥타이를 매 주었고, 아이들은 빙 둘러서서 자신들의 운명이 결정되는 순간을 지켜보았다. 어떤 남자들은 부인이 그렇게 쉽게 넥타이를 매는 것에 분개할지도 모르지만, 그러기에는 달링 씨의 천성이 매우 착했다. 달링 씨는 그저 무심하게 고맙다고 하고는 언제 화를 냈냐는 듯 곧바로 마이클을 등에 업고 방 안을 돌며 춤을 추었다.

"그때 얼마나 신 나게 놀았던지!"

달링 부인이 당시를 떠올리며 말했다.

"그게 마지막이었다니!"

달링 씨가 신음하듯 말했다.

"아, 조지. 기억나요? 마이클이 갑자기 '엄마, 엄만 나를 어떻게 알게 됐어요?'라고 물었던 거요."

"기억나고말고!"

"정말 사랑스러운 애들 아니었어요, 여보?"

"우리, 우리 애들이었지. 그런데 이렇게 사라지고 없다니."

그렇게 신 나는 한때는 나나가 들어오면서 끝이 났다. 하필 재수 없게도 달링 씨가 나나와 부딪치면서 바지가 온통 나나의 털로 뒤덮였던 것이다. 그 바지는 새로 산 것인 데다가 달링 씨는 장식용 수술이 달린 바지를 처음 입어 본 것이었다. 달링 씨는 입술을 깨물며 눈물이 흐르는 것을 애써 참았다. 부인이 바지에 묻은 털을 털어 냈지만, 달링 씨는 또다시 개를 보모로 둔 게 실수라는 얘기를 꺼냈다.

"조지, 나나는 보물 같은 존재예요."

"그렇겠지. 하지만 가끔 나나가 아이들을 강아지처럼 생각하는 것 같아서 찜찜하단 말이오."

"그렇지 않아요, 여보. 분명히 나나도 아이들이 영혼이 있는 사람이라는 걸 알 거예요."

"과연, 과연 그럴까?"

달링 씨가 생각에 잠겨 중얼거렸다. 달링 부인은 마침내 남편에게 소년에 관한 이야기를 털어놓을 때가 왔다고 생각했다. 처음에 이야기를 들은 달링 씨는 콧방귀를 뀌었다. 하지만 부인이 소년의 그림자를 보여 주자 진지하게 생각하는 듯했다.

"내가 아는 사람은 아니군. 하지만 정말 악당처럼 보여."

달링 씨는 그림자를 찬찬히 살펴보더니 이렇게 말했다.

"나나가 마이클의 약을 가지고 들어왔을 때 우린 계속 그 그림자 이야기를 하고 있었지. 나나, 네가 다시 약병을 물고 다닐 일은 없을 거야. 모든 게 내 잘못이야."

그때 일을 떠올리며 달링 씨가 말했다. 달링 씨는 강한 남자임에도 불구하고 약에 대해서만큼은 다소 바보같이 군 건 틀림없는 사실이었다. 하지만 문제는 달링 씨 자신은 평생 거침없이 약을 먹었다고 생각한다는 점이었다. 그래서 마이클이 나나가 물고 있던 약숟가락을 재빨리 피하자 이렇게 꾸짖었다.

"남자답게 굴어, 마이클."

"싫어, 싫어."

마이클이 징징거리며 버티자, 달링 부인은 초콜릿을 가져오려고 방을 나갔다. 달링 씨는 이게 다 부인이 엄하지 않아서 생긴 일이라고 생각했다.

"여보, 그렇게 응석을 받아 주지 말아요."

달링 씨는 부인의 등 뒤에 대고 외치고는 마이클에게 말했다.

"마이클, 내가 네 나이 때는 군말 없이 약을 받아먹었어. '제가 좋아지라고 이렇게 약을 주셔서 고맙습니다, 엄마 아빠.'라고 하면서 말이야."

달링 씨는 정말 자신이 그랬다고 생각했다. 그리고 잠옷으로 갈아입은 웬디 또한 그렇게 믿었다. 그래서 웬디는 마이클을 격려한답시고 이렇게 말했다.

"아빠가 가끔 드시는 약은 훨씬 더 쓰죠?"

"아주 쓰지. 마이클, 아빠가 약병을 잃어버리지만 않았어도 지금이라도 본보기로 그 약 먹는 모습을 보여 줄 텐데 말이지."

달링 씨가 큰소리를 땅땅 치며 말했다.

사실 달링 씨는 약병을 잃어버린 게 아니었다. 한밤중에 옷장 위로 기어 올라가 약병을 숨겼다. 그런데 그가 모르는 게 한 가지 있었다. 바로 충실한 하녀 리자가 그 약병을 찾아 세면대에 다시 올려놓았다는 것이다.

"그 약병 어디 있는지 알아요, 아빠. 제가 가서 가져올게요."

늘 발 벗고 나서서 남을 돕는 웬디가 외쳤다. 그러고는 달링 씨가 말릴 새도 없이 방을 나갔다. 그 순간 달링 씨는 이상하게 도 기운이 쫙 빠졌다.

"존, 그 약은 정말 끔찍해. 고약하고 끈적끈적한 데다 단맛까 지 나는 이상한 약이야."

달링 씨가 몸서리치며 말했다.

"아빠, 금방 끝날 거예요."

존이 명랑하게 말했다.

곧 웬디가 유리컵에 담긴 약을 가지고 허겁지겁 뛰어 들어왔 다.

"최대한 빨리 갔다 왔어요."

웬디가 숨을 헐떡이며 말했다.

"정말 빨리도 갔다 왔구나."

달링 씨는 정중하면서도 어딘가 원망이 어린 말투로 말했다.

"마이클 먼저."

달링 씨가 완강하게 말했다.

"아빠 먼저요."

본디부터 의심이 많은 마이클도 이에 맞섰다.

"토할지도 모르는데."

달링 씨가 위협적으로 말했다.

"아빠, 어서요."

존이 말했다.

"입 다물고 있어, 존."

달링 씨가 퉁명스럽게 내뱉었다.

"전 아빠가 아주 쉽게 약을 드실 거라고 생각했는데."

당황한 웬디가 말했다. 그러자 달링 씨가 쏘아붙였다.

"그게 중요한 게 아니잖니. 중요한 건 숟가락에 있는 마이클의 약보다 컵에 있는 내 약이 더 많다는 거야."

자존심 강한 그는 참을 수 없어 가슴이 터질 것만 같았다.

"이건 불공평해. 이 말을 하고 숨이 끊어진대도 이건 불공평해."

"아빠, 저 기다리고 있잖아요."

마이클이 차갑게 말했다.

"그 말 한번 잘했다. 나도 네가 먹기만 기다리고 있어."

"아빠는 겁쟁이예요."

"너도 겁쟁이야."

"난 하나도 겁 안 나요."

"나도 하나도 겁 안 나."

"그럼 아빠 먼저 드세요."

"그럼 네가 먼저 먹어."

그때 웬디가 기막힌 생각을 떠올렸다.

"두 사람이 동시에 먹는 건 어때요?"

"좋고말고. 준비됐니, 마이클?"

웬디가 "하나, 둘, 셋!"을 외치자 마이클이 약을 삼켰다. 하지만 달링 씨는 자신의 약을 등 뒤로 슬쩍 빼돌렸다. 발끈한 마이클은 고함을 질렀고, 웬디는 "에이, 아빠!" 하고 소리쳤다.

"'에이, 아빠.'라니 그게 무슨 뜻이냐?"

달링 씨가 다그치듯 물었다.

"그만 좀 해라, 마이클. 먹으려고 했는데 그만…… 그만 놓친 거야."

세 아이는 모두 더 이상 아빠를 존경하지 않는다는 듯한 표정으로 달링 씨를 무섭게 노려보았다.

"자, 얘들아, 들어 봐."

달링 씨는 나나가 욕실로 사라지자마자 애원하듯 얘기를 꺼냈다.

"내가 방금 아주 재미있는 걸 생각해 냈어. 내 약을 나나 밥그릇에 붓는 거야. 그럼 나나는 우유인 줄 알고 그걸 마시겠지."

약이 우유 색깔이긴 했다. 하지만 아이들 가운데 누구도 아빠의 유머 감각을 이해하지 못했다. 아이들은 비난의 눈초리로 아빠가 나나의 그릇에 약을 붓는 모습을 바라보았다.

"정말 재미있군."

달링 씨가 자신 없는 목소리로 말했다.

아이들은 달링 부인과 나나가 다시 방으로 들어왔을 때 차마 그가 한 짓을 밝힐 수 없었다.

"나나, 착하지. 네 그릇에 우유를 조금 담아 뒀어."

달링 씨가 나나를 쓰다듬으며 말했다.

나나는 꼬리를 흔들며 약이 담긴 그릇으로 달려가 약을 핥아 먹기 시작했다. 그러더니 달링 씨를 물끄러미 바라보았는데 화가 난 눈빛은 아니었다. 나나는 새빨갛게 충혈된 눈으로 눈물만 뚝뚝 흘렸다. 꾹 참고 품위를 지키는 모습이 보는 사람을 안타깝게 만들었다. 나나는 제 집으로 조용히 기어 들어갔다.

달링 씨는 자신이 몹시도 부끄러웠지만 굽히고 들어갈 수도 없는 노릇이었다. 잠시 무거운 침묵이 흐르는 가운데 달링 부인이 나나의 밥그릇 냄새를 맡아 보았다.

"이런, 여보. 이건 당신 약이잖아요!"

"그냥 장난이었어."

달링 씨는 버럭 화를 내며 말했다. 그러거나 말거나 달링 부인은 존과 마이클을 달랬고 웬디는 나나를 끌어안았다.

"좋아, 좋다고. 나는 식구들을 재미있게 해 주려고 별짓을 다 하는데 말이야."

달링 씨가 씁쓸히 말했다.

웬디는 여전히 나나를 껴안고 있었다.

"그래, 그렇게 안아 주라고! 날 안아 주는 사람은 아무도 없어. 없고말고! 나는 그냥 돈 벌어 오는 사람인데 왜 날 안아 주겠어, 왜, 왜, 왜!"

급기야 달링 씨가 소리를 질렀다.

"조지, 큰 소리 내지 말아요. 하인들이 듣겠어요."

달링 부인이 애원하듯 말했다. 어찌된 영문인지 달링 부부는 한 명뿐인 하인 리자를 늘 '하인들'이라고 칭하곤 했다.

"들으라고 해!"

달링 씨가 거칠게 내뱉었다.

"온 세상을 다 가져다 놓아도 상관없지만 저 개가 내 아이들 방에서 으스대고 있는 꼴은 한시도 더 두고 볼 수 없어."

아이들이 울먹였고, 나나가 애원하듯이 달링 씨에게 달려갔지만 그는 손을 휘저어 나나를 쫓았다. 달링 씨는 다시금 강한 남자가 된 느낌이었다.

"소용없어, 소용없어. 너한테는 마당이 딱 맞는 곳이야. 지금 이 순간부터 널 마당에 매어 둘 거야."

"조지, 조지. 제가 그 소년에 대해 했던 말을 생각해 봐요."

달링 부인이 속삭였다. 하지만 달링 씨는 듣지 않았다. 그는 이 집에서 누가 주인인지 보여 주기로 마음먹었다. 아무리 명령해도 나나가 제 집에서 나오지 않자, 달콤한 말로 집 밖으로 꾀어낸 다음 거칠게 붙잡아 아이들 방에서 끌어냈다. 달링 씨는 스스로 창피함을 느끼면서도 행동을 멈추지 않았다. 그게 다 늘 관심과 칭찬을 받고 싶어 하며 지나치게 애착이 많은 그의 성격 탓이었다. 나나를 뒷마당에 묶어 놓고 나서 우울해진 달링 씨는 복도에 앉아 두 주먹으로 눈을 지그시 눌렀다.

그사이 달링 부인은 평소와 달리 침묵이 흐르는 가운데 아이들을 잠자리에 눕히고 램프를 켰다. 밖에서 나나가 짖는 소리가 들려오자 존이 훌쩍거리며 말했다.

"아빠가 나나를 마당에 묶어 놔서 저러는 거예요."

하지만 좀 더 현명한 웬디의 생각은 달랐다.

"저건 나나가 슬퍼서 짖는 소리가 아니야."

웬디는 무슨 일이 일어날지 짐작도 못 한 채 그렇게 말했다.

"위험을 느끼고 저렇게 짖는 거라고."

위험이라!

"웬디 누나, 진짜야?"

"그럼."

달링 부인은 몸을 떨며 창문으로 다가갔다. 창문은 단단히 잠겨 있었다. 달링 부인이 창밖을 내다보니 밤하늘에는 수많은 별들이 뿌려져 있었다. 별들은 마치 이 집에서 무슨 일이 일어날지 궁금하다는 듯 집 주위로 모여들었지만 달링 부인은 그 사실을 눈치채지 못했다. 물론 작은 별 한두 개가 그녀를 향해 반짝거렸다는 것도 몰랐다. 그럼에도 불구하고 뭔지 모를 불안감에 심장이 죄어드는 것 같아 부인은 소리를 질렀다.

"아, 오늘 밤 파티는 정말 가고 싶지 않아!"

이미 반쯤 잠이 든 마이클조차 달링 부인이 불안해하는 것을 느끼고는 물었다.

"엄마, 나쁜 일이 생길까요? 이렇게 램프를 켜 놓았는데도요?"

"그런 일은 없단다, 아가. 램프는 아이들을 지키라고 엄마가 남겨 두고 가는 눈이란다."

달링 부인은 아이들의 침대를 오가며 주술을 외우듯 노래를 불러 주었고, 꼬마 마이클은 두 팔을 벌려 엄마를 안았다.

"엄마, 난 엄마가 있어서 참 좋아."

달링 부인은 이 말을 끝으로 오랫동안 마이클에게 아무 말도 들을 수 없었다.

27번지는 그리 멀지 않은 곳에 있었다. 하지만 살짝 눈이 내린 뒤라 달링 부부는 신발이 더러워지지 않도록 조심조심 걸었다. 이미 거리에는 부부 외엔 아무도 없었고, 모든 별들이 그들을 지켜보고 있었다. 별들은 아름답지만 어떤 일에도 나서는 일 없이 늘 그렇게 지켜보기만 할 게 뻔하다. 그건 뭔가를 잘못해서 받게 된 형벌이라는데 너무 오래전 일이라 지금까지 그 잘못이 무엇인지 아는 별은 없다. 그래서 나이 든 별들은 흐릿해진 눈으로 멀거니 바라볼 뿐 좀처럼 말이 없다(반짝거리는 게 별들의 언어다.). 하지만 어린 별들은 여전히 궁금한 게 많다. 별들은 피터에게 그다지 호의적이지 않았다. 등 뒤로 살며시 다가와 불어서 꺼 버리려는 짓궂은 장난을 일삼았기 때문이다. 하지만 즐거운 것을 몹시 좋아하는 별들은 오늘 밤만은 피터의 편에 서기로 했고 어른들이 방해가 될까 봐 전전긍긍했다. 마침내 달링 부부가 27번지로 들어가고 문이 닫히자 하늘에선 소동이 벌어졌다. 그리고 은하수에서 가장 작은 별이 외쳤다.

"지금이야, 피터!"

제3장
빨리 가자, 빨리

달링 부부가 집을 나선 뒤 아이들 침대 옆의 램프들은 한동안 환하게 타올랐다. 정말이지 작고 예쁜 이 램프들이 깨어 있다가 피터를 볼 수 있었으면 좋으련만. 하지만 웬디의 램프가 깜빡거리다가 쩍 하품을 하는가 싶더니 다른 램프 두 개도 덩달아 하품을 했다. 그러고는 미처 열린 입을 다물기도 전에 모두 꺼져 버렸다.

그 순간 램프보다 천 배는 더 밝은 또 다른 빛이 나타났다. 우리가 이 말을 하는 와중에도 그 불빛은 피터의 그림자를 찾아 아이들 방에 있는 서랍이란 서랍에는 모두 들락날락했고, 옷장 안을 이리저리 뒤지며 주머니를 전부 뒤집어 놓았다. 사실 그건 불빛이 아니었다. 하도 잽싸게 움직이는 통에 불빛처럼 보일 뿐이지 잠시 멈춰 있을 때 보면 영락없는 요정이었다. 아직은 손바닥만 했지만 계속 자라고 있었다. 팅커 벨이라는 이 소녀 요정은 잎맥만 남은 잎으로 만든, 목 부분이 사각형으로 깊게 파인 옷을 멋지게 차려입고 있었다. 사실 요정은 살짝 통통한 편이었는데, 그 옷이 요정의 몸매를 한껏 돋보이게 했다.

팅커 벨이 들어오고 얼마 안 있어 조그만 별들의 입김에 창문이 벌컥 열리더니 피터가 들어왔다. 피터는 오는 도중에 팅커 벨을 들고 와서 손에 요정의 금빛 가루가 잔뜩 묻어 있었다.

"팅커 벨."

피터는 아이들이 모두 자고 있는 것을 확인하고는 작은 소리로 팅커 벨을 불렀다.

"팅크, 어디 있어?"

팅커 벨은 단지 안에 들어가 있었는데 꽤나 마음에 들었다. 단지에 생전 처음 들어가 보았던 것이다.

"제발 그 단지에서 나오라고. 그리고 내 그림자를 어디에 뒀는지 얘기 좀 해 볼래?"

금빛 종이 딸랑거리는 듯한 사랑스러운 소리가 대답했다. 그 소리는 요정의 언어였다. 여러분 같은 평범한 아이들은 결코 들을 수 없겠지만, 만약 듣게 된다면 전에 한 번 들어 본 적이 있다는 것을 깨닫게 될 것이다.

팅커 벨은 그림자가 커다란 상자 안에 있다고 말했다. 서랍장을 말하는 것이었다. 피터는 곧장 서랍장에 달려들어 양 손으로 그 안에 들어 있는 것들을 끄집어내 바닥에 흩어 놓았다. 마치 왕이 백성들에게 값어치 없는 동전을 던져 주는 듯한 모습이었다. 피터는 곧 그림자를 찾아냈고 그 기쁨에 팅커 벨이 서랍 안에 있는 줄도 모르고 서랍을 쾅 닫아 버렸다.

피터가 생각이란 걸 했다면, 나는 물론 했을 리가 없다고 믿지만, 아마 이런 거였을 게다. 자신의 몸에 그림자를 가까이 대기만 하면 물방울 두 개가 하나로 합쳐지듯 저절로 붙을 거라고 말이다. 하지만 생각처럼 되지 않자 피터는 덜컥 겁이 났다. 욕실에서 비누를 가져와 그림자를 붙여 보려고 했지만 그마저도 실패로 돌아갔다. 피터는 몸서리를 치며 그대로 바닥에 주저앉아 울음을 터뜨렸다.

피터가 훌쩍거리는 소리를 듣고 잠에서 깬 웬디는 침대에서 일어나 앉았다. 웬디는 낯선 아이가 방바닥에 주저앉아 울고 있는 것을 보고도 놀라지 않았다. 그저 흥미로울 뿐이었다.

"얘, 왜 울고 있는지 물어도 될까?"

웬디가 예의를 갖춰 물었다.

피터 역시 요정들의 예식에서 위엄 있는 태도를 배운 터라 얼마든지 예의 바르게 행동할 수 있었다. 피터는 자리에서 일어나 허리를 굽혀 멋지게 인사했다. 한껏 기분이 좋아진 웬디도 침대에서 멋지게 인사를 건넸다.

"이름이 뭐야?"

피터가 물었다.

"웬디 모이라 안젤라 달링."

웬디가 자랑스럽다는 듯 대답했다.

"네 이름은 뭔데?"

"피터 팬."

웬디는 이 소년이 피터일 거라고 이미 확신하고 있었다. 하지만 다른 이름들에 비해 좀 짧은 것 같았다.

"그게 다야?"

"다야."

피터가 톡 쏘아붙였다. 피터는 제 이름이 짧다는 것을 그때 처음 알았던 것이다.

"미안해."

웬디 모이라 안젤라가 말했다.

"괜찮아."

피터가 한마디 툭 던졌다.

웬디는 피터에게 어디에 사는지 물었다.

"오른쪽으로 두 번째, 그런 다음 아침까지 쭉."

"별 희한한 주소도 다 있네!"

피터는 풀이 죽었다. 피터는 그게 희한한 주소라는 것도 그때 처음 알았던 것이다.

"안 희한해."

"내 말은, 그러니까 그게 편지 보낼 때 쓰는 주소가 맞느냐 말이야."

웬디는 피터가 자기 집에 온 손님이라는 것을 기억하고는 친절하게 말했다. 사실 피터는 웬디가 편지 얘기를 꺼내지 않았으면 했다.

"편지 받아 본 적 없는데."

피터가 경멸하는 듯한 말투로 말했다.

"그래도 엄마는 편지를 받지 않나?"

"엄마 없어."

피터는 실제로 엄마가 없을 뿐 아니라 엄마가 있었으면 좋겠다는 생각조차 해 본 적이 없었다. 피터는 엄마들은 과대평가된 사람들이라고 생각했다. 웬디는 곧 자신이 비극적인 운명과 마주하고 있다는 생각이 들었다.

"아, 피터. 그렇게 우는 것도 당연하지."

웬디가 침대에서 빠져나와 피터에게 달려갔다.

"난 엄마 때문에 운 게 아니야."

피터가 약간 발끈했다.

"내 그림자를 다시 붙일 수가 없어서 운 거라고. 사실 울지도 않았어."

"그림자가 떨어졌어?"

"그래."

웬디는 그제야 바닥에 질질 끌려서 더러워질 대로 더러워진 그림자가 눈에 들어왔다. 그리고 피터가 몹시 안됐다는 생각이 들었다.

"저런, 딱하기도 하지."

하지만 피터가 비누로 그림자를 붙이려고 했다는 것을 알고 나니 절로 웃음이 나왔다. 딱 사내아이가 할 만한 행동 아닌가!

다행히 웬디는 어떻게 해야 할지 단번에 알았다.

"바늘로 꿰매야겠다."

웬디가 조금은 잘난 체하며 말했다.

"꿰매는 게 뭔데?"

"넌 정말 아는 게 없구나."

"아냐, 그렇지 않아."

하지만 웬디는 피터가 아는 게 없어서 오히려 반가웠다.

"내가 그림자를 꿰매 줄게, 꼬마야."

웬디는 피터의 키가 자기만 한데도 이렇게 말하고는 반짇고리를 꺼내 와서 그림자를 피터의 발에 꿰매기 시작했다.

"좀 아플 거야."

웬디가 경고했다.

"괜찮아, 안 울 거야."

피터는 자신이 단 한 번도 운 적이 없다고 철석같이 믿고 있었다. 그리고 정말로 이를 악물고 울지 않았다. 아직 좀 구깃구깃하긴 해도 이내 그림자는 제대로 붙어서 움직였다.

"다릴 걸 그랬나 봐."

웬디가 사려 깊게 말했다. 하지만 피터는 남자아이가 으레 그렇듯 남들에게 어떻게 보일지 신경도 쓰지 않고 기쁨에 젖어 이리저리 마구 날뛰었다. 아아, 피터는 이 행복이 다 웬디 덕이라는 것을 까맣게 잊은 지 오래였다. 게다가 스스로 그림자를 붙였다고 생각했다. 피터가 꼬끼오 소리를 지르며 말했다.

"난 정말 똑똑하다니까. 정말 똑똑해!"

이런 얘길 한다는 게 민망하지만 이런 자만심이 피터의 매력 중 가장 큰 것이었다. 터놓고 얘기하자면 건방지기로는 피터만 한 아이가 없었다. 하지만 그걸 알 리 없는 웬디는 어안이 벙벙했다.

"우쭐대기는! 그래, 난 손 놓고 아무것도 안 했지!"

웬디가 잔뜩 빈정대며 외쳤다.

"조금 도움이 되긴 했어."

피터는 무심하게 대꾸하고 계속 춤을 추었다.

"조금이란 말이지! 내가 쓸모없다면 이대로 물러날 수밖에."

웬디가 거만하게 말하고는 잔뜩 무게를 잡으며 침대로 들어가 얼굴까지 담요를 뒤집어썼다.

피터는 웬디가 고개를 들어 자기를 보게 만들려고 방을 떠나는 척해 봤지만 실패로 돌아갔다. 그러자 이번에는 침대 발치에 앉아 발로 그녀를 톡톡 두드렸다.

"웬디, 그러지 마. 난 내가 뭘 잘했다 싶은 생각이 들면 저절로 크게 떠들게 된다니까."

웬디는 잠자코 귀를 기울이기는 했지만 여전히 고개를 들지는 않았다. 그러자 피터는 그 어떤 여자도 저항하지 못할 것 같은 목소리로 말을 이었다.

"웬디, 여자아이 하나가 사내아이 스무 명을 모아 놓은 것보다 훨씬 쓸모 있어."

웬디는 비록 조그만 아이였지만 머리끝부터 발끝까지 여자인지라 이 말을 듣고 이불 밖으로 고개를 살짝 내밀었다.

"피터, 정말 그렇게 생각하는 거야?"

"그렇고말고."

"그렇게 말해 주니 정말 고마워. 그렇다면 나도 일어날게."

웬디는 피터와 나란히 침대에 걸터앉았다. 그러고는 원한다면 키스해 주겠다고 했다. 하지만 피터는 영문도 모른 채 뭘 주겠다는 말인 줄 알고 잔뜩 기대에 부풀어 손을 내밀었다.

"키스가 뭔지는 당연히 알겠지?"

웬디가 어이없어하며 물었다.

"네가 주면 알게 되겠지."

피터가 퉁명스럽게 대답했다. 웬디는 피터의 기분이 상하지 않도록 골무 하나를 건네주었다.

"그럼 나도 키스를 줄까?"

피터가 물었다.

"좋을 대로."

웬디는 새침을 떼며 대답하고는 부끄러운 줄도 모르고 피터 쪽으로 얼굴을 기울였다. 하지만 피터는 웬디 손에 달랑 도토리 단추 하나를 떨어뜨렸을 뿐이다. 웬디는 멋쩍은 듯 천천히 얼굴을 뒤로 뺐다. 그래도 그 키스를 줄에 달아 목에 걸고 다니겠다고 상냥하게 말했다. 웬디가 그 도토리 목걸이를 한 것은 다행한 일이었다. 그 덕분에 나중에 목숨을 구할 수 있었으니 말이다.

사람들의 세상에서는 처음 인사를 나눌 때 서로의 나이를 묻는 게 관례이다. 늘 곧이곧대로 하는 것을 좋아하는 웬디도 피터에게 몇 살인지 물었다. 피터에게는 정말 반갑지 않은 질문이었다. 그건 마치 영국 왕들의 이름을 물어봤으면 하는데 별안간 문법을 묻는 시험 같았다.

"몰라. 하지만 꽤 젊어."

피터가 거북하게 대답했다. 피터는 정말로 자기 나이를 몰랐다. 단지 짐작만 할 뿐이었다. 그래서 되는대로 말해 버렸다.

"웬디, 난 태어난 날 바로 집에서 도망쳤어."

웬디는 깜짝 놀라면서도 흥미로웠다. 그래서 응접실에서나 할 법한 매혹적인 태도로 자신의 잠옷을 살짝 만지며 피터에게 좀 더 가까이 앉으라는 표시를 했다.

"엄마 아빠가 얘기하는 걸 들었거든."

피터가 낮은 목소리로 설명했다.

"내가 어른이 되면 뭐가 될지 얘기하고 있었어."

이제 피터의 목소리는 격앙되었다.

"난 어른 따위는 되고 싶지 않아. 늘 어린아이로 남아서 즐겁게 놀고 싶어. 그래서 켄싱턴 공원으로 도망쳐서 오랫동안 요정들과 함께 살았어."

웬디는 피터에게 매우 존경 어린 시선을 보냈다. 피터는 그게 자신이 집에서 도망친 것 때문이라고 생각했지만 사실은 요정들을 알고 있다는 것 때문이었다. 웬디는 쭉 집에서만 생활한 탓에 요정들을 안다는 게 상당히 즐거운 일처럼 느껴졌다. 웬디는 피터도 놀랄 정도로 요정들에 관한 질문을 마구 쏟아 냈다. 사실 피터에게 요정들은 이래저래 방해만 되는 골칫거리였기 때문에 가끔은 심하게 혼을 내기도 했다. 그래도 피터는 여러 가지 면에서 요정들이 맘에 들었고, 웬디에게 요정들이 처음 생겨난 사연을 말해 주었다.

"있잖아, 웬디. 갓난아기가 처음으로 웃음을 터뜨리면 그 웃음이 산산조각 나고 그 조각들이 모두 깡충깡충 뛰면서 흩어져. 그때부터 요정들이 생겨나게 된 거야."

따분한 이야기일 텐데도 집을 떠나 본 적이 없는 웬디는 이 이야기가 재미있었다.

피터가 친절하게 이야기를 계속했다.

"그래서 아이들에게는 저마다 요정이 한 명씩 있어야 하는 거야."

"있어야 하다니? 그럼 없어?"

"없어. 알다시피 요즘 아이들은 아는 게 많아서 요정의 존재를 금세 믿지 않게 되지. 그리고 아이가 '난 요정 따윈 믿지 않아.'라고 말할 때마다 어딘가에서 요정 하나가 쓰러져 죽는 거야."

이제 정말 요정 얘기는 할 만큼 했다고 느꼈을 때 피터는 문득 팅커 벨이 너무 잠잠하다는 생각이 들었다.

"팅크가 어디 갔는지 모르겠네."

피터는 자리에서 일어나 팅크의 이름을 불러 댔다. 웬디는 갑작스러운 이야기에 심장이 두근거렸다.

"피터, 이 방에 요정이 있다는 얘기는 아니겠지?"

웬디가 피터를 와락 붙잡으며 소리쳤다.

"방금 전까지 여기 있었는데. 무슨 소리 안 들리니?"

피터가 약간 조바심을 내며 말했다. 둘은 함께 귀를 기울였다.

"조그만 종이 딸랑거리는 것 같은 소리밖에 안 들려."

웬디가 말했다.

"맞아, 팅크야. 그게 요정들의 언어야. 가만, 나한테도 들리는 것 같다."

소리는 서랍장에서 들려왔다. 피터는 금세 얼굴이 밝아졌다. 피터의 표정은 세상 어느 누구보다 즐거워 보였고 까르륵거리는 피터의 웃음소리는 어떤 소리보다 사랑스러웠다. 피터는 자신의 첫 웃음을 여전히 간직하고 있었다.

"웬디, 내가 팅크를 서랍 속에 가뒀나 봐!"

피터가 웃음기 가득한 얼굴로 속삭였다.

피터가 가엾은 팅크를 서랍에서 꺼내 주자 잔뜩 화가 난 팅크는 방 안을 이리저리 날아다니며 소리쳤다. 피터도 지지 않고 맞받아쳤다.

"그런 말하면 못써. 당연히 미안하지. 하지만 네가 서랍 안에 있는 줄 어떻게 알았겠어?"

피터가 하는 말은 웬디의 귀에 들어오지 않았다.

"아, 피터. 팅크가 가만히 있으면 내가 볼 수 있을 텐데!"

"요정들은 좀처럼 가만히 있질 않아."

피터가 대답했다. 하지만 웬디는 뻐꾸기시계 위에 잠깐 멈춰 선 팅크의 사랑스러운 모습을 놓치지 않고 보았다.

"어머, 예쁘기도 하지!"

여전히 화가 풀리지 않아 잔뜩 얼굴을 찡그리고 있는 팅크를 보고 웬디가 외쳤다.

"팅크, 이 숙녀는 네가 자기 요정이었으면 좋겠다는구나."

피터가 상냥하게 말했다. 그러자 팅커 벨이 무례하게 대답했다.

"팅커 벨이 뭐라고 하는 거야, 피터?"

피터의 통역이 필요한 순간이었다.

"팅크는 좀 예의 없어. 네가 아주 못생긴 데다가 자기는 내 요정이래."

"네가 내 요정이 될 수 없는 건 너도 알잖아, 팅크. 난 신사고 넌 숙녀니까 말이야."

피터가 팅크에게 따지듯 말했다. 그러자 팅크는 이렇게 대꾸하고 욕실로 사라져 버렸다.

"이 바보 멍청이."

"팅크는 아주 흔한 요정이야. 냄비와 주전자 고치는 일을 해서 팅커 벨이라고 불려. 땜장이라는 뜻이거든."

피터가 변명하듯 설명했다.

둘은 이제 안락의자에 나란히 앉았다. 웬디는 피터에게 더 많은 질문을 퍼부었다.

"지금은 켄싱턴 공원에 사는 게 아니라면……."

"아직도 가끔은 거기서 지내."

"그럼 대부분은 어디서 지내는 거야?"

"길 잃은 소년들과 함께 지내."

"그 애들이 누군데?"

"유모가 딴청을 부리는 사이 유모차에서 떨어진 아이들이지. 일주일 동안 아이들을 찾는 사람이 안 나타나면 멀리 네버랜드로 보내서 그 비용을 치르지. 내가 대장이야."

"정말 재미있겠다!"

"그래, 하지만 좀 외롭기는 해. 우리 곁에는 여자아이가 한 명도 없거든."

꾀 많은 피터가 말했다.

"여자애가 한 명도 없다고?"

"없어. 알다시피 여자애들은 훨씬 똑똑하기 때문에 웬만해선 유모차에서 떨어지지 않거든."

이 말을 들은 웬디는 한없이 우쭐해졌다.

"넌 여자애들 얘기를 정말 멋지게 하는 것 같아. 저기 있는 존은 여자애들을 얕보기만 하는데."

그러자 피터가 벌떡 일어나 존을 발로 걷어찼다. 한 번 찼을

뿐인데 존은 담요와 한데 섞여 침대 아래로 떨어졌다. 피터가 존과의 첫 만남부터 좀 무례한 것 같아 웬디는 이 집의 대장은 피터가 아니라고 힘주어 말했다. 하지만 존은 바닥에 떨어진 채로도 얌전히 잠을 잤고, 웬디는 존을 그대로 내버려 두었다.

"나한테 친절을 베풀려고 그런 거 알아. 그러니까 나한테 키스해 줘도 돼."

곧 마음이 풀린 웬디가 말했다. 순간 웬디는 피터가 키스를 모른다는 사실을 깜박했던 것이다.

"네가 키스를 돌려받고 싶어 할 줄 알았어."

피터는 조금 씁쓸하게 말하며 골무를 돌려주었다.

"아, 이런. 골무라고 한다는 걸 키스라고 했네."

인정 많은 웬디가 말했다.

"그게 뭐야?"

"바로 이런 거야."

웬디는 피터에게 키스를 했다.

"이상해! 나도 골무를 줄까?"

피터가 진지하게 말했다.

"좋을 대로."

이번에는 고개를 똑바로 세운 채로 대답했다.

피터가 골무를 줌과 동시에 웬디가 날카로운 비명을 질렀다.

"웬디, 왜 그래?"

"누가 꼭 내 머리를 잡아당긴 것 같아."

"분명 팅크가 한 짓일 거야. 이렇게 심술을 부릴 줄은 몰랐는데."

틴크는 정말로 거친 말을 내뱉으며 방 안을 이리저리 날아다녔다.

"웬디, 틴크는 내가 너한테 골무를 줄 때마다 네 머리를 잡아당길 거라는데."

"왜?"

"틴크, 왜?"

이번에도 틴크는 "이 바보 멍청이."라고 대답했다. 피터는 이해하지 못했지만 웬디는 그 이유를 알 것 같았다. 그리고 피터가 사실은 자신을 보러 온 게 아니라 이야기를 듣기 위해 방 창가에 왔다고 했을 때 약간의 실망감이 드는 것은 어쩔 수 없었다.

"사실 난 아는 이야기가 없어. 길 잃은 아이들도 하나같이 아는 이야기가 없어."

피터가 말했다.

"정말 안됐다."

"제비들이 왜 처마에 집을 짓는지 알아? 그게 다 이야기를 들으려고 그러는 거야. 아, 웬디. 너희 엄만 정말 재미있는 이야기를 해 주더라."

"무슨 이야기였는데?"

"유리 구두를 신은 아가씨를 찾지 못한 왕자 이야기였어."

"피터, 그건 신데렐라야. 그리고 왕자는 신데렐라를 찾았고 둘은 행복하게 살았어."

웬디가 신이 나서 말했다.

피터는 매우 기뻐하며 자리에서 일어나 급히 창가로 향했다.

"어디 가는 거야?"

웬디가 불안한 목소리로 외쳤다.

"다른 아이들한테 말해 주려고."

"가지 마, 피터. 난 이야기를 많이 알고 있어."

웬디가 애원하듯 말했다. 정확히 그렇게 말했다. 그러니 그녀가 피터를 먼저 유혹했다는 것은 부정할 수 없는 사실이다.

다시 돌아온 피터의 눈빛에는 욕심이 가득 고여 있었는데, 그 눈빛에 놀랄 만도 하건만 웬디는 전혀 놀라지 않았다.

"아, 아이들에게 들려줄 얘기가 얼마나 많은지 몰라!"

웬디가 외쳤다. 그러자 피터가 웬디를 창가 쪽으로 끌고 가기 시작했다.

"이것 좀 놔!"

웬디가 강한 어조로 말했다.

"웬디, 나랑 같이 가서 아이들한테 이야기를 들려줘."

물론 웬디는 부탁을 받고 매우 기뻤지만 이렇게 말했다.

"이런, 안 돼. 우리 엄마는 어떻게 하고! 게다가 난 날지도 못해."

"내가 가르쳐 줄게."

"아, 날 수 있다면 얼마나 좋을까?"

"내가 바람의 등에 올라타는 법도 가르쳐 줄게. 그럼 그걸 타고 함께 가는 거야."

"이야!"

웬디가 환호성을 질렀다.

"웬디, 웬디. 침대에서 멍청하게 잠이나 자고 있을 시간에 나랑 같이 날아다니면서 별들과 수다를 떨 수도 있다고."

"이야!"

"웬디, 그리고 인어들도 있어."

"인어! 꼬리가 달린 거?"

"아주 긴 꼬리지."

"아, 인어를 볼 수 있다니."

피터의 교활함은 극에 달했다.

"웬디, 우리 모두 널 존경하고 따르게 되겠지."

웬디는 괴로운 듯 몸을 꿈틀거렸다. 꼭 제자리에 그대로 앉아
서 버티려고 애쓰는 것처럼 보였다. 하지만 능청꾸러기 피터는
가차 없이 계속 말했다.

"웬디, 밤이 되면 우리에게 이불을 덮어 줄 수도 있어."

"이야!"

"밤에 우리에게 이불을 덮어 준 사람은 이제껏 아무도 없었거
든."

"이야!"

웬디는 피터를 향해 두 팔을 뻗었다.

"우리 옷을 꿰매 줄 수도 있고 주머니를 달아 줄 수도 있을 거
야. 우리 옷엔 주머니가 하나도 없거든."

더 이상 유혹을 참아 내는 건 무리였다.

"정말 멋지다! 피터, 존과 마이클에게도 나는 법을 가르쳐 줄
래?"

웬디가 소리쳤다.

"네가 원한다면."

피터가 무심히 대답했다. 웬디는 존과 마이클을 흔들어 깨웠

다.

"일어나. 피터 팬이 왔어. 우리한테 나는 법을 가르쳐 준대."

"그럼 일어나야지."

존이 두 눈을 비볐다. 물론 존은 이미 침대가 아닌 바닥에 있었다.

"안녕, 나 일어났다!"

마이클도 어느새 깨어 있었다. 뾰족하게 날이 선 칼처럼 또렷또렷해 보였다. 그런데 피터가 갑자기 조용히 하라는 신호를 보냈다. 아이들은 특유의 교활함이 가득한 얼굴로 어른 세계에서 들려오는 소리에 귀를 기울였다. 모든 게 쥐죽은 듯 조용했다. 잘못된 건 하나도 없었다. 아니, 잠깐만! 뭔가 잘못되었다. 저녁 내내 비참하게 짖어 대던 나나가 잠잠한 것이다. 이제껏 아이들이 듣고 있었던 건 바로 나나의 침묵이었다.

"불 끄고! 숨어! 어서!"

존이 앞으로 겪게 될 모험을 통틀어 처음이자 마지막으로 앞장서서 외친 순간이었다. 그래서 리자가 나나를 붙잡고 들어왔을 때, 방은 여느 때와 다름없이 조용하고 깜깜했다. 누구라도 그 자리에 있었다면 세 악동들이 천사 같이 새근대며 자는 소리밖에 들리지 않는다고 했을 것이다. 실은 창문 커튼 뒤에 숨어서 그럴듯하게 숨소리를 내고 있었는데 말이다.

리자는 기분이 좋지 않았다. 주방에서 크리스마스 푸딩 반죽을 하다가 나나의 터무니없는 의심 때문에 반죽을 그대로 두고 나와야 했기 때문이다. 뺨에 붙은 건포도를 뗄 새도 없었다. 리자는 조용해지는 최선의 방법은 잠깐이라도 나나를 아이들 방에 데려다 주는 것이라고 생각했다. 물론 도망가지 못하게 단단히 붙잡은 채로 말이다.

"자, 봐. 이 의심 많은 녀석아."

면목 없어 하는 나나의 마음은 아랑곳하지 않고 리자가 말했다.

"모두 다 잘 있지? 어린 천사들은 하나같이 침대에서 깊이 잠들어 있다고. 새근거리는 숨소리를 들어 보란 말이야."

이때 자신의 성공에 우쭐해진 마이클이 숨소리를 크게 내는 바람에 하마터면 들킬 뻔했다. 나나는 그 숨소리가 뭔지 알았기 때문에 리자의 손아귀에서 벗어나려고 안간힘을 썼다. 하지만 리자는 둔해서 알아차리지 못했다.

"더 이상은 안 돼, 나나."

리자는 나나를 방에서 끌어내며 단호히 말했다.

"경고하는데, 또 짖으면 곧장 파티에 가신 주인님과 주인마님을 집으로 모셔올 거야. 그럼 주인님이 널 매질하지 않겠니?"

리자는 그 불쌍한 개를 다시 묶었다. 하지만 그런다고 나나가 짖는 것을 멈췄겠는가? 파티에 간 주인님과 주인마님을 데려온다고? 그거야말로 나나가 바라는 일이었다. 자신이 돌보는 아이들이 안전해질 수만 있다면 매 맞는 것쯤은 하나도 두렵지 않았다. 하지만 안타깝게도 리자는 다시 푸딩을 만들러 가 버렸다. 나나는 리자에게 아무런 도움도 받을 수 없음을 알고는 끈질기게 쇠줄을 잡아당겨 결국 줄을 끊어 버렸다. 나나는 곧바로 27번지 집의 식당으로 뛰어 들어가 앞발을 높이 들어 올렸다. 나나에게는 그것이 소식을 전하는 가장 확실한 방법이었다. 달링 부부는 아이들에게 뭔가 끔찍한 일이 생겼다는 것을 곧바로 눈치 채고는 집주인에게 작별 인사도 하지 않은 채 거리로 뛰쳐나왔다.

하지만 세 악당이 커튼 뒤에서 숨소리를 내던 것도 벌써 10분 전의 일이었다. 10분이면 피터 팬이 많은 일을 할 수 있는 시간이다.

이제 다시 아이들 방으로 가 보자.

"이제 괜찮아."

존이 숨어 있던 곳에서 나오며 말했다.

"참, 피터. 정말 날 수 있는 거야?"

피터는 굳이 대답하지 않고 벽난로 선반을 지나 방 안을 날아다녔다.

"정말 최고야!"

존과 마이클이 외쳤다.

"멋지다!"

웬디가 소리쳤다.

"그래, 난 멋져. 아, 난 멋지다고!"

피터가 또다시 겸손함을 싹 잊고 말했다.

나는 것이 그렇게 쉬워 보일 수가 없었다. 아이들은 먼저 바닥에서, 그다음에는 침대에서 나는 연습을 했다. 하지만 날아오르기는커녕 번번이 떨어지기만 했다.

"대체 어떻게 하는 거야?"

존이 무릎을 문지르며 물었다. 존은 꽤나 실천적인 소년이었다.

"그냥 아름답고 멋진 생각만 하면 돼. 그러면 저절로 몸이 공중에 떠오를 거야."

피터가 설명했다. 그러고는 다시 한 번 시범을 보여 주었다.

"너무 빨라. 아주 천천히 한 번만 더 보여 줄래?"

존이 말했다.

피터는 느리게도, 빠르게도 날았다.

"이제 알겠어, 누나!"

존은 이렇게 외쳤지만 곧 그게 아니란 걸 알았다. 세 아이 모두 한 뼘도 날아오를 수 없었다. 가장 어린 마이클조차 두 음절로 된 단어 정도는 아는데 알파벳 A와 Z도 구별 못 하는 일자무식 피터가 하는 일을 할 수 없었다.

사실 피터가 아이들에게 장난을 치고 있었던 것이다. 요정 가루를 맞지 않은 이상 누구도 날 수 없었기 때문이다. 앞에서 말했듯이 피터의 한 손에는 요정 가루가 잔뜩 묻어 있었다. 피터가 아이들에게 가루를 조금씩 날려 보내자 그 효과는 대단했다.

"이제 이렇게 어깨를 흔들어 봐. 그런 다음 나는 거야."

아이들은 모두 침대에 서 있었다. 용감한 마이클이 가장 먼저 날아올랐다. 꼭 날겠다는 생각을 한 건 아니었지만 어쨌든 날아올라서 순식간에 방 안을 가로질렀다.

"내가 날았어!"

마이클이 공중에 떠서 소리를 질렀다.

존도 날아올라 욕실 근처에 있던 웬디와 마주쳤다.

"와, 근사하다!"

"와, 멋지다!"

"나 좀 봐!"

"나 좀 봐!"

"나 좀 봐!"

하지만 아이들이 피터처럼 우아하게 나는 건 무리였다. 어쩔 수 없이 버둥거려야 했다. 머리가 천장에 닿았고 그것만큼 신 나는 일도 없을 듯했다. 처음에는 피터가 웬디를 도와주었지만 팅크가 어찌나 화를 내는지 이내 그만두어야 했다.

아이들은 위로 아래로 빙글빙글 날았다. 웬디의 말을 빌리자면 마치 천국에 있는 것 같았다.

"우리, 밖으로 나가 보는 게 어때?"

존이 소리쳤다. 물론 피터가 쭉 바라던 바였다.

마이클은 언제든 나갈 준비가 되어 있었다. 10억 킬로미터를 나는 데 얼마나 걸리는지 알고 싶었던 것이다. 하지만 웬디는 망설였다.

"인어!"

피터가 다시 한 번 말했다.

"이야!"

"그리고 해적들도 있어."

"해적들이라고? 당장 가자."

존이 나들이 모자를 집어 들며 외쳤다.

달링 부부가 나나와 함께 27번지를 급히 빠져나온 건 바로 그때였다. 그들은 길 한가운데로 달려 나와 아이들 방 창문을 올려다보았다. 아직 닫혀 있긴 했지만 불빛으로 방 안이 환했다. 무엇보다 가슴을 죄는 광경은 잠옷을 입은 채로 바닥이 아닌 공중

새들이 날아가 버리다.

에서 빙글빙글 돌고 있는 세 아이의 그림자가 커튼에 비친 것이다. 아니, 셋이 아니라 넷이었다.

달링 부부는 덜덜 떨리는 손으로 길가 쪽으로 난 문을 열었다. 달링 씨는 금방이라도 위층으로 달려갈 기세였지만 달링 부인이 소리 죽여 살금살금 올라가라는 손짓을 했다. 달링 부인은 쿵쾅거리는 심장 소리조차 들리지 않게 하려고 안간힘을 썼다.

달링 부부가 늦지 않고 아이들 방에 도착할 수 있을까? 그렇게 된다면 그들에게도 기쁜 일이고 우리도 안도의 한숨을 내쉬게 되겠지만, 이야기는 그걸로 끝이 날 것이다. 하지만 부부가 제때 도착하지 못한다 해도 내가 엄숙히 맹세하는데, 결국 모든 일이 잘될 것이다.

작은 별들이 지켜보고 있지만 않았어도 그들은 늦지 않고 아이들 방에 도착했을 것이다. 별들은 또다시 창문을 벌컥 열어젖혔고 그중 가장 작은 별이 외쳤다.

"조심해, 피터."

피터는 한시도 지체할 수 없음을 알았다.

"가자."

피터가 다급하게 외치고 곧바로 밤하늘로 날아오르자 존과 마이클과 웬디가 그 뒤를 뒤따랐다.

달링 부부와 나나가 뒤늦게 아이들 방으로 뛰어 들어왔다. 이미 새들이 날아간 뒤였다.

제4장
비행

"오른쪽으로 두 번째, 그런 다음 아침까지 쭉."

이 말은 피터가 웬디에게 네버랜드로 가는 길을 말한 것이었다. 지도를 가지고 다니면서 구불구불 모퉁이가 나올 때마다 확인하는 새가 있다 해도 이것만으로는 네버랜드를 찾을 수 없을 것이다. 알다시피 피터는 생각나는 대로 내뱉는 아이였다.

처음에 아이들은 피터를 철석같이 믿었다. 그리고 하늘을 난다는 기쁨이 어찌나 컸는지 가는 도중 마음에 드는 교회 첨탑이나 높은 건물이 보이면 그 주위를 돌며 시간을 보냈다. 존이 먼저 출발한 마이클을 따라잡으며 둘은 시합을 벌이기도 했다.

아이들은 얼마 전까지만 해도 고작 방 안을 나는 걸 멋지다고 느꼈는데 지금은 그게 우습기만 했다.

바로 얼마 전까지. 하지만 대체 얼마나 된 걸까? 한창 바다 위를 날고 있는데 이런 생각이 웬디의 머릿속을 심하게 어지럽히기 시작했다. 존은 그게 두 번째로 건너는 바다이고 세 번째로 맞는 밤 같다고 했다.

가끔 어두워지기도 하고 밝아지기도 했다. 또 몹시 춥다가 다시 더워지기도 했다. 가끔은 배가 고프기도 했다. 하지만 진짜 고픈 것인지, 아니면 피터가 먹을 것을 구하는 새로운 방법이 신기해서 그 모습을 또 보려고 배고픈 척하는 것인지는 알 수 없었다. 그 방법이란 사람들 입맛에 맞는 음식을 물고 가는 새들을 쫓아가서 빼앗는 것이었다. 그러면 새들이 쫓아와 그 음식을 다시 빼앗아 갔다. 그렇게 몇 킬로미터를 서로 신 나게 쫓고 쫓기다가 마지막에는 서로 화해의 표시를 하고 헤어지는 식이었다. 하지만 웬디는 그것이 먹을 것을 구하는 방법치곤 상당히 이상하다는 것과 심지어 다른 방법이 있다는 것을 피터가 모르는 것 같아서 은근히 걱정이 되기 시작했다.

아이들이 졸린 척한 게 아니라는 것은 확실했다. 진짜로 졸렸으니까 말이다. 그리고 조는 것은 위험했다. 아차 싶은 순간 그대로 뚝 떨어질 수도 있기 때문이다. 그보다 심각한 건 피터가 그걸 재미있어한다는 것이다.

"또 떨어진다!"

마이클이 돌멩이처럼 갑자기 뚝 떨어지는 것을 보며 피터가 신이 나서 소리쳤다.

"구해 줘, 어서!"

웬디가 까마득히 아래에 있는 무시무시한 바다를 보고는 두려움에 떨며 소리를 질렀다. 피터는 그제야 허공을 날아 마이클이 바다에 닿기 직전에 낚아채곤 했다. 그런 피터의 모습이 멋지기는 했다. 하지만 피터는 늘 마지막 순간까지 기다렸다. 정작

～ 갖는 사람이 임자! ～

피터가 관심 있는 것은 사람 목숨을 구하는 것이 아니라 자기 재주를 뽐내는 것이 아닌가 하는 생각이 들 정도였다. 또 피터는 변덕이 심해서 한순간 마음을 빼앗겼던 장난에도 갑자기 싫증을 느끼곤 했다. 따라서 다음번에 누군가 바다로 떨어질 때는 피터가 그냥 내버려 둘 가능성이 늘 존재했다.

피터는 공중에서도 똑바로 누워 떨어지지 않고 잘 수 있었다. 하지만 이건 누가 뒤에서 입김만 불어도 휙 날아갈 만큼 피터가 가벼운 탓도 있었다.

"피터한테 좀 잘해."

'대장 따라 하기' 놀이를 할 때 웬디가 존에게 속삭였다.

"그럼 피터한테 잘난 척 좀 그만하라고 해."

존이 말했다.

'대장 따라 하기' 놀이를 하면서 피터는 물에 닿을 듯 낮게 날면서 상어들의 꼬리를 일일이 건드리고 지나갔다. 마치 거리에 있는 철책을 손가락으로 쭉 훑고 지나가듯 말이다. 아이들은 이걸 쉽게 따라할 수 없었으니 피터가 잘난 척한다고 여길 수밖에. 게다가 피터는 계속 뒤를 돌아보며 아이들이 상어 꼬리를 몇 개나 놓쳤는지 확인했다.

"피터한테 잘해야 돼. 피터가 우릴 버리고 가면 어떡하니?"

웬디가 동생들에게 힘주어 말했다.

"돌아가면 되잖아."

마이클이 말했다.

"피터 없이 우리가 돌아가는 길을 어떻게 찾아?"

"그럼, 계속 가면 되지."

이번에는 존이 말했다.

"그거야말로 끔찍하다, 존. 어차피 멈추는 법을 모르니 우리는 계속 갈 수밖에 없어."

그건 사실이었다. 피터가 깜빡하고 멈추는 법을 알려 주지 않았던 것이다.

존은 최악의 경우에는 계속 날기만 하면 될 거라고 했다. 지구는 둥그니까 결국 그들 방 창문에 도착할 것이라는 얘기였다.

"존, 그럼 먹을 건 누가 구해 오고?"

"웬디 누나, 내가 독수리 입에 있던 음식을 아주 멋지게 낚아채는 거 봤지?"

"그것도 스무 번 만에 말이야."

웬디가 다시 한 번 일깨워 주었다.

"그리고 먹을 것 구하는 건 문제없다고 해도, 피터가 옆에서 도와주지 않으면 구름이며 뭐며 여기저기에 맨날 부딪치잖아."

정말로 아이들은 끊임없이 부딪쳤다. 아이들은 이제 제법 힘차게 날 수 있었다. 여전히 시도 때도 없이 버둥거리긴 했지만 말이다. 앞에 있는 구름을 보고 피하려고 하지만 어김없이 충돌하고 말았다. 나나가 옆에 있었다면 벌써 마이클의 이마에 붕대를 감아 주었을 것이다.

피터가 잠시 곁을 떠나 아이들끼리만 공중에 덩그러니 있을 때는 좀 외로웠다. 아이들보다 훨씬 빨리 날 수 있는 피터는 갑자기 시야에서 획 사라져 혼자 모험을 즐기고 오곤 했다. 피터는 별과 함께 배꼽 빠지게 재미있는 이야기를 하고 웃으며 내려와 놓고는 그게 뭔지 금방 잊어버렸다. 또 인어 비늘을 그대로 붙인 채 올라와 놓고는 무슨 일이 있었는지 확실히 얘기하지도 못했다. 한 번도 인어를 본 적이 없는 아이들에게는 몹시 짜증 나는 일이었다.

"저렇게 빨리 잊는데 우리를 계속 기억할 거라고 어떻게 장담하겠어?"

웬디가 타이르듯 말했다.

모험에서 돌아온 피터는 가끔 아이들을 정말로 깜빡할 때가 있었다. 웬디는 그 사실을 확신했다. 피터가 자신들에게 가볍게 인사를 건네고 그냥 지나치려던 찰나에 누군지 기억해 내는 것을 그의 눈빛에서 확인했던 것이다. 한 번은 피터에게 자신의 이름까지 말해 줘야 했다.

"난 웬디야."

웬디가 흥분해서 말했다. 매우 미안해진 피터는 웬디에게 이렇게 속삭였다.

"있잖아, 웬디. 내가 널 잊은 것 같거든 언제든지 '난 웬디야.'라고 말해 줘. 그럼 널 기억해 낼 거야."

물론 그다지 만족스럽지 못한 방법이었다. 하지만 피터는 사과라도 하듯 그들이 가는 방향으로 부는 강한 바람 위에 납작 누워서 가는 방법을 알려 주었다. 그건 꽤나 기분 좋은 변화였다. 아이들은 몇 번 연습을 한 뒤 이제 마음 놓고 잘 수 있게 되었음을 깨달았다. 실제로 더 잘 수도 있었지만 피터는 자는 것에 금방 싫증을 내며 이내 대장 같은 목소리로 "여기서 내리자."라고 소리치곤 했다. 그렇게 가끔 다툼이 있기도 했지만 대개는 웃고 까불며 네버랜드에 다가갔다. 그리고 여러 날 밤이 지난 뒤 마침내 네버랜드에 도착했다. 아이들은 그동안 제법 똑바로 날아갔다. 피터나 팅크가 안내한 덕분이라기보다는 섬이 아이들을 찾아 나와 있었기 때문일 것이다. 그래야 누구든 그 마법의 해안을 발견하게 될 테니 말이다.

"저기 있다."

피터가 차분하게 말했다.

"어디, 어디?"

"모든 화살들이 가리키고 있는 곳."

정말로 수백만 개의 황금 화살들이 섬을 가리키며 알려 주고 있었다. 아이들의 친구인 태양이 쏘아 보낸 것이었다. 태양은 밤이 되어 자신이 떠나기 전에 아이들이 길을 찾길 바랐다.

웬디와 존과 마이클은 섬을 보기 위해 허공에서 까치발을 딛고 섰다. 이상한 얘기지만 아이들은 섬을 단박에 알아보았다. 그리고 오랫동안 꿈꿔 오다가 마침내 보게 된 곳이 아니라 휴일을 맞아 고향으로 돌아와 만난 오랜 친구처럼 섬을 향해 반갑게 인사했다. 두려움이 찾아오기 전까지는 말이다.

"존, 저기 호수가 있어."

"웬디 누나, 거북이 모래에 알을 묻는 것 좀 봐."

"존, 저기 다리 부러진 네 홍학도 보인다."

"봐, 마이클. 네 동굴도 있어."

"형, 저 덤불 속에 있는 게 뭐야?"

"늑대가 새끼들하고 있잖아. 누나, 저거 누나네 새끼 늑대들 같은데?"

"저기 내 배가 있어, 형. 옆이 찌그러진 거."

"그건 네 보트가 아니야. 네 보트는 우리가 태웠잖아."

"어쨌든 내 보트가 맞아. 그런데 형, 인디언 텐트에서 연기가 올라와."

"어디? 어딘지 알려 줘. 연기가 올라가는 모습을 보고 인디언들이 전쟁 중인지 아닌지 알려 줄게."

"저기, 신비 강 바로 맞은편에."

"이제 보여. 그래, 틀림없이 전쟁 중이야."

피터는 아이들이 너무 많이 알고 있는 것 같아 조금 부아가 났다. 하지만 피터가 아이들에게 군림하기를 원한다면 오래 기다릴 필요도 없었다. 내가 전에 곧 그들에게 두려움이 엄습할 것이라고 말하지 않았던가?

황금 화살들이 어둠 속에 섬을 남겨 둔 채 떠나자 어김없이 두려움이 찾아왔다. 네버랜드는 아이들이 집에 있을 때도 잠자리에 들 때쯤이면 조금씩 어둡고 위협적으로 보이곤 했다. 아직 개척되지 않은 섬 이곳저곳이 떠올라 사방으로 퍼져 나갔고 까만 그림자들이 그 사이를 돌아다녔다. 그쯤 되면 맹수들이 울부짖는 소리도 낮과는 사뭇 다르게 들렸고 무엇보다 그들과 싸워 이길 거라는 확신도 사라졌다. 아이들은 방 안에 램프가 켜져 있는 걸 다행으로 여겼으며, 나나가 곁에서 여기 있는 건 벽난로이고 네버랜드는 전부 상상일 뿐이라고 말해 주는 것도 반가웠다.

물론 그때 네버랜드는 상상 속의 섬이었다. 하지만 이제는 진짜였다. 취침 램프도 없는데 점점 어두워지고 있었다. 나나도 없는데 말이다.

그동안 아이들은 서로 멀찍이 떨어져 날았지만 지금은 모두 피터 옆에 바짝 붙어 있었다. 이제 피터에게서 경솔함은 전혀 찾아볼 수 없었다. 두 눈은 반짝거렸고 피터의 몸을 만질 때마다 찌릿찌릿한 느낌이 전해졌다. 아이들은 무시무시한 섬 위를 매우 낮게 날아서 가끔 나무에 발이 스칠 때도 있었다. 공중에서는 무서운 게 전혀 보이지 않았지만 아이들은 마치 적진을 뚫고 지나가듯 점점 더디고 힘겹게 앞으로 나아가고 있었다. 때때로 아이들은 뭔가에 가로막힌 듯 공중에 떠 있어야 했고 피터가 주먹으로 그것을 쳐낸 뒤에야 움직일 수 있었다.

"녀석들은 우리가 섬에 내리는 걸 싫어하나 봐."

피터가 말했다.

"그게 누군데?"

웬디가 덜덜 떨며 속삭였다.

하지만 피터는 말할 수 없었거니와 말할 생각도 없었다. 말없이 자신의 어깨에서 자고 있던 팅커 벨을 깨워 앞으로 보냈다.

가끔 피터는 허공에 가만히 서서 귀에 손을 대고 열심히 귀를 기울였다. 그러고는 다시 두 눈을 반짝이며 아래를 뚫어져라 바라봤는데 땅에 구멍이라도 낼 것 같았다. 피터는 이 모든 행동을 한 뒤에야 다시 앞으로 나아갔다.

피터의 용기는 간담이 서늘할 정도였다.

"당장 모험을 하고 싶어? 아니면 먼저 차를 마실래?"

피터가 존에게 불쑥 물었다.

웬디는 바로 "차 먼저."라고 대답했고, 마이클은 고마움의 표시로 웬디의 손을 꼭 잡았다. 하지만 좀 더 용감한 존은 망설였다.

"어떤 모험인데?"

존이 조심스레 물었다.

"우리 바로 아래에 있는 초원에 해적 하나가 잠들어 있어. 너만 좋다면 내려가서 죽일 수도 있어."

"난 안 보이는데."

존이 한참 만에 말했다.

"난 보여."

"해적이 깨면 어쩌지?"

존이 약간 쉰 목소리로 물었다. 그러자 피터가 발끈하며 대답했다.

"설마 내가 자고 있는 사람을 죽일 거라고 생각하는 건 아니겠지? 난 먼저 그 녀석을 깨운 다음에 죽일 거야. 난 항상 그렇게 한다고."

"알았어! 그런데 해적을 많이 죽여 봤어?"

"엄청나지."

존은 "멋지다."라고 말했지만 결국 차를 먼저 마시기로 했다. 존이 지금 섬에 해적들이 많은지 묻자, 피터는 이렇게 많은 적은 처음이라고 했다.

"두목이 누군데?"

"후크."

피터가 대답했다. 그러고는 끔찍한 단어라도 입에 올린 것처럼 표정이 잔뜩 굳었다.

"제임스 후크?"

"그래."

그러자 마이클이 울먹이기 시작했고, 존조차 마른 침을 삼켰다. 아이들도 후크의 악명은 익히 알고 있었던 것이다.

"'검은 수염호'의 갑판장이었잖아. 가장 악명 높은 해적이었지. 바비큐가 유일하게 두려워하는 사람이고."

존이 가라앉은 목소리로 속삭였다.

"맞아, 그 녀석이야."

피터가 말했다.

"어떻게 생겼어? 덩치가 커?"

"예전만큼 크진 않아."

"그게 무슨 말이야?"

"내가 몸의 일부를 잘라 냈거든."

"네가?"

"그래, 내가."

피터가 날카롭게 쏘아붙였다.

"기분 나쁘게 할 생각은 없었어."

"그래, 괜찮아."

"그런데 어디를 잘랐는데?"

"오른손."

"그럼 이제 못 싸우는 거야?"

"못 싸우기는!"

"왼손잡이야?"

"오른손 대신에 쇠갈고리를 달고 있어. 그걸로 할퀴지."

"할퀸다고?"

"이봐, 존."

"응."

"'네, 네, 대장님.'이라고 해."

"네, 네, 대장님."

피터가 말을 이었다.

"내 밑에 있는 아이들이 지켜야 할 규칙이 한 가지 있어. 너도 마찬가지야."

존의 얼굴이 창백해졌다.

"그건 말이야, 우리가 밖에서 후크와 맞붙게 되면 놈을 무조건 나한테 넘겨야 해."

"약속할게."

아이들은 옆에서 함께 날아다니는 팅크 덕분에 한동안 두려움을 덜 느꼈다. 팅크의 불빛 덕분에 서로를 알아볼 수 있었기 때문이다. 하지만 안타깝게도 팅크는 아이들처럼 천천히 날 수 없어서 그들 주변을 빙글빙글 돌았다. 그래서 아이들은 마치 후광을 받으며 움직이는 것처럼 보였다. 웬디는 그게 무척 마음에 들었지만 피터가 문제점 하나를 알려 주었다.

"팅크가 그러는데, 어두워지기 전에 해적들이 우리를 봤다는 군. 그래서 장거리포를 꺼냈대."

"커다란 대포 말이야?"

"그래. 그리고 지금은 당연히 팅크의 불빛을 볼 수 있을 테고, 우리가 불빛 근처에 있다고 생각되면 대포를 쏘겠지."

"누나!"

"존!"

"마이클!"

"팅크한테 당장 멀리 좀 가라고 해, 피터."

세 아이들이 동시에 소리쳤지만 피터는 그 말을 듣지 않았다.

"팅크는 우리가 길을 잃었다고 생각해. 팅크도 겁을 좀 먹었고 말이야. 설마 내가 겁먹은 팅크를 혼자 보낼 거라고 생각하는 건 아니겠지?"

피터가 굳은 목소리로 말했다.

둥근 빛이 잠시 끊기는가 싶더니 뭔가가 피터를 살짝 꼬집었다.

"그럼 불빛을 끄라고 말해 줘."

웬디가 간청했다.

"끌 수 없어. 요정들이 할 수 없는 일 단 하나는 자기 불빛을 끄는 거야. 별빛처럼 잘 때만 저절로 꺼져."

"그럼 지금 당장 자라고 해."

존이 거의 명령조로 말했다.

"팅크는 졸릴 때만 잘 수 있어. 요정들이 못 하는 또 한 가지가 바로 그거야."

"내가 보기에는 그 두 가지만 잘하면 될 것 같은데."

존이 투덜거렸다. 그때 뭔가가 존을 꼬집었는데 살짝은 아니었다.

"누구든 호주머니가 있으면 그 안에 팅크를 넣으면 되는데."

피터가 말했다. 하지만 잠옷 차림으로 급하게 출발한 아이들에게 호주머니 같은 건 없었다.

그때 피터에게 한 가지 좋은 생각이 떠올랐다. 존의 모자!

팅크는 모자를 손에 들고 간다면 그 안에 들어가겠다고 했다.

또 그 모자를 피터가 들어 주길 바랐지만 존이 들었다. 하늘을 날 때 모자가 자꾸 무릎에 걸리적거린다고 존이 불평하는 바람에 모자는 이내 웬디의 손으로 넘어갔다. 앞으로 밝혀지겠지만, 이것이 결국 말썽을 초래했다. 팅커 벨은 웬디에게 도움 받는 걸 죽기보다 싫어했던 것이다.

검은 모자 속에 들어가니 팅크의 불빛이 완전히 차단되었고, 그들은 적막 속에서 하늘을 날았다. 아이들이 경험해 본 적 없는 완전한 고요였다. 찰랑거리는 소리가 멀리서 들려와 그 고요를 깼다. 피터 말로는 사나운 짐승들이 여울에서 물 마시는 소리라고 했다. 그리고 나뭇가지들이 서로 비벼 대는 듯한 끽끽 소리도 들려왔다. 피터는 인디언들이 칼을 가는 소리라고 했다.

더 이상 이런 소리들마저 들리지 않게 되자 마이클은 그 적막감을 견디기가 힘들었다.

"무슨 소리라도 들렸으면!"

마이클이 외쳤다.

그 말에 응답이라도 하듯 마이클이 처음 들어 보는 엄청난 굉음이 허공을 갈랐다. 해적들이 아이들을 향해 장거리포를 발사한 것이다.

대포 터지는 소리가 온 산을 뒤흔들었는데 그 소리는 마치 "이 녀석들 어디 있지, 어디 있지, 어디 있지?"라고 사납게 울부짖는 것 같았다.

겁에 질린 세 아이들에게 상상 속의 네버랜드와 현실의 네버랜드의 차이가 뼈저리게 다가왔다.

마침내 하늘이 다시 잠잠해지자 존과 마이클은 어둠 속에 둘만 덩그러니 남은 것을 알게 되었다. 존은 기계적으로 허공에 대고 발길질을 해 댔고 마이클은 어떻게 떠 있는지도 모른 채 둥둥 떠 있었다.

"너 맞았니?"

존이 떨리는 목소리로 속삭여 물었다.

"아직 모르겠어."

마이클도 작게 속삭였다.

이제 와서 하는 얘기지만 대포에 맞은 사람은 아무도 없었다. 하지만 피터는 대포가 일으킨 바람에 실려 먼 바다로 날아갔고, 웬디는 팅커 벨과 단둘이 위쪽으로 날려 올라갔다.

웬디가 그때 모자를 떨어뜨렸더라면 더 좋았을 것이다. 팅크가 갑자기 그런 생각을 한 건지 아니면 도중에 계획한 것인지는 알 수 없지만, 팅크가 모자 밖으로 튀어나와 웬디를 파멸의 길로 끌어들이기 시작했다.

팅크는 나쁘기만 한 요정은 아니었다. 정확히 말하자면 지금은 못된 요정이지만 가끔은 착하게 굴기도 했다. 요정들은 이것 아니면 저것, 하나만 가능하다. 불행히도 몸집이 너무 작아 한 번에 한 가지 감정밖에 지닐 수 없는 것이다. 감정을 바꿀 수는 있지만 다만 완전히 바꾸는 길밖에는 없었다. 그 무렵 팅크는 웬디에 대한 질투심으로 가득했다. 팅크가 사랑스러운 방울 소리를 내며 하는 말을 웬디는 알아들을 수 없었다. 그 말 중에는 분명 욕도 포함되어 있었을 테지만 듣기에는 상냥하기만 했다. 그리고 앞뒤로 왔다 갔다 나는 모습은 "날 따라와, 그러면 모든 게 괜찮을 거야."라는 뜻이 분명했다.

가엾은 웬디가 달리 뭘 할 수 있었겠는가? 웬디는 피터와 존과 마이클의 이름을 불렀지만 비웃기라도 하듯 메아리만 되돌아왔다. 웬디는 팅크가 여자의 격렬한 질투심에 사로잡혀 자신을 미워한다는 것을 아직 모르고 있었다. 그래서 당황한 채 비틀비틀 날며 팅크를 따라 파멸의 길로 들어섰다.

제5장
섬이 현실이 되다

피터가 돌아온 것을 느낀 네버랜드는 다시금 활기로웠다. 활기가 가득했다고 말하는 게 맞겠지만, '활기롭다'는 말은 피터가 즐겨 쓰는 재미난 말이다.

보통 피터가 없을 때 섬은 별일 없이 조용했다. 요정들은 아침에 한 시간씩 늦게 일어났고, 짐승들은 새끼를 돌봤으며, 인디언들은 엿새 밤낮을 쉬지 않고 먹어 댔다. 그리고 해적들과 길 잃은 아이들은 만나서 서로 욕을 퍼부어 댔다. 하지만 지루한 걸 싫어하는 피터가 돌아오면 모두가 다시 움직였다. 이때 땅에 귀를 대 보면 섬 전체가 생기로 들끓는 소리를 듣게 될 것이다.

그날 밤, 섬의 주요 세력들은 다음과 같이 배치되었다. 길 잃은 아이들은 피터를 찾아 나와 있었고, 해적들은 길 잃은 아이들을 찾아 나와 있었다. 또 인디언들은 해적들을 찾아 나와 있었고, 짐승들은 인디언들을 찾아 나와 있었다. 그들은 모두가 같은 속도로 섬을 빙글빙글 돌고 있었기 때문에 서로 만나는 일은 없었다.

길 잃은 아이들만 빼고 모두가 피를 원했다. 평소에는 아이들도 피를 좋아했지만 오늘 밤만큼은 대장 피터를 맞이하러 나온 것이다. 섬에 있는 소년들의 수는 죽임을 당하는 까닭에 일정치 않았다. 또 소년들이 자라는 것은 섬의 규칙에 어긋나는 것이었기 때문에 그럴 때면 피터는 그들을 쫓아냈다. 지금 섬에는 쌍둥이를 둘로 쳐서 총 여섯 명의 소년들이 있었다. 우리가 여기에 있는 사탕수수 밭에 숨어 있다고 가정하고, 소년들이 각자의 손에 단검을 쥐고 일렬종대로 살금살금 지나가는 것을 지켜보도록 하자.

피터는 소년들이 자신과 조금이라도 같아 보이는 것을 금지했다. 그래서 아이들은 자신들이 죽인 곰 가죽을 입고 있었다. 가죽을 입은 아이들은 둥글둥글하고 털이 수북해서 넘어졌다 하면 데굴데굴 굴렀다. 그래서 한 발 한 발 넘어지지 않게 조심해서 걸었다.

맨 처음에 지나간 아이가 투틀즈다. 투틀즈는 용맹한 소년 무리 가운데 가장 겁쟁이라기보다 가장 운이 나쁜 소년이었다. 그가 모퉁이를 돌아 시야에서 사라지는 순간 어김없이 큰일이 터져서 다른 소년들보다 모험을 적게 했다. 투틀즈가 모든 게 잠잠하다고 생각하고 짬을 내 땔감으로 쓸 나뭇가지를 모으러 갔다 돌아오면 다른 소년들은 이미 모험을 끝내고 피를 닦아 내는 식이었다. 이런 불운 때문에 투틀즈의 표정은 다소 우울했지만 성격은 삐뚤어졌다기보다 오히려 더 부드러웠고 소년들 가운데 가장 겸손했다.

가엾고 착한 투틀즈, 오늘 밤 네 앞에 위험이 도사리고 있단다. 이제 네 앞에 나타날 모험을 외면하렴. 받아들였다간 넌 절망의 나락으로 떨어지고 말 거야. 투틀즈, 오늘 밤 나쁜 짓을 하려고 혈안이 된 요정 팅크가 마땅한 도구를 찾고 있는데 소년들 중에서 너를 가장 속이기 쉽다고 생각한단다. 팅커 벨을 조심해.

투틀즈가 이 말을 들을 수 있다면 좋으련만. 하지만 우리가 실제로 섬에 있는 게 아니니 투틀즈는 손가락을 깨물며 지나갈 뿐이다.

다음으로 지나가는 아이는 근심 걱정 없이 쾌활한 닙스, 그다음이 슬라이틀리다. 슬라이틀리는 나뭇가지를 잘라 피리를 만들어 불며 자신의 연주에 흠뻑 빠져 춤을 춘다. 또 소년들 가운데 잘난 척이 가장 심한 아이다. 그래서 자신이 길을 잃기 전의 일을 기억한다고 생각한다. 그때의 생활 방식이며 관습을 안다면서 잔뜩 콧대를 세우고 다닌다.

네 번째는 컬리다. 워낙 말썽꾸러기라 피터가 엄한 목소리로 "이렇게 한 사람 앞으로 나와."라고 말할 때마다 앞으로 나서는 일이 잦았다. 이제는 자기가 했든 안 했든 그런 명령이 떨어지기가 무섭게 자동으로 앞으로 나갔다.

마지막으로 오는 아이들은 쌍둥이다. 이들은 묘사하기가 쉽지 않다. 자칫하다간 엉뚱한 쪽을 묘사하게 될 테니 말이다. 피터는 쌍둥이가 뭔지 잘 몰랐다. 피터를 따르는 아이들은 그가 모르는 것을 알면 안 되었다. 그래서 쌍둥이들 스스로도 항상 누가 누군지 애매하게 굴었고, 다른 사람들에게 미안함을 보상하려는 듯 최선을 다해 꼭 붙어 다녔다.

소년들이 어둠 속으로 사라지고 얼마 지나지 않아 해적들이 그 뒤를 따라 나타났다. 섬에서는 뭐든 빠르게 돌아가기 때문에 정말 잠깐 사이였다. 해적들의 모습이 보이기도 전에 그들이 늘 불러 대는 이 끔찍한 노랫소리가 먼저 들렸다.

멈춰라, 멈춰, 에야디야, 닻을 감아라.
해적들이 나가신다.
포탄이 우릴 갈라놓아도
저 아래서 다시 만나리.

처형장에 나란히 매달린 사형수들의 얼굴도 그들보다 흉악해 보이지는 않았다. 여기, 무리보다 조금 앞서 나와 이따금씩 귀를 땅에 대고 소리를 듣는 자는 잘생긴 이탈리아 인 세코다. 튼튼한 두 팔뚝을 다 내놓고 귀에는 스페인 은화를 장신구처럼 달고 있었다. 세코는 가오의 교도소장 등에 자신의 이름을 피로 새겨 넣은 자다. 세코 뒤에 있는 거인 같은 흑인은 흑인 엄마들이 구아조모 강둑에서 아이들을 겁줄 때 지금까지도 사용하곤 하는 자신의 옛 이름을 버리고 여러 개의 이름을 쓰고 있었다. 그 다음 온몸 구석구석에 문신을 한 자는 빌 주크스다. 월러스호에서 플린트 선장에게 70여 대를 맞고 나서야 금화가 든 자루를 내려놓았다는 바로 그 빌 주크스다. 그리고 (밝혀진 바는 없지만)블랙 머피와 형제라고 알려진 쿡슨과 신사 스타키도 있다. 스타키는 한때 사립 학교의 보조 교사였다는데 그래서인지 사람을 죽일 때도 좀 까다로웠다. 다음은 스카이라이츠(모건의 스카이라이츠)와 아일랜드 인 갑판장 스미다. 스미는 칼로 사람을 찌를 때조차 기분 나쁘지 않게 하는 묘한 다정함이 있는 사람으로 후크의 선원들 가운데 유일하게 비국교도였다. 그리고 늘 뒷짐을 지고 있는 누들러, 로버트 멀린스, 알프 메이슨과 카리브 해에서 오랫동안 악명을 떨치며 공포의 대상이 된 많은 악당들이 있다.

이 검은 무리들 가운데서도 가장 크고 검게 빛나는 보석은 단연 제임스 후크다. 그는 자신의 이름을 재스 후크라고 적었다. 후크를 가리켜『보물섬』의 항해 요리사 존 실버가 유일하게 두려워하는 자라고들 했다. 그는 자신의 부하들이 직접 끌고 미는 엉성한 마차에 편안히 누워 있었다. 오른팔에는 손 대신 쇠갈고리가 달려 있었는데 이따금씩 부하들에게 그 갈고리를 휘두르며 속도를 더 내라고 재촉하기도 했다. 이 무시무시한 남자는 부하들을 개 부리듯 했고, 부하들 역시 개처럼 그에게 복종했다.

후크를 직접 보면 얼굴은 송장처럼 거무스름하고 머리는 긴 곱슬머리였는데, 조금만 거리가 멀어져도 검은 양초처럼 보였다. 그리고 그 곱슬머리 때문에 잘생긴 얼굴이 유별나게 험악한 인상을 주었다. 후크의 눈동자는 물망초처럼 푸른색이었고 깊은 우수에 젖어 있었다. 하지만 갈고리를 휘두를 때는 두 눈에서 시뻘건 불꽃이 이글이글 타올랐다. 하지만 그의 태도에는 어딘가 귀족적인 구석이 남아 있었다. 심지어 그는 사람을 갈기갈기 찢어 놓을 때조차 한껏 점잔을 부렸다. 또 이름난 이야기꾼이라는 소문도 있었다. 후크는 사악한 짓을 할 때일수록 더욱더 예의를 차렸는데 그것이야말로 그가 본데 있다는 것을 적나라하게 보여 주는 것인지도 모르겠다. 욕을 할 때조차 우아한 그의 말씨는 그의 뛰어난 태도 못지않게 부하들과 다른 계급을 보여 주는 것이었다. 그런데 불굴의 용기를 가진 후크도 자신의 피만 보면 뒷걸음질을 친다고 했다. 그의 피는 색깔이 이상하고 걸쭉했다. 또 후크는 찰스 2세에게나 어울릴 법한 복장을 하고 다녔다. 젊은 시절에 불운한 스튜어트 왕가 사람들과 묘하게 닮은 데가 있다는 말을 듣고부터다. 그리고 입에는 담배 두 대를 한번에 피울 수 있도록 자신이 고안한 담뱃대를 물고 있었다. 하지만 그에게서 가장 섬뜩한 부분은 단연 쇠갈고리였다.

이제 해적 한 명을 죽여 후크가 쇠갈고리를 사용하는 법을 살펴보도록 하자. 스카이라이츠가 좋겠다. 해적들이 지나가던 중 스카이라이츠가 몸을 가누지 못해 비틀거리며 후크에게 기댔고 그 바람에 후크의 레이스 깃이 구겨진다. 번쩍하며 후크의 쇠갈고리가 튀어나오고 뭔가 찢어지는 소리와 함께 꽥 비명이 들린다. 시체를 발로 차서 치우는가 싶더니 다시 해적들이 지나간다. 후크는 입에 담뱃대를 그대로 물고 있다.

피터 팬이 맞붙을 상대는 이렇게 무시무시한 자다. 과연 누가 승리할까?

해적들의 뒤를 쫓아, 그 길이 처음인 사람들에게는 보이지도 않는 출정의 길을 따라 인디언들이 소리 없이 움직인다. 모두들 두 눈을 부릅뜨고 주위를 살핀다. 손에는 도끼와 칼이 들려 있고 발가벗은 몸은 페인트와 기름으로 반짝반짝 빛이 난다. 몸 여기저기에는 해적들과 소년들의 머리 가죽이 매달려 있다. 이들은 피카니니 부족으로, 좀 더 온순한 델라웨어나 휴런 족과 헷갈려서는 안 된다. 맨 앞에서 네 발로 기고 있는 자는 '위대한 어린

표범'이다. 수많은 머리 가죽을 벗겨 낸 전사지만 네 발로 기다 보니 그 머리 가죽들 때문에 앞으로 나가기가 쉽지 않다. 가장 위험한 위치인 맨 뒤에는 '타이거 릴리'가 보란 듯이 걷고 있다. 그녀는 부족의 당당한 공주로, 가장 아름다운 흑인 여전사이자 피카니니 족 최고의 미인이다. 교태를 부리다가도 차갑게 돌변 하고 이내 다시 추파를 던진다. 이렇게 변덕스러워도 그녀를 아 내로 맞고 싶어 하지 않는 전사가 없다. 하지만 그녀는 결혼 대 신 도끼를 선택했다. 떨어진 잔가지 위를 아주 작은 소리조차 내 지 않고 지나는 인디언들의 모습을 보라. 들리는 소리라고는 이 들이 내는 거친 숨소리뿐이다. 사실 이들 모두 밤낮없이 먹고 난 뒤라 조금 뚱뚱해진 상태다. 곧 살을 빼겠지만 당장은 뚱뚱한 몸 이 이들에게 가장 큰 위험 요소이다.

인디언들이 그림자처럼 나타났다가 사라지자, 곧 그 자리에 짐승들이 나타난다. 사자, 호랑이, 곰 그리고 이들로부터 달아 나는 수많은 작은 짐승들이 한데 뒤섞여 거대한 행렬을 이루고 있다. 이 특별한 섬에서는 온갖 종류의 짐승들, 특히 식인 맹수 들이 서로 가깝게 지내기 때문에 가능한 일이다. 모두들 혀를 쑥 내밀고 있다. 오늘 밤 그들은 배가 고픈 것이다.

짐승들이 모두 지나가자 마지막으로 거대한 악어가 등장한 다. 악어가 지금 누구를 찾고 있는지는 곧 알게 될 것이다.

악어가 지나가자 이내 소년들이 다시 나타난다. 행렬은 그렇 게 끝없이 이어질 게 분명하다. 한 무리가 멈추거나 속도를 바꾸 기 전까지는 말이다. 그리고 그렇게 되면 순식간에 모두가 겹겹 이 쌓이게 될 것이다.

네버랜드

모두가 앞쪽은 빈틈없이 살피면서도 뒤에서 위험이 다가올 거라는 의심을 하지 않는다. 이것만 봐도 섬이 얼마나 현실적인지 알 수 있다.

둥글게 움직이는 행렬에서 가장 먼저 떨어져 나온 무리는 소년들이었다. 그들은 자신들의 땅속 집 근처 잔디밭에 몸을 던졌다.

"피터가 돌아왔으면 좋겠어."

모두들 초조하게 말했다. 그들이 대장 피터보다 키는 물론이고 덩치도 훨씬 큰데 말이다.

"해적들을 무서워하지 않는 건 나밖에 없어."

슬라이틀리가 말했다. 이것은 여럿에게 미움을 살 만한 말이었다. 하지만 멀리서 들려오는 어떤 소리에 불안함을 느꼈는지 서둘러 덧붙였다.

"하지만 피터가 돌아와서 신데렐라에 대해서 더 들은 게 없는지 말해 줬으면 좋겠어."

아이들은 신데렐라 얘기를 하고 있었고 투틀즈는 자기 엄마가 꼭 신데렐라 같았을 거라고 확신했다. 아이들이 엄마 얘기를 할 수 있는 건 피터가 없을 때뿐이었다. 피터가 바보 같다며 엄마 얘기를 못하게 했기 때문이다.

"내가 엄마에 대해 기억하는 건 엄마가 '아, 나도 내 수표책이 있으면 정말 좋을 텐데.'라고 아빠한테 자주 말했던 거야. 수표책이 뭔지는 모르지만 엄마한테 꼭 하나 주고 싶어."

소년들이 이야기를 나누는 동안 멀리서 소리가 들려왔다. 여러분이나 나는 숲에서 사는 사람들이 아니니 아무 소리도 듣지 못했겠지만 그들은 그 소리를 들었다. 그건 섬뜩한 노랫소리였다.

에야디야, 에야디야, 해적의 인생,
두개골과 뼈가 그려진 깃발,
즐거운 시간과 교수대의 밧줄이 있네.
바다의 귀신 데비 존스 만세.

길 잃은 소년들은 곧바로…… 그런데 아이들이 어디 갔지? 아이들은 이미 사라지고 없었다. 토끼들도 그보다 빨리 사라지진 못했을 거다.

아이들이 어디 있느냐 하면, 황급히 정찰을 나간 닙스만 빼고 모두 벌써 땅속 집으로 들어가 있었다. 이곳은 매우 기분 좋은 거주지로, 머지않아 차근차근 살펴보게 될 것이다. 그건 그렇고 도대체 어떻게 들어간 걸까? 어디에도 입구는 보이지 않을뿐더러 동굴 입구를 가려 놓은 땔감 더미조차 없다. 하지만 자세히 살펴보면 일곱 그루의 커다란 나무가 있는데 나무들마다 몸통이 텅 비어 있고 소년 한 명이 들어갈 만한 구멍이 있음을 알게 될 것이다. 바로 이 구멍이 후크가 오래전부터 찾아 헤맸지만 번번이 허탕만 친 땅속 집으로 들어가는 일곱 개의 입구다. 과연 오늘 밤에는 찾을 수 있을까?

해적들이 행진을 하던 중 스타키의 날카로운 눈에 숲으로 사라지는 닙스가 들어왔다. 스타키는 재빨리 권총을 빼 들었다. 하지만 쇠갈고리가 그의 어깨를 잡았다.

"선장님, 놔주세요."

스타키가 온몸을 비틀며 외쳤다.

처음으로 후크의 목소리를 듣게 되는 순간이다. 음울한 어둠의 목소리다.

"먼저 그 권총부터 치워."

위협적인 목소리가 말했다.

"선장님이 싫어하는 녀석들 중 하나라고요. 총으로 쏴서 죽일 수도 있었는데."

"그래. 그리고 그 소리에 타이거 릴리의 인디언들이 우리를 덮쳤을 테지. 머리 가죽이 벗겨지고 싶은 거냐?"

"선장님, 제가 뒤를 쫓을까요?"

한심한 스미가 물었다.

"'병따개 조니'로 좀 간질여 주죠, 뭐."

스미는 뭐든지 재미있는 이름을 붙이곤 했는데 그의 단검 이름이 '병따개 조니'였다. 그는 단검을 찔러 넣은 뒤 코르크 마개를 따는 것처럼 비틀기 때문에 그런 이름을 붙였다. 그 밖에도 스미에게는 줄줄 읊어 댈 만큼 매력이 많았다. 예를 들면, 스미는 살인을 하고 난 뒤 무기를 닦는 대신 안경을 닦았다.

"조니는 조용한 녀석이에요."

스미가 후크에게 다시 한 번 강조하듯 말했다.

"지금은 됐어, 스미. 고작 한 놈이야. 난 일곱 놈 전부를 해치우고 싶다고. 흩어져서 찾아봐."

후크가 음울한 목소리로 말했다.

해적들이 나무 사이로 사라지고 두목 후크와 스미만 남았다.

후크가 무겁게 한숨을 쉬었다. 이유는 모르지만, 아마도 그날 밤의 은은한 아름다움 때문이었을 것이다. 어쨌든 후크는 갑자기 자신의 충직한 갑판장에게 신세타령을 하고 싶었다. 후크는 오랫동안 진지하게 이야기했지만 멍청한 구석이 있는 스미로서는 전혀 알 수 없었다. 그때 피터라는 말이 들렸다. 후크는 열띤 목소리로 말했다.

"무엇보다 난 그놈들의 대장 피터 팬을 잡고 싶어. 내 손을 자른 게 그놈이니까."

후크가 위협적으로 갈고리를 휘둘렀다.

"이 갈고리로 녀석과 악수하는 날을 손꼽아 기다려 왔단 말이야. 녀석을 갈기갈기 찢어 놓을 거야."

"하지만 틈만 나면 손 스무 개보다 그 갈고리가 더 쓸모 있다고 말씀하셨잖아요. 머리도 빗고 이런저런 잡일도 할 수 있다고요."

"그랬지. 내가 엄마라면 아이들이 손 대신 이 갈고리를 갖고 태어나게 해 달라고 빌 거야."

후크는 이렇게 말하고는 갈고리 손에는 자랑스러운 눈길을, 멀쩡한 다른 손에는 경멸의 눈길을 보냈다. 그러고는 다시 얼굴을 찡그렸다.

"피터라는 녀석이 지나가던 악어에게 내 팔을 던져 주었지."

후크가 움찔 놀라며 말했다.

"이상하게 악어를 겁내신다 했어요."

"전부 다는 아냐. 그 악어 한 마리만 겁내는 거지."

후크가 스미의 말을 정정하고는 목소리를 낮춰서 덧붙였다.

"그놈은 내 팔이 얼마나 좋았으면 그 뒤로 바다면 바다, 육지면 육지, 내 뒤를 졸졸 따라다니지. 내 나머지 부분도 먹겠다고 군침을 흘리면서 말이야."

"어떻게 들으면 칭찬 같기도 하네요."

"그런 칭찬은 필요 없어."

후크가 버럭 화를 냈다.

"난 피터 팬을 원해. 처음 그 짐승에게 내 살을 맛보게 한 놈 말이야."

후크는 커다란 버섯 위에 주저앉았다. 이제 목소리까지 떨리기 시작했다.

"스미, 그 악어가 벌써 나를 잡아먹었을지도 모르는 일이야. 운 좋게도 그 녀석이 어디선가 삼킨 시계가 뱃속에서 똑딱똑딱 소리를 내는 거야. 그 소리 덕분에 녀석이 날 잡기 전에 급히 도망칠 수 있으니 다행이지."

후크가 쉰 목소리로 말하고는 조금은 허탈한 웃음을 터뜨렸다.

"언젠가는 그 시계도 멈출 텐데, 그럼 악어가 선장님을 잡아먹겠군요."

"그렇겠지. 내가 줄곧 두려워하는 게 바로 그거야."

후크가 마른 입술을 적시며 말했다. 후크는 버섯 위에 앉은 뒤로 이상하게 계속 따뜻함을 느꼈다.

"스미, 앉은 자리가 뜨거워."

후크는 자리에서 벌떡 일어났다.

"정말 엄청나게 뜨겁군. 엉덩이가 다 타겠어."

둘은 버섯을 찬찬히 살펴보았다. 그 크기나 단단함으로 보아 본토에는 알려지지 않은 종류의 버섯이었다. 그들이 버섯을 잡아당기자 그대로 쏙 뽑혔다. 그 버섯은 뿌리가 없었던 것이다. 더 이상한 것은 그 즉시 연기가 피어오르기 시작했다는 것이다. 둘은 서로를 바라보며 동시에 소리를 질렀다.

"굴뚝이다!"

바로 땅속 집의 굴뚝을 발견한 것이다. 소년들은 적이 근처에 있을 때는 언제나 버섯으로 굴뚝을 막곤 했다.

그 굴뚝에서 연기만 피어오른 게 아니었다. 소년들의 목소리도 함께 들려왔다. 자신들의 은신처에서 몹시도 안심한 나머지 아이들은 신 나게 떠들고 있었다. 해적들은 험상궂은 표정으로 귀를 기울인 다음 버섯을 제자리에 놓았다. 그러고는 주위를 둘러보다가 일곱 그루의 나무 속에 구멍이 있다는 것을 알아차렸다.

"피터 팬이 집에 없다고 하는 얘기 들으셨어요?"

스미가 병따개 조니를 만지작거리며 속삭였다. 후크가 고개를 끄덕였다. 후크는 생각에 잠겨서 한참을 서 있다가 마침내 거무스름한 얼굴에 섬뜩한 미소를 떠올렸다.

"어서 계획을 말해 보세요, 선장님."

스미가 참을성 있게 기다리다가 더 이상 참지 못하고 소리쳤다.

"일단 배로 돌아가자."

후크가 이를 악물며 천천히 대답했다.

"그런 다음 초록색 설탕을 아주 두툼하게 뿌린 크고 달콤한 케이크를 만드는 거야. 저 아래에는 방이 하나밖에 없을 거야.

굴뚝이 하나뿐인 걸 보면 말이지. 저 멍청한 두더지들은 사람 수대로 문이 있을 필요가 없다는 것도 몰랐던 거야. 녀석들에게 엄마가 없다는 증거지. 우린 그 케이크를 인어들의 호숫가에 놓아둘 거야. 녀석들이 늘 그 근처에서 헤엄을 치며 인어들하고 노니까 말이야. 녀석들은 케이크를 발견하고 눈 깜짝할 사이에 다 먹어 치우겠지. 엄마가 없어서 달콤한 케이크를 먹는 게 얼마나 위험한지 모를 테니까 말이야."

후크는 웃음을 터뜨렸다. 이번만큼은 허탈한 웃음이 아닌 진짜 웃음이었다.

"히히, 놈들은 다 죽게 될 거야."

스미는 후크의 얘기에 감탄을 금치 못했다.

"제가 들었던 것 중에 가장 악랄하고 멋진 수법이에요."

스미가 외쳤다. 그리고 둘은 기쁨에 취해서 춤추고 노래했다.

멈춰라, 멈춰. 내가 나타나면,
모두들 두려움에 휩싸인다네.
후크의 갈고리와 악수하고 나면
뼈도 못 추리게 될 테니.

그들은 노래를 시작했지만 끝까지 부르지는 못했다. 노랫소리와 함께 다른 소리가 들려왔기 때문이다. 처음에는 나뭇잎 한장에도 사그라질 만큼 아주 작은 소리였다. 하지만 그 소리는 가까워질수록 점점 또렷해졌다.

똑딱똑딱, 똑딱똑딱.

후크는 들었던 발을 내려놓지도 못한 채 덜덜 떨며 서 있었다.

"악어야."

후크가 숨을 헉하고 내쉬며 외치고는 한달음에 달아났다. 갑판장 스미가 그 뒤를 따랐다.

정말 악어였다. 악어는 다른 해적들을 쫓는 인디언을 지나 후크 뒤를 바짝 쫓아왔다. 그리고 도망친 후크를 쫓아 다시 천천히 사라졌다.

소년들이 밖으로 나왔다. 하지만 밤의 위험들이 다 사라진 게 아니었다. 이내 닙스가 한 무리의 늑대들에게 쫓겨 아이들 속으로 헐레벌떡 뛰어 들어왔다. 닙스를 쫓던 늑대들은 혀를 길게 빼고 소름 끼치게 울어 댔다.

"살려 줘, 살려 줘!"

닙스가 땅바닥에 쓰러지며 소리쳤다.

"하지만 우리보고 어떻게, 어떻게 하라고?"

그 위급한 순간에 아이들은 피터를 떠올렸다. 이 사실을 피터가 알았다면 꽤나 기뻐했을 것이다.

"피터라면 어떻게 할까?"

아이들이 동시에 외쳤다. 그러고는 바로 덧붙였다.

"피터라면 늑대들을 가랑이 사이로 볼 거야."

아이들은 "그럼 피터가 하는 것처럼 하자."라고 말했다.

그것은 늑대와 맞설 때 가장 결과가 좋았던 방법이다. 소년들은 일제히 허리를 굽혀 가랑이 사이로 늑대를 쳐다보았다. 기다리는 순간이 길게만 느껴졌지만 승리는 금방 찾아왔다. 소년들이 괴상망측한 자세로 다가오자 늑대들은 꼬리를 내리고 도망을 쳤다.

닙스는 자리를 털고 일어나 뭔가를 빤히 쳐다보았다. 아이들은 그가 여전히 늑대를 보고 있다고 생각했다. 하지만 닙스가 본 것은 늑대가 아니었다.

"놀라운 걸 봤어."

닙스가 외치자 아이들이 너도나도 닙스 주위로 몰려들었다.

"크고 하얀 새였어. 이쪽으로 날아갔어."

"어떤 새 같아?"

"몰라."

닙스가 놀란 얼굴로 말했다.

"하지만 몹시 지쳐 보였어. 그리고 날면서 '불쌍한 웬디.'라고 신음 소리를 냈어."

"불쌍한 웬디?"

"내 기억으로는 웬디라고 불리는 새들이 있어."

슬라이틀리가 다짜고짜 말했다.

"저기 봐, 이리 온다."

컬리가 하늘에 떠 있는 웬디를 가리키며 외쳤다.

웬디는 이제 거의 아이들 머리 위까지 와 있었다. 그래서 아이들은 그녀의 애처로운 울음소리를 들을 수 있었다. 하지만 더욱 또렷이 들리는 것은 팅커 벨의 날카로운 목소리였다. 질투에 휩싸인 요정은 이제 우정이라는 가면을 완전히 벗어 버렸다. 그러고는 사방에서 덤벼들며 불쌍한 웬디를 사정없이 꼬집어 댔다.

"안녕, 팅크."

영문을 모르는 소년들이 외치자 곧 팅크의 대답이 울려 퍼졌다.

"피터는 너희가 웬디를 쏴 죽이기를 원해."

그들은 피터가 내린 명령에 절대 의문을 갖지 않았다.

"피터가 시키는 대로 하자. 어서 활과 화살을 가져와."

단순한 소년들이 외쳤다.

투틀즈를 뺀 아이들 모두가 자신의 나무를 통해 급히 집으로 내려갔다. 투틀즈는 이미 활과 화살을 들고 있었고 그걸 본 팅크가 조그만 두 손을 비볐다.

"어서, 투틀즈. 서둘러. 피터가 아주 기뻐할 거야."

팅크가 소리쳤다.

투틀즈가 흥분해서 활에 화살을 먹였다.

"비켜, 팅크."

투틀즈는 이렇게 외치며 활을 쏘았다. 웬디는 가슴에 화살을 맞고 흔들리며 땅에 떨어졌다.

제6장
작은 집

다른 소년들이 무장을 한 채 자신들의 나무에서 뛰어 올라왔을 때 멍청한 투틀즈는 마치 정복자처럼 쓰러진 웬디 옆에 서 있었다.

"다들 한발 늦었어. 내가 벌써 웬디를 쐈거든. 피터가 보면 아주 좋아할 거야."

투틀즈가 자랑스럽게 외쳤다.

머리 위에서 팅커 벨이 "바보."라고 소리치고는 곧장 모습을 감춰 버렸다. 다른 소년들은 팅커 벨의 말을 듣지 못했다. 아이들이 웬디 주위로 몰려들었다. 그들이 웬디를 살펴보는 동안 숲에는 적막만 감돌았다. 웬디의 심장이 뛰었다면 그 소리도 들렸을 것이다.

가장 먼저 입을 연 것은 슬라이틀리였다.

"새가 아니야. 여자가 틀림없어."

슬라이틀리가 겁먹은 목소리로 말했다.

"여자라고?"

투틀즈가 벌벌 떨며 말했다.

"그런데 우리가 죽였어."

닙스가 쉰 목소리로 말하자 모두가 모자를 벗었다.

"이제 알겠어. 피터가 우리에게 데려온 여자야."

컬리가 말했다. 그러고는 너무나 슬픈 나머지 바닥에 털썩 주저앉고 말았다.

"드디어 우릴 돌봐 줄 여자가 생겼는데 네가 죽인 거야."

쌍둥이 형제 중 하나가 말했다.

아이들은 투틀즈를 안쓰럽게 생각했다. 하지만 그보다 자신들이 더 안쓰러웠다. 투틀즈가 한 발 다가서자 아이들은 등을 돌려 버렸다.

투틀즈의 얼굴은 하얗게 질려 있었지만 전에 없이 어딘가 위엄이 흘렀다. 투틀즈가 생각에 잠긴 채 입을 열었다.

"내가 그랬어. 꿈속에서 여자가 다가오면 난 '예쁜 엄마, 예쁜 엄마.' 하고 불렀는데 진짜 다가왔을 때는 총으로 쏴 버렸어."

그러고는 천천히 발길을 돌렸다.

"가지 마."

모두들 그를 동정하며 불러 세웠다.

"가야 해. 난 피터가 너무 무서워."

투틀즈가 몸을 떨며 대답했다.

바로 이 비극적인 순간, 소년들은 심장이 철렁 내려앉았다. 피터의 꼬끼오 소리를 들은 것이다.

"대장이다!"

아이들이 소리쳤다. 피터 팬은 늘 그렇게 소리를 지르며 자기가 돌아온 것을 알렸다.

"여자를 숨겨."

소년들이 속삭이며 재빨리 웬디를 에워쌌다. 투틀즈만 멀찌감치 서 있었다. 또다시 꼬끼오 소리가 울려 퍼지더니 피터가 아이들 앞에 내려앉았다.

"안녕, 얘들아."

피터가 외치자 아이들도 기계적으로 인사를 건넸다. 그리고 다시 침묵이 흘렀다. 피터가 얼굴을 찡그렸다.

"내가 돌아왔다니까. 왜 환호성을 지르지 않지?"

피터가 발끈해서 물었다.

소년들이 입을 벌렸지만 환호성은 나오지 않았다. 하지만 피터는 즐거운 소식을 전하기에 급한 나머지 그런 사실도 몰랐다.

"얘들아, 굉장한 소식이 있어. 내가 드디어 너희를 위해 엄마를 데려왔어."

하지만 여전히 침묵이 흘렀다. 투틀즈가 무릎을 꿇을 때 작게 쿵 소리가 났을 뿐이다.

"그 애 못 봤니? 이쪽으로 날아갔는데."

피터가 걱정스러운 얼굴로 물었다.

"아, 이런."

한 소년이 말했다. 그러고 나서 또 한 소년이 말했다.

"아, 정말 슬픈 날이야."

"피터, 웬디를 보여 줄게."

투틀즈가 일어나 조용히 말했다. 그러고는 다른 아이들이 여전히 웬디를 숨긴 채 보여 주지 않자 다시 덧붙였다.

"뒤로 물러나, 쌍둥이. 피터에게 보여 줘."

그러자 소년들은 피터가 볼 수 있도록 모두 뒤로 물러섰다. 피터는 웬디를 잠시 살펴보고 나서 어찌할 바를 몰랐다.

"웬디가 죽었어. 저렇게 죽어서 무서울 거야."

피터가 어색하게 말했다. 피터는 멀리 후다닥 뛰어가 버리면 어떨까 하는 다소 우스꽝스러운 생각을 해 보았다. 웬디가 보이지 않는 곳까지 뛰어간 다음 근처에 얼씬도 하지 않으면 어떨까 하고 말이다. 만약 피터가 그렇게 했다면 소년들도 기꺼이 피터를 따라 했을 것이다.

그때 화살이 눈에 띄었다. 피터는 웬디의 심장에서 화살을 뽑아 들고 부하들을 돌아보았다.

"누구 화살이지?"

피터가 거세게 따지듯 물었다.

"내 거야, 피터."

투틀즈가 무릎을 꿇은 채 대답했다.

"이 비겁한 놈."

피터는 찌를 기세로 화살을 치켜들었다. 투틀즈는 피하지 않았다. 오히려 가슴을 드러내며 단호하게 말했다.

"찔러, 피터. 똑바로 찔러 넣어."

피터는 두 번이나 화살을 들어 올렸다가 번번이 내려놓았다.

"찌를 수가 없어. 뭔가가 날 말린다고."

피터가 두려워하며 말했다.

닙스를 제외한 모든 아이들이 놀라서 피터를 바라보았다. 다행히도 닙스는 웬디를 바라보고 있었다.

"저기 웬디, 웬디가 그런 거야. 웬디의 팔을 봐."

놀라운 일이었다. 웬디가 팔을 들어 올리고 있었다. 닙스는 웬디에게 몸을 굽히고는 정중하게 귀를 기울였다.

"'불쌍한 투틀즈.'라고 말한 것 같아."

닙스가 속삭이듯 말했다.

"살아 있군."

피터가 짧게 말했다. 슬라이틀리도 이어서 소리쳤다.

"웬디 엄마가 살아 있어."

웬디 옆에 무릎을 꿇고 앉은 피터는 도토리 단추를 발견했다. 웬디가 그 단추를 자신이 걸고 다니는 목걸이에 끼웠던 것을 기억할 것이다.

"이것 봐. 화살이 여기에 맞은 거야. 내가 웬디에게 준 키스야. 이게 웬디 목숨을 구했어."

"나, 키스가 뭔지 기억나."

슬라이틀리가 재빨리 끼어들었다.

"어디 좀 봐. 그래, 그게 키스야."

피터의 귀에는 슬라이틀리의 말이 들어오지 않았다. 웬디에게 함께 인어들을 보러 갈 수 있게 어서 빨리 나으라고 애원하고 있었던 것이다. 물론 기절해서 여전히 누워 있는 웬디는 대답할 수 없었다. 그때 머리 위에서 흐느끼는 소리가 들려왔다.

"팅크 좀 봐. 웬디가 살아나서 울고 있는 거야."

컬리가 말했다.

어쩔 수 없이 소년들은 팅크가 저지른 짓을 피터에게 말해야 했다. 아이들은 피터가 그렇게 단호한 표정을 짓는 것을 처음 보았다. 피터가 입을 열었다.

"잘 들어, 팅커 벨. 난 더 이상 네 친구가 아니야. 내 눈앞에서 영원히 사라져 버려."

팅커 벨이 피터의 어깨에 날아와 애원했지만 피터는 팅크를 손으로 밀쳐 낼 뿐이었다. 웬디가 팔을 올리고 나서야 노여움이 조금 풀린 피터는 이렇게 말했다.

"영원히는 말고 일주일 동안 나타나지 마."

웬디가 팔을 들어 올려 주었다고 팅커 벨이 웬디에게 감사했을 것 같은가? 천만에. 감사하기는커녕 그 어느 때보다 웬디를 꼬집어 주고 싶은 마음이 굴뚝같았다. 요정들은 정말 이상하다. 그래서 누구보다 그들을 잘 아는 피터도 종종 그들을 때리곤 했다.

몸이 안 좋은 웬디를 어떻게 하면 좋을까?

"웬디를 집으로 데리고 내려가자."

컬리가 제안했다.

"그래, 여자에게는 그렇게 해야 하는 법이지."

슬라이틀리가 맞장구를 쳤다.

"아, 안 돼. 웬디를 만져선 안 돼. 그건 별로 정중하지 못한 행동이야."

피터가 말했다.

"내 생각이 바로 그거라니까."

슬라이틀리가 대꾸했다.

"하지만 저대로 누워 있다간 죽고 말 거야."

투틀즈가 말했다.

"그래, 죽겠지."

슬라이틀리가 또 맞장구쳤다.

"하지만 방법이 없잖아."

"아니, 방법이 있어. 웬디 주위에 작은 집을 짓자."

피터가 소리쳤다.

소년들 모두가 그 생각을 반기자 피터가 명령을 내리기 시작했다.

"서둘러. 우리가 가진 것들 중에서 최고로 좋은 것만 가져와. 집에 있는 것들을 다 내오라고. 빨리빨리 움직여."

소년들은 순식간에 결혼식 전날 밤의 재단사들처럼 바쁘게 움직였다. 이부자리를 찾으러 아래로 내려가고 장작을 구하러 다시 위로 올라오는 등 허둥대며 이리저리 뛰어다녔다. 그리고 아이들이 이렇게 정신없이 움직이고 있을 때 존과 마이클이 나타났다. 둘은 발을 끌며 느릿느릿 걷다가 선 채로 잠이 들었다가, 깨어나 다시 한 발 내딛고 또다시 잠이 들었다.

"형, 형, 일어나. 나나랑 엄마는 어디 있어?"

마이클이 소리쳐 묻자 존은 두 눈을 비비며 중얼거렸다.

"우리가 진짜 날았구나."

존과 마이클이 피터를 발견하고 얼마나 안심했을지는 더 말할 것도 없다.

"안녕, 피터."

"안녕."

피터는 그 둘을 까맣게 잊었으면서도 반갑게 인사했다. 피터는 웬디에게 맞는 집을 짓기 위해 웬디 주위를 돌며 발로 치수를 재느라 여념이 없었다. 당연히 의자와 탁자를 놓을 공간도 만들 생각이었다. 존과 마이클이 그런 피터를 지켜보다가 물었다.

"웬디 누나는 자는 거야?"

"그래."

"형, 누나를 깨워서 저녁을 만들어 달라고 하자."

마이클이 이렇게 말하고 있는데, 소년 몇 명이 집 지을 나뭇가지를 안고 급히 뛰어왔다.

"쟤들 좀 봐!"

마이클이 외쳤다.

"컬리, 얘들도 데려가서 집 짓는 걸 돕게 해."

피터가 대장처럼 한껏 무게를 잡고 말했다.

"네, 네, 대장."

"집을 짓는다고?"

존이 큰 소리로 물었다.

"웬디가 살 집."

컬리가 대답했다. 존이 기가 막힌 듯 되물었다.

"웬디 누나가 살 집? 누나는 고작 여자애일 뿐인데?"

"그래서 우리가 웬디의 하인이 되어야 하는 거야."

컬리가 대답했다.

"너희가? 웬디 누나의 하인들이란 말이야?"

"그래. 너도 마찬가지야. 아이들이랑 같이 가."

피터가 말했다.

존과 마이클은 깜짝 놀라 말문이 막혔지만 아이들에게 끌려가 나무를 베고 나르는 일을 했다.

"의자와 난로 울타리가 먼저야. 그런 다음 그 주위에 집을 지을 거야."

피터가 명령을 내렸다.

"맞아, 집은 그렇게 짓는 거야. 전부 다 생각나."

슬라이틀리가 대꾸했다.

피터는 빠짐없이 꼼꼼히 챙겼다.

"슬라이틀리, 가서 의사를 데려와."

"네, 네."

바로 대답하기는 했지만 슬라이틀리는 머리를 긁적이며 사라졌다. 슬라이틀리는 피터의 명령에 무조건 따라야 한다는 걸 알고 있었다. 그래서 존의 모자를 쓰고 근엄한 표정을 지으며 곧바로 다시 돌아왔다.

"실례지만 의사인가요?"

피터가 슬라이틀리에게 다가가 물었다.

이런 순간에 나타나는 피터와 다른 소년들의 차이는 이것이다. 소년들은 그것이 가짜로 꾸민 상황이라는 것을 아는 데 반해 피터는 가짜와 진짜를 구분하지 못했다. 그래서 소년들은 가끔 난감할 때가 있었다. 저녁을 안 먹고도 먹은 척해야 할 때가 바로 그런 경우였다. 소년들이 그렇게 가짜 행동을 하다가 실수라도 하면 피터는 아이들의 손을 때리곤 했다.

"그렇다오, 어린 양반."

이미 손을 맞은 적이 있는 슬라이틀리가 불안한 얼굴로 대답했다.

"실례지만, 선생님. 숙녀 한 분이 몹시 아파서 누워 있답니다."

피터가 말했다.

웬디는 바로 그들 발치에 누워 있었지만 슬라이틀리는 웬디에게 눈길을 줘선 안 된다는 것 정도는 알고 있었다.

"쯧쯧쯧, 그 숙녀분은 어디에 누워 있소?"

"저기 빈터에 누워 있답니다."

"내가 숙녀분 입에 유리로 된 걸 넣겠소."

슬라이틀리는 이렇게 말하며 입에 유리 넣는 시늉을 했고 피터는 옆에서 그걸 지켜보았다. 슬라이틀리는 마음을 졸이며 웬디의 입에서 유리로 된 걸 빼냈다.

"좀 어떤가요?"

피터가 물었다.

"쯧쯧쯧, 이제 다 나았다오."

"다행이네요."

"저녁에 다시 오겠소. 주둥이가 달린 컵에 쇠고기 수프를 담아 먹이도록 하시오."

슬라이틀리는 존에게 모자를 돌려주고 나서 크게 숨을 내쉬었다. 고비를 넘기고 난 다음에 습관처럼 하는 행동이었다.

그사이 숲에는 도끼 소리가 가득 울려 퍼졌다. 아늑한 집을 만드는 데 필요한 것들 대부분이 벌써 웬디의 발밑에 가득 쌓여 있었다.

"웬디가 어떤 집을 가장 좋아하는지 알면 좋을 텐데."

소년들 중 하나가 말했다.

"피터, 웬디가 자면서 움직여."

다른 소년이 소리쳤다.

"웬디 입이 벌어졌어. 아, 정말 예쁘다."

또 다른 소년이 조심스레 입 안을 들여다보며 소리쳤다.

"자면서 노래를 부르려나 봐. 웬디, 네가 갖고 싶은 집이 어떤 집인지 노래로 불러 봐."

피터가 말했다. 그러자 웬디가 눈도 뜨지 않은 채 곧바로 노래를 부르기 시작했다.

예쁜 집이 있었으면 좋겠어.
작고 재미난 붉은 벽과
이끼로 덮인 초록 지붕이 있는
아주 작디작은 집.

이 노래를 들은 소년들이 기뻐서 까르르 웃음을 터뜨렸다. 천만다행으로 그들이 가져온 것은 붉은 수액이 끈끈하게 묻은 나뭇가지들이었고 땅은 온통 이끼로 뒤덮여 있었다. 뚝딱뚝딱 조그만 집을 올리는 동안 아이들이 노래를 부르기 시작했다.

조그만 벽과 지붕도 만들고
사랑스러운 문도 만들었어요.
그러니 웬디 엄마,
더 바라는 게 뭔지 말해 봐요.

이 노래를 들은 웬디가 좀 더 욕심을 내서 대답했다.

아, 정말? 그다음엔 사방에
장미들이 들여다보고
아기들이 내다보는
밝은 창문을 달았으면 좋겠어.

소년들은 주먹으로 벽을 쳐서 여기저기 창문을 만들었고 커다랗고 노란 잎으로 차양도 만들었다. 하지만 장미는?
"장미."
피터가 단호한 목소리로 외쳤다.
소년들은 재빨리 벽을 타고 가장 아름다운 장미들이 자라는 시늉을 했다.
아기들은?
아이들은 피터가 아기도 만들라고 할까 봐 재빨리 노래를 시작했다.

장미들이 창밖에서 들여다보게 만들었어요.
아기들은 문가에 있고요.
우리가 우리를 만들 수는 없죠.
우린 이미 이렇게 만들어져 있는걸요.

피터는 이 노래가 마음에 들었는지 자기가 처음 만든 것처럼 굴었다. 집은 아주 아름다웠고 당연히 웬디도 그 안에서 아늑함을 느꼈을 것이다. 소년들이 집 안에 있는 웬디를 더 이상 볼 수는 없었지만 말이다. 피터는 이리저리 활보하면서 마무리 작업을 지시했다. 그 무엇도 그의 매서운 눈을 피해 갈 수 없었다. 모든 게 완벽하게 마무리된 것처럼 보이는 순간에도 피터는 "문 두드리는 손잡이가 없잖아."라고 말했다.

소년들은 모두 당황했다. 하지만 다행히 투틀즈가 내놓은 신발 밑창이 훌륭한 손잡이가 되었다.

소년들은 이제 정말로 완벽하게 마무리되었다고 생각했다. 하지만 어림없는 소리.

"굴뚝이 없어. 굴뚝이 있어야 해."

피터가 말했다.

"굴뚝은 꼭 필요해."

존이 거드름을 피우며 말했다.

이때 피터에게 한 가지 생각이 떠올랐다. 피터는 존이 쓰고 있던 모자를 낚아채 바닥 부분을 떼어 버리고 지붕 위에 올려놓았다. 그러자 곧바로 모자 위로 연기가 피어오르기 시작했다. 마치 작은 집이 그렇게 멋진 굴뚝이 생겨서 기쁜 나머지 고맙다고 말하는 듯했다.

이제 확실히 집짓기가 마무리되었다. 남은 일은 문을 두드리는 것밖에 없었다.

"모두 멋지게 보여야 해. 첫인상이 가장 중요한 법이니까."

피터가 주의를 주었다. 피터는 첫인상이 뭔지 아무도 묻지 않아 마음이 놓였다. 모두들 멋지게 보이려고 정신이 없었던 것이다.

피터가 점잖게 문을 두드리자 아이들뿐만 아니라 숲 전체가 숨을 죽였다. 들리는 소리라고는 팅커 벨이 내는 소리뿐이었다. 팅커 벨은 나뭇가지에 앉아 이들을 지켜보며 대놓고 조롱을 퍼부었다.

소년들은 문 두드리는 소리를 듣고 누가 나올까 궁금했다. 만약 숙녀가 나온다면 어떤 모습일까?

문이 열리고 숙녀가 나왔다. 물론 웬디였다. 모두들 모자를 벗고 인사했다. 웬디는 꽤 놀란 표정이었다. 소년들이 보고 싶었던 모습이 바로 그런 것이었다.

"여기가 어디야?"

웬디가 물었다.

"웬디 아가씨, 아가씨를 위해 우리가 이 집을 지었어요."

가장 먼저 말을 꺼낸 것은 슬라이틀리였다.

"마음에 든다고 말해 줘요."

닙스가 외쳤다.

"예쁘고 멋진 집이네."

웬디가 말했다. 소년들이 듣고 싶었던 말이 바로 그것이었다.

"그리고 우리가 아가씨의 아이들이에요."

쌍둥이가 외쳤다. 그러자 소년들 모두 무릎을 꿇고 손을 내밀며 소리쳤다.

"아, 웬디 아가씨. 우리의 엄마가 되어 주세요."

"내가? 대단히 멋진 얘기지만 보다시피 나는 조그만 여자애일 뿐인걸. 진짜 경험도 없어."

웬디가 얼굴 가득 환한 미소를 지으며 말했다.

"상관없어."

〰 집을 지키는 피터 〰

마치 그런 걸 전부 아는 건 자기밖에 없다는 듯 피터가 말했다. 사실 피터야말로 아는 게 가장 적었는데 말이다.

"우리한테 필요한 건 그냥 엄마 같은 다정한 사람이야."

"어머나! 내가 바로 그런 사람인 것 같아."

"맞아요, 맞아. 우린 한눈에 알아봤어요."

소년들이 소리쳤다.

"좋아, 최선을 다해 볼게. 당장 안으로 들어오렴, 이 장난꾸러기 녀석들. 틀림없이 발이 다 젖었겠지. 잠자리에 들기 전에 신데렐라 이야기를 마저 들려줄 시간은 되겠구나."

소년들이 안으로 들어갔다. 그 조그만 집에 모든 아이들이 어떻게 들어갈 수 있었는지 모르겠지만 네버랜드에서는 꽉 끼어앉는 게 가능했다. 그리고 그날은 소년들이 웬디와 보낸 즐거운 밤들 가운데 첫 번째 날이었다. 그날 밤 웬디는 땅속 집의 커다란 침대에 누운 아이들에게 일일이 이불을 덮어 주었다. 그러고 나서 자신은 작은 집에서 잠을 잤다. 피터가 칼을 뽑아 들고 그 앞을 지켰다. 멀리서 해적들이 흥청거리고 늑대들이 돌아다니는 소리가 들렸기 때문이다. 작은 집은 어둠 속에서도 매우 아늑하고 안전해 보였다. 차양 사이로 밝은 빛이 새어 나오고 굴뚝에서는 연기가 아름답게 피어올랐으며 피터가 보초를 서고 있었기 때문이다.

잠시 후 피터도 잠이 들었는데 떠들썩하게 놀고 집으로 돌아가던 몇몇 요정들이 휘청거리며 그를 타고 넘어갔다. 다른 소년들이 가는 길을 막고 있었다면 그게 누구든 짓궂은 장난을 쳤겠지만 이번에는 피터의 코만 살짝 잡아당기고는 그냥 지나갔다.

제7장
땅속 집

다음 날 피터가 가장 먼저 한 일은 웬디와 존과 마이클의 몸에 맞는 속이 빈 나무를 찾기 위해 그들의 치수를 잰 것이다. 기억하겠지만, 후크는 각자 한 그루씩 나무를 가진 것을 두고 소년들을 비웃기도 했다. 하지만 그건 뭘 몰라서 그런 것이다. 나무가 자기 몸에 딱 맞지 않으면 나무를 오르내리는 게 힘들었기 때문이다. 그리고 아이들 몸의 크기는 제각각이니 말이다. 일단 나무 구멍이 몸에 딱 맞기만 하면 위에서 한 번 숨을 들이마시고 난 다음에는 딱 알맞은 속도로 내려갈 수 있었다. 반대로 올라갈 때는 숨을 들이쉬고 내쉬기를 반복해 꿈틀대면서 올라갈 수 있었다. 한번 완벽히 익히고 나면 생각을 하지 않아도 몸이 먼저 저절로 움직였다. 그 모습이 그렇게 우아할 수가 없었다.

그러나 우선 몸이 구멍에 딱 맞아야 한다. 피터는 옷을 맞추기 위해 치수를 재듯 신중하게 치수를 쟀다. 다른 점이 있다면 옷은 몸에 맞춰 짓는 반면, 이 경우는 나무에 몸을 맞춰야 한다는 것이다. 대개 이런 문제는 옷을 잔뜩 껴입거나 덜 입는 것으로 간단히 해결된다. 하지만 몸의 엉뚱한 곳이 울퉁불퉁하거나 나무가 이상한 모양일 때는 피터가 뭔가를 하고 나면 해결된다. 일단 몸이 구멍에 딱 맞고 나면 늘 딱 맞도록 조심해야 한다. 이런 사실은 나중에 웬디에게 큰 기쁨이 되었다. 덕분에 온 가족이 건강을 완벽하게 유지할 수 있었기 때문이다.

웬디와 마이클은 단번에 구멍이 몸에 잘 맞았지만 존은 몸을 조금 손봐야 했다.

며칠 동안 연습한 끝에 세 아이들은 우물 속 두레박처럼 신나게 오르락내리락할 수 있게 되었다. 그리고 땅속 집을 점점 더 열렬히 사랑하게 되었다. 특히 웬디가 그랬다. 사실 모든 집이 그래야 하지만, 이 집은 달랑 커다란 방 하나뿐이었다. 물고기를 잡고 싶을 때는 바닥을 파기만 하면 되었다. 그리고 바닥에는 멋진 빛깔의 튼튼한 버섯들이 자라고 있어서 아이들은 그걸 의자로 썼다. 방 한가운데에는 네버 나무 한 그루가 솟아오르려고 안간힘을 쓰고 있었는데 매일 아침 소년들이 솟아오른 부분을 바닥에 맞춰 모두 잘라 냈다. 그래도 차 마실 시간이 되면 어김없이 60센티미터쯤 자라 있었다. 아이들은 그 위에 문짝을 놓고 탁자로 썼는데 차를 다 마시고 나면 또다시 나무줄기를 잘라 냈다. 그러면 놀이 공간이 더 넓어졌기 때문이다. 또 방에는 엄청나게 큰 벽난로가 하나 있었는데 방 어디서든 원하기만 하면 불을 지필 수 있을 정도였다. 웬디는 이 앞에 헝겊으로 된 줄을 매고 빨래를 널었다. 침대는 낮 동안에는 벽에 기대어 놓았다가 저녁 6시 30분이 되면 내려놓았는데 방의 절반을 다 차지했다. 마이클을 뺀 모든 아이들이 그 침대에서 통조림에 담긴 연어 같은 모양새로 잠을 잤다. 돌아눕는 것은 엄격히 금지되었다. 하지만 한 명이 신호를 보내면 모두 동시에 돌아누울 수는 있었다. 원래는 마이클도 그 침대에서 자야 했지만 웬디가 아기 하나를 원했고 마침 마이클이 가장 어렸다. 여자들이 어떤지는 말 안 해도 알 것이다. 요점만 말해 마이클은 천장에 매달린 바구니에서 자야 했다.

　땅속 집은 투박하고 단순했다. 같은 상황에서 아기 곰들이 살았대도 그와 같은 모습이었을 것이다. 벽에는 딱 새장만 한 크기로 움푹 들어간 곳이 있었다. 바로 팅커 벨의 전용 공간이었다. 조그만 커튼 하나만 치면 다른 공간과는 완전히 차단되었다. 유난히 까다로운 팅크는 옷을 입을 때나 벗을 때 늘 커튼을 쳤다. 크기는 작아도 그만큼 아름답게 꾸며진 개인 거실 겸 침실은 찾기 힘들었다. 팅크가 늘 카우치라고 부르는 침상은 곤봉 모양의 다리가 달린 진짜 '여왕 매브(*요정들의 여왕.)' 제품이었는데 제철 맞은 과일 꽃에 따라 침대보도 바뀌었다. 그녀의 거울은 '장화 신은 고양이' 제품으로 요정 상인들 사이에 흠집 하나 없이 깨끗한 것은 이제 단 세 개밖에 없다고 알려져 있다. 가장자리에 주름이 잡힌 세면대는 '파이 크러스트' 제품으로, 뒤집어서 쓸 수도 있었다. 서랍장은 '차밍(*『신데렐라』에 나오는 왕자 이름.)' 6세 때의 진품이었고, 카펫과 방석은 초기 전성기의 '마저리와 로빈' 제품이었다. '티들리윙크스'에서 나온 샹들리에도 있었지만 그건 장식용이었고 팅크는 스스로 방 안을 밝혔다. 어쩌면 당연하겠지만 팅크는 집 안에서 자기 방 외의 나머지 공간을 몹시 경멸했다. 그녀의 방은 아름답기는 했지만 하늘 높은 줄 모르고 치솟은 콧대처럼 매우 도도해 보였다.

하지만 그 모든 것이 웬디의 혼을 쏙 빼놓았을 것이다. 천방지축으로 날뛰는 아이들 탓에 웬디는 할 일이 늘 산더미 같았기 때문이다. 저녁에 양말을 꿰맬 때를 빼고는 일주일 내내 땅 위로 올라가지 못할 때도 있었다. 어떤 때는 온종일 냄비에 코를 박고 요리를 해야 했다. 그들이 주로 먹는 것은 구운 빵나무 열매, 고구마, 코코넛, 구운 돼지고기, 맘미 열매, 타파 빵, 바나나 등이었고 호리병박으로 만든 병에 담긴 음료도 함께 먹었다. 하지만 진짜 음식을 먹게 될지 아니면 먹는 시늉만 하게 될지는 확실히 알 수 없었다. 그것은 오로지 피터의 기분에 달려 있었다. 물론 피터도 진짜로 먹을 수 있었다. 다만 놀이일 때만 가능했고 포만감을 느끼기 위해 배불리 먹을 수는 없었다. 그게 대부분의 아이들이 가장 좋아하는 것인데도 말이다. 아이들이 다음으로 좋아하는 것은 먹을 것 얘기를 하는 것이었다. 먹는 시늉을 하는 것도 피터에게는 진짜나 다름없어서 시늉만 하는데도 피터의 배가 점점 불러 오는 것을 볼 수 있었다. 당연히 힘든 일이었지만 아이들은 그냥 피터를 따라 하는 수밖에 없었다. 그러다가 몸에 딱 맞던 나무가 헐거울 만큼 살이 빠진 걸 피터에게 보여 주면 배불리 먹게 해 주었다.

모두가 잠자리에 들고 난 뒤 바느질하는 시간은 웬디가 가장 좋아하는 시간이었다. 웬디의 표현처럼 그때가 돼야 한숨을 돌릴 수 있었다. 웬디는 소년들이 입을 새 옷을 짓거나 무릎에 두 겹으로 천을 대면서 그 시간을 보냈다. 무릎 부분이 하루도 성할

날이 없었기 때문이다.

웬디는 뒤꿈치마다 구멍이 난 양말이 가득 담긴 바구니를 안은 채 일을 하다 말고 두 팔을 번쩍 들어 올리며 외치곤 했다.

"세상에, 가끔 혼자 사는 노처녀가 부러울 정도라니까."

이런 말을 할 때 웬디의 얼굴에서는 빛이 났다.

웬디의 애완 늑대를 기억할 것이다. 늑대는 웬디가 섬에 온 것을 금세 알고는 그녀를 찾아냈다. 둘은 달려가 서로의 품에 안겼다. 늑대는 그 뒤로 어딜 가나 웬디를 따라다녔다.

시간이 점점 흘러갈수록 웬디는 남겨 두고 온 사랑하는 부모님 생각을 많이 했을까? 참으로 어려운 질문이다. 네버랜드에서는 시간이 어떻게 흘러가는지 말하는 것이 거의 불가능하기 때문이다. 이곳에서는 달과 해로 시간이 계산되는데 해와 달이 육지보다 훨씬 더 많다. 어쨌든 웬디는 엄마 아빠를 크게 걱정하지 않았을 것이다. 부모님이 웬디가 돌아올 수 있도록 늘 창문을 열고 기다릴 거라는 확신이 있었기 때문에 마음을 푹 놓고 있었던 것이다. 정작 때때로 그녀의 마음을 불안하게 만든 것은 존이 부모님을 한때 알던 사람들처럼 희미하게 기억하고, 마이클은 웬디가 진짜 엄마라고 믿으려 한다는 점이었다. 이런 것들이 좀 걱정이 된 웬디는 자신의 본분을 훌륭히 해내겠다는 생각에 동생들의 마음속에 예전 기억들을 붙잡아 두려고 애썼다. 바로 예전 생활에 관한 시험 문제를 내는 것이었다. 학교에서 자신이 봤던 시험들과 최대한 비슷하게 문제를 내려고 했다. 다른 소년들도 이게 몹시 재미있다고 생각했는지 너도나도 하겠다고 나섰고 스스로 석판을 만들어 탁자에 둘러앉았다. 그러고는 웬디가 다른 석판에 적어서 돌린 문제들을 골똘히 생각하며 풀었다. 그 문제들은 아주 평범했다.

'엄마의 눈은 무슨 색이었나? 엄마 아빠 가운데 누가 더 컸나? 엄마의 머리카락은 금발이었나, 아니면 갈색이었나? 가능하면 세 질문에 모두 답하시오.'

'(A) '지난번 나의 휴가' 또는 '아빠와 엄마의 성격 비교'라는 주제 가운데 하나를 선택해서 40단어 이상의 에세이를 쓰시오.' 혹은 '(1) 엄마의 웃음을 묘사하라. (2) 아빠의 웃음을 묘사하라. (3) 엄마의 파티 드레스를 묘사하라. (4) 개집과 그 집에 사는 개를 묘사하라.'라는 게 있었다.

모두 이런 일상적인 질문들이었고 답을 적을 수 없을 땐 가위표를 하도록 했다. 그런데 존의 답안지조차도 온통 가위표가 가득했다. 모든 질문에 답한 유일한 소년은 슬라이틀리였다. 누구보다 일등이 되고 싶어 했지만 그가 적어 낸 답들은 엉망진창이어서 실제로는 꼴찌였다. 참으로 슬픈 일이었다.

피터는 이 시험을 보지 않았다. 한 가지 이유는 웬디를 제외한 모든 엄마들을 경멸했기 때문이고, 다른 한 가지 이유는 섬에서 유일하게 단 한 단어도 읽거나 쓸 줄 모르는 아이였기 때문이다. 피터는 그런 것과는 담을 쌓고 살았다.

그나저나 질문들이 전부 과거 시제로 되어 있었다. '엄마의 눈은 무슨 색이었나?'처럼 말이다. 웬디 역시 점점 예전 기억이 희미해져 가고 있었던 것이다.

앞으로 보게 되겠지만 모험은 매일 일어났다. 하지만 이번에 피터는 웬디의 도움을 받아 만든 새로운 놀이에 온통 마음을 빼앗겼다. 언제나 그랬던 것처럼 결국 그 놀이에도 별안간 흥미를 잃고 말았지만 말이다. 그 놀이는 모험을 하지 않는 척하는 것이었는데 존과 마이클이 늘 해 오던 일들을 하는 것이었다. 의자에 앉아 공 던져 올리기, 서로 밀기, 산책을 나가서 곰 한 마리도 죽이지 않고 돌아오기 같은 것 말이다. 피터가 하는 일 없이 의자에 앉아 있는 모습은 참으로 볼 만했다. 그럴 때 피터는 애써 엄숙한 표정을 지었는데 그렇게 가만히 앉아 있는 것도 그에게는 무척이나 재미난 일인 것 같았다. 피터는 건강을 생각해서 산책을 다녀왔다고 자랑하기도 했다. 며칠 동안 이 놀이가 그에게는 가장 신기한 모험이었고 존과 마이클도 즐거운 척을 해야 했다. 안 그랬다간 피터에게 호되게 야단을 맞았기 때문이다.

피터는 종종 혼자 나갔다 왔기 때문에 그가 모험을 했는지 안 했는지는 확실히 알 수가 없었다. 나가서 모험한 것을 까맣게 잊어버렸는지 아무 말도 하지 않았지만 밖에 나가 보면 시체가 있었다. 그런가 하면 모험한 얘기를 끝도 없이 늘어놓아도 시체 같은 걸 볼 수 없을 때도 있었다. 가끔 피터가 머리에 붕대를 감고 돌아올 때가 있었는데, 그럴 때면 웬디는 그를 살살 달래서 미지근한 물로 상처를 씻어 주었다. 그 사이 피터는 휘황찬란한 이야기를 늘어놓았다. 하지만 웬디는 그 이야기들을 완전히 다 믿을 수는 없었다. 그래도 웬디가 직접 겪었기 때문에 많은 모험들이 실제로 있었던 일임을 알 수 있었다. 또 적어도 어느 정도는 진실인 모험들도 있었는데 그건 다른 소년들이 겪고 나서 정말 있었던 일이라고 말했기 때문이다. 그 모험들을 전부 묘사하려면 영어-라틴 어, 라틴 어-영어 사전만 한 책 한 권이 필요할 테다. 그러니 섬에서의 평균적인 한 시간을 보여 주는 모험 한 가지를 예로 드는 것이 우리가 할 수 있는 최선이다. 여기서 문제는 무엇을 선택하느냐 하는 것이다. 슬라이틀리 협곡에서 인디언들과 벌인 작은 충돌을 예로 들어야 할까? 그것은 피비린내 나는 살벌한 싸움이었고 피터가 가진 특이한 점들 가운데 하나를 보여 준다는 점에서 특히 흥미롭다. 피터는 싸우다 말고 갑자기 편을 바꿔 버리곤 했다. 때로는 이쪽으로, 때로는 저쪽으로 승리가 기울면서 양쪽 편은 팽팽하게 대립하고 있었다. 바로 그 때 피터가 소리쳤다.

"오늘 난 인디언이야. 넌 뭐지, 투틀즈?"

그러자 투틀즈가 대답했다.

"인디언. 넌 뭐야, 닙스?"

"인디언. 쌍둥이, 너희는 뭐지?"

이렇게 질문이 이어졌고 그들 모두는 이제 인디언이 되었다. 결국 싸움이 끝날 수도 있었다. 하지만 이런 피터의 방법이 마음에 든 진짜 인디언들이 그때만큼은 길 잃은 소년들이 되기로 하면서 싸움은 다시 시작되었고 훨씬 격렬해졌다.

이 모험의 보기 드문 결말은……. 그런데 우리가 이야기할 모험이 이거라고 결정된 것은 아직 아니다. 어쩌면 인디언들이 땅속 집을 공격한 날 밤의 이야기가 더 나을지도 모르겠다. 그때 인디언 몇 명이 나무 구멍에 꽉 끼어서 코르크 마개처럼 뽑아내야 했다. 아니면 피터가 인어의 호수에서 타이거 릴리의 목숨을 구하고 그녀를 자기편으로 만든 얘기를 할 수도 있을 것이다.

소년들이 먹었으면 목숨을 잃었을지도 모르는, 해적들이 만든 케이크 얘기도 있다. 해적들은 교묘한 장소에 잇따라 케이크를 놔두었지만 번번이 웬디가 아이들의 손에서 케이크를 빼앗았다. 결국 케이크는 수분이 다 말라 돌처럼 딱딱해졌다. 그리고 후크는 어둠 속에서 무기처럼 쏘아 보낸 케이크에 발이 걸려 넘어졌다.

피터의 친구인 새 이야기를 하는 건 어떨까? 특별히 호수를 굽어보고 있는 나무에 둥지를 튼 네버 새 이야기가 있다. 그 새는 둥지가 물속에 떨어졌는데도 계속 알을 품고 앉아 있었고, 피터는 그 새를 건드리지 말라는 명령을 내렸다. 새가 얼마나 은혜를 잘 갚는지 보여 주는 것으로 마무리되는 아름다운 이야기다. 하지만 이 이야기를 하려면 호수에서 일어난 모험 이야기 전체를 해야 할 것이다. 그것도 하나가 아닌 두 가지 모험인데 그 가운데 짧으면서도 흥미로운 것은 팅커 벨이 거리 요정들의 도움을 받아 잠든 웬디를 커다란 잎사귀에 실어 육지로 보내려고 했던 것이다. 다행히 잎사귀가 물속으로 가라앉는 바람에 웬디는 잠에서 깨어났고 그저 목욕 시간이라고 생각하고는 헤엄쳐 돌아왔다.

그것도 아니면 피터가 사자들에게 도전한 이야기를 선택할 수도 있겠다. 피터는 화살로 자기 주변에 원을 그려 놓고는 사자들에게 넘어올 테면 넘어와 보라고 했다. 피터는 나무에서 다른 소년들과 웬디가 숨죽이고 지켜보는 가운데 몇 시간을 기다렸지만 사자가 감히 한 마리도 얼씬거리지 못했다.

이 모험들 가운데 어떤 걸 선택해야 할까? 동전을 던져 보는 게 가장 좋은 방법일 것이다.

동전을 던지자 호수 이야기가 선택되었다. 벌써 누군가는 협곡이나 케이크, 팅크의 잎사귀 이야기가 이겼으면 좋았을 거라고 생각할지도 모르겠다. 물론 다시 한 번 동전 던지기를 해서 셋 중 하나를 선택할 수도 있다. 하지만 그냥 호수 이야기를 하는 게 가장 공평한 일일 것이다.

제8장
인어의 호수

재수가 좋으면 눈을 감았을 때 아름답고 엷은 빛깔의 형체 없는 웅덩이가 어둠 속에 떠 있는 것을 보게 될지도 모른다. 좀 더 눈을 꼭 감으면 웅덩이는 점차 형체를 갖추기 시작하고 색이 더욱 선명해지는데, 눈을 더 꼭 감으면 그대로 불타오르게 될 것이다. 그렇게 불타오르기 직전에 호수가 보인다. 이것이 육지에 있는 여러분이 호수와 가장 가까이 닿게 되는 아주 잠깐의 황홀한 순간이다. 그런 순간이 한 번 더 찾아온다면 물결도 보고 인어들이 노래하는 것도 들을 수 있을지 모른다.

아이들은 늘 이 호수에서 긴긴 여름날을 보냈다. 헤엄을 치거나 떠다니며 대부분의 시간을 보냈고 물속에서 인어 놀이를 하기도 했다. 그렇다고 인어들과 아이들의 사이가 좋았을 거라고 생각하는 건 금물이다. 또 섬에 있는 동안 인어들에게 정중한 말 한마디 듣지 못한 것은 웬디가 두고두고 안타깝게 여긴 것 가운데 하나였다. 호숫가로 가만히 다가가면 수십 명의 인어들을 볼 수 있었다. 인어들은 특히 '버려진 자의 바위'에 앉아 느릿느릿 머리를 빗으며 햇볕 쬐는 것을 좋아했다. 그 모습이 어찌나 느긋한지 웬디 눈에 거슬릴 정도였다. 어쩌다 웬디가 발끝으로 걷듯 살금살금 헤엄을 쳐서 코앞까지 다가가면, 웬디를 보자마자 인어들은 꼬리로 물을 튀기며 물속으로 뛰어들었다. 결코 우연이 아니라 의도가 담긴 행동이었다.

인어들은 모든 소년들에게도 똑같이 대했다. 물론 피터만은 예외였다. 피터는 버려진 자의 바위에서 몇 시간이고 인어들과 수다를 떨었고 인어들이 건방지게 군다 싶을 땐 그들의 꼬리를 깔고 앉기도 했다. 피터는 웬디에게 인어들이 쓰는 빗을 가져다 주었다.

인어들의 모습이 가장 인상 깊을 때는 달이 뜨는 무렵이다. 인어들은 이때 울부짖는 듯한 괴상한 소리를 낸다. 하지만 그 무렵의 호수는 보통 사람들에게 위험하기 때문에 웬디도 우리가 이제 말하려고 하는 저녁이 오기 전까지는 달빛 아래서 호수를 본 적이 한 번도 없었다. 당연히 피터가 옆에 있었을 테니 두려움 때문은 아니었다. 웬디가 일곱 시까지는 모두 잠자리에 들어야 한다는 엄격한 규칙을 만들었기 때문이다. 그래도 비가 온 뒤 맑게 갠 날이면 자주 호수로 나갔는데 그런 날이면 평소보다 많은 인어들이 나와 물방울을 가지고 놀았다. 인어들은 무지개에서 나온 수많은 빛깔의 물방울을 꼬리로 쳐서 서로에게 보내기도 하고 떨어져 터지기 전까지 무지개에 잡아 두기도 하면서 공처럼 가지고 놀았다. 골문은 무지개 양쪽 끝이었고 골키퍼는 손만 사용할 수 있었다. 가끔 호수에서 수백명의 인어들이 동시에

꧁ 호수의 여름날 ꧂

놀기라도 하면 그야말로 장관이었다.

하지만 아이들이 함께 놀려고 하면 인어들은 바로 사라져 버려 아이들끼리 놀아야 했다. 그러면서도 인어들은 몰래 숨어서 침입자들을 지켜봤으며 아이들이 낸 아이디어를 서슴지 않고 사용했다는 증거가 있었다. 존이 손 대신 머리로 물방울을 치는 새로운 방법을 선보였는데 인어 골키퍼가 그대로 따라 했던 것이다. 존이 네버랜드에 남긴 단 한 가지 흔적이기도 하다.

아이들이 점심을 먹은 뒤 반 시간 동안 바위에서 쉬는 모습 또한 꽤 장관이었을 것이다. 웬디는 꼭 그렇게 해야 한다고 고집했다. 비록 식사는 시늉만 하는 것이어도 휴식만은 진짜여야 했다. 그래서 아이들은 햇볕을 받으며 바위 위에 누웠고 그들의 몸은 햇빛에 반짝거렸다. 웬디는 그들 옆에 앉아 잔뜩 무게를 잡고 있었다.

그날도 아이들은 모두 버려진 자의 바위에 누워 있었다. 바위는 아이들이 함께 자는 침대보다 크지 않았지만 아이들은 자리를 많이 차지하지 않는 방법을 알고 있었다. 아이들은 깜박 잠이 들거나 하다 못해 눈을 감고 누워 있었고 가끔 웬디가 안 보는 것 같을 때는 서로를 꼬집기도 했다. 웬디는 바느질을 하느라 정신이 없었던 것이다.

웬디가 바느질을 하는 동안 호수에 변화가 찾아왔다. 호수 위로 작은 파문이 일었고 태양이 사라지더니 검은 그림자들이 슬금슬금 몰려오면서 물이 차가워졌다. 웬디는 더 이상 바늘에 실을 꿸 수 없었다. 위를 올려다보니 여태껏 웃음이 넘치던 호수는 무시무시하고 사나워 보였다.

밤이 된 것은 아니었다. 웬디 또한 그 사실을 알고 있었다. 하지만 밤만큼이나 어두컴컴한 것이 오고 있었다. 아니, 그보다 더 나쁜 것이었다. 그 무엇은 아직 도착하지도 않았는데 바다에서 파문을 보내며 다가오고 있음을 알렸다. 무엇일까?

버려진 자의 바위에 관해 들었던 온갖 이야기들이 웬디의 머릿속을 가득 채웠다. 이를 테면 사악한 선장들이 선원들을 바위에 남겨 두고 물에 빠져 죽게 해서 그런 이름이 붙여졌다는 이야기다. 밀물이 들면 바위가 물에 잠기면서 선원들이 익사하게 되는 것이다.

웬디는 아이들을 즉시 깨워야 했다. 단지 미지의 것이 그들에게 접근해 오기 때문만이 아니라 냉기가 올라오는 바위에서 아이들을 재우는 것이 좋지 않았기 때문이다. 하지만 웬디는 어린 엄마였고 이런 사실을 몰랐다. 그저 점심을 먹은 뒤 반 시간 동안 휴식해야 하는 규칙을 지켜야 한다고만 생각했다. 그래서 두려움이 밀려들어 남자 목소리를 듣고 싶은 마음이 간절하면서도 아이들을 깨우지 않았다. 심지어 조심스레 노 젓는 소리가 들리고 가슴이 덜컥 내려앉았을 때도 웬디는 아이들을 깨우지 않았다. 웬디는 아이들 옆을 지키고 서서 끝까지 잠을 자게 했다. 정말 용감하지 않은가?

그때 자면서도 위험을 감지할 수 있는 소년이 그들 가운데 있었다는 것은 참으로 다행이었다. 피터는 개처럼 단번에 잠에서 깨어나 벌떡 일어났다. 그리고 위험을 알리는 한 번의 외침으로 다른 아이들을 깨웠다.

피터는 한 손을 귀에 갖다 대고 미동도 없이 서 있었다.

"해적이다!"

피터가 소리치자 다른 소년들이 피터 가까이 몰려들었다. 피터의 얼굴에 묘한 미소가 감돌았고 웬디는 그 미소를 보며 몸을 떨었다. 피터가 그런 미소를 지을 때면 어느 누구도 감히 말을 걸지 못했다. 고작 할 수 있는 거라고는 언제라도 명령에 따를 준비를 하는 것 뿐이었다. 날카로운 목소리와 함께 명령이 떨어졌다.

"뛰어들어!"

언뜻 물로 뛰어드는 다리들이 보이는가 싶더니 곧 호수는 텅 빈 것처럼 보였다. 으스스한 물속에 버려진 자의 바위만이 홀로 떠 있었는데 마치 바위가 버려진 것 같았다.

배가 점점 더 가까이 다가왔다. 해적들의 작은 보트에는 세 사람이 타고 있었다. 스미와 스타키 그리고 포로인 타이거 릴리였다. 두 손과 두 발이 묶인 타이거 릴리는 자신의 마지막이 어떻게 될지 알고 있었다. 그녀는 바위에 버려져 죽음을 맞이할 운명이었고, 그녀의 종족에게는 화형이나 고문으로 죽는 것보다 훨씬 끔찍한 죽음이었다. 그들 부족의 책에도 천국의 사냥터로 통하는 물속 길은 없다고 나와 있지 않은가. 하지만 그녀의 얼굴은 덤덤하기만 했다. 그녀는 추장의 딸이었고 추장의 딸로서 죽어야 했으며 그거면 충분했다.

해적들은 입에 칼을 문 채 해적선에 오르는 그녀를 붙잡았다. 배에는 보초를 서는 사람도 없었다. 후크가 자신의 이름만 들어도 근처 1킬로미터 안으로는 그 누구도 얼씬거리지 못할 거라고 장담했기 때문이다. 이제 곧 죽게 될 타이거 릴리의 운명 또한 배를 지키는 데 도움을 줄 것이다. 그날 밤 또 한 번의 울부짖음이 그의 이름을 타고 울려 퍼지게 될 테니 말이다.

해적 두 명은 자신들이 함께 몰고 온 어둠 속에서 바위를 보지 못하고 결국 충돌했다.

"뱃머리를 돌려, 이 애송이야."

아일랜드 인 스미가 소리쳤다.

"바위가 있네. 그럼 이제 할 일은 이 인디언을 바위 위에 올려놓는 거야. 물에 빠져 죽게 거기 두고 가기만 하면 돼."

순식간에 아름다운 소녀를 바위에 버리는 잔혹한 일이 벌어졌다. 자존심 센 소녀는 헛된 저항 같은 건 하지 않았다.

보이지는 않았지만 바위 근처에서 머리 두 개가 위아래로 움직이고 있었는데, 바로 피터와 웬디였다. 웬디는 울고 있었다. 그것은 웬디가 처음 목격하는 비극이었던 것이다. 피터는 이제 껏 많은 비극을 봐 왔지만 잊어버려서 하나도 기억하지 못했다. 피터는 웬디만큼 안타까운 마음이 들지 않았다. 정작 그를 화나게 한 건 두 사람이 한 사람에게 붙어 있는 것이었다. 그래서 피터는 릴리를 구하기로 마음먹었다. 사실 해적들이 사라질 때까지 기다리면 되는 쉬운 방법이 있었지만 피터는 절대 쉬운 방법을 택하지 않았다.

거의 못하는 것이 없는 피터가 이번에는 후크의 목소리를 흉내 냈다.

"거기, 이 애송이들아."

피터가 소리쳤다. 정말 놀랍도록 똑같았다.

"선장님이야."

해적들이 놀라 서로를 바라보며 말했다.

"여기까지 헤엄쳐 오고 계신 거야."

주위를 둘러봐도 후크가 보이지 않자 스타키가 말했다.

"인디언 계집애를 바위에 올려놓고 있었어요."

스미가 외쳤다. 그러자 깜짝 놀랄 대답이 돌아왔다.

"풀어 줘라."

"풀어 주라니요?"

"그래, 묶은 걸 풀어 주고 가게 놔둬."

"하지만 선장님……."

"당장 시키는 대로 해. 안 그러면 갈고리를 꽂아 줄 테다."

"좀 이상한데."

스미가 숨을 헉 내쉬며 말했다.

"두목이 시키는 대로 하는 게 나아."

스타키가 안절부절못하며 말했다.

"네, 네."

스미가 타이거 릴리를 묶은 줄을 끊었다. 그 순간 타이거 릴리는 마치 뱀장어처럼 스타키의 다리 사이를 지나 미끄러지듯 물속으로 들어갔다.

웬디는 피터의 영리한 행동에 어깨가 으쓱했다. 하지만 피터가 우쭐해서 꼬끼오 소리를 지르다 정체가 탄로 날지도 모른다는 사실이 떠올랐다. 그래서 피터의 입을 막으려고 곧장 손을 뻗었다. 그때 "거기, 보트!"라고 소리치는 후크의 목소리가 호수에 울려 퍼지는 바람에 웬디는 멈칫했다. 이번에는 피터가 말한 게 아니었다.

막 꼬끼오 소리를 지르려던 피터는 깜짝 놀란 나머지 소리를 지르는 대신 얼굴을 일그러뜨리며 휘파람을 불었다.

"거기, 보트!"

또다시 고함이 들려왔다. 웬디도 그제야 상황을 알아차렸다. 진짜 후크도 물속에 있었던 것이다.

후크는 보트를 향해 헤엄을 치고 있었고 부하들이 등불을 비춰 길을 밝혀 주자 금세 보트에 닿았다. 웬디는 불빛 속에서 후크의 갈고리가 뱃전에 걸리는 것을 보았다. 그리고 물을 뚝뚝 흘리며 올라가는 후크의 검고 사악한 얼굴도 보았다. 웬디는 두려움에 질린 나머지 멀리 헤엄쳐 도망가고 싶었지만 피터는 꼼짝도 하지 않을 기세였다. 그는 생기가 가득했고 자신감이 넘쳐 제정신이 아닌 듯했다.

"나 정말 대단하지 않아? 아, 난 정말 대단해!"

피터가 웬디에게 속삭였다.

웬디도 그렇게 생각하긴 했지만 그의 명성을 생각하면 그 말을 자기 말고 아무도 못 들은 것이 정말 다행이라고 생각했다. 피터가 웬디에게 잘 들어 보라는 신호를 보냈다.

두 해적은 두목이 자신들에게 왜 왔는지 몹시 궁금했다. 하지만 후크는 갈고리로 머리를 받친 채 침통한 모습으로 앉아 아무 말이 없었다.

"선장님, 괜찮으세요?"

부하들이 조심스럽게 물었지만 후크는 공허한 신음 소리만 냈다.

"한숨을 쉬시네."

스미가 말했다.

"또 한숨이셔."

스타키가 말했다.

"벌써 세 번째 한숨이야."

다시 스미가 말했다.

"선장님, 무슨 일이에요?"

그제야 후크가 잔뜩 화가 난 목소리로 소리쳤다.

"다 끝났어. 그 녀석들한테 엄마가 생겼단 말이다."

웬디는 두려우면서도 한껏 뿌듯함을 느꼈다.

"아, 이런."

스타키가 외쳤다.

"엄마가 뭐죠?"

무식한 스미가 물었다.

"엄마를 몰라!"

웬디는 기가 막힌 나머지 소리를 질렀다. 웬디는 이날 이후로 만약 해적을 애완용으로 키울 수 있다면 스미가 좋겠다는 생각을 하게 되었다.

피터가 웬디를 물속으로 끌어당겼다.

"무슨 소리지?"

후크가 벌떡 일어나 외쳤다.

"아무 소리도 안 났는데요."

스타키가 등불을 들어 올려 수면을 비췄다. 수면을 살피던 해적들 눈에 이상한 광경이 들어왔다. 내가 전에 말한 적이 있을 것이다. 네버 새가 앉아 있는 채로 호수 위를 떠다니는 둥지 말이다.

"봐라, 저런 게 엄마다. 이제 잘 알겠지? 둥지가 물속으로 떨어진 거지. 그렇다고 엄마가 자기 알들을 버리겠어? 아니지."

후크가 스미의 질문에 답을 해 주었다. 그러고는 자신의 순수했던 시절을 회상하는 듯 잠시 목이 메었다. 그때는……. 하지만 곧 갈고리를 흔들어 약한 마음을 떨쳐 냈다.

깊은 감동을 받은 스미는 떠내려가는 둥지에 앉은 어미 새를 바라보았다. 하지만 좀 더 의심이 많은 스타키가 말했다.

"그런 게 엄마라면 피터 엄마도 이 근처에서 피터를 도와주려고 하겠네요."

"그래. 내가 두려워하는 게 그거야."

후크가 움찔했다.

"선장님, 그 소년들의 엄마를 납치해서 우리 엄마로 삼을 수는 없나요?"

낙담해 있던 후크가 스미의 열띤 목소리에 정신을 차렸다.

"그것 참 좋은 생각이다."

후크가 외쳤다. 그리고 곧 후크의 천재적인 머릿속에서 구체적인 계획이 세워졌다.

"아이들을 잡아서 배로 데려오는 거야. 그런 다음 판자 위로 애들을 걷게 해서 물속에 빠뜨리고 나면 웬디는 우리 엄마가 되는 거지."

"안 돼!"

웬디가 다짜고짜 소리부터 질렀다. 그러고는 얼른 물속으로 들어갔다.

"뭐지?"

하지만 해적들의 눈에는 아무것도 보이지 않았다. 그들은 바람에 날리는 잎사귀려니 생각했다.

"이봐, 그럼 모두 내 계획대로 하는 거지?"

후크가 물었다.

"제 손을 얹고 맹세합니다."

부하들이 대답했다.

"그럼 난 갈고리를 얹고 맹세하지."

그들 모두가 맹세했다.

그때 해적들은 바위 위에 있었다. 후크는 문득 타이거 릴리가 떠올라 따지듯 물었다.

"그 인디언 계집애는 어디 있는 거냐?"

후크는 때때로 농담을 잘했기 때문에 부하들은 후크가 또 농담을 한다고 생각했다.

"잘됐어요, 선장님. 우리가 풀어 줬어요."

스미가 득의양양한 얼굴로 대답했다.

"풀어 줘?"

후크가 외쳤다.

"선장님이 그렇게 명령을 내렸잖아요."

갑판장이 더듬거리며 말했다.

"선장님이 호수 저편에서 풀어 주라고 소리쳤잖아요."

스타키가 말했다.

"이 천벌 받을 놈들아, 지금 누굴 속이려 드는 거냐?"

후크가 버럭 소리를 질렀다. 후크의 얼굴은 분노로 이미 흙빛이 되었다. 하지만 부하들이 거짓말을 하는 것 같지는 않으니 귀신이 곡할 노릇이었다.

"이것들아, 난 그런 명령을 내린 적이 없어."

후크가 약간 떨리는 목소리로 말했다.

"일이 이상하게 돌아가는군."

스미가 말했다. 그리고 모두들 안절부절못했다.

"오늘 밤 이 깜깜한 호수에 붙은 귀신아, 내 말이 들리는가?"

후크는 목소리를 잔뜩 높였지만 가볍게 떨리고 있었다.

당연히 조용히 있어야 했지만 그럴 피터가 아니었다. 피터는 곧장 후크 목소리로 대답했다.

"그래, 이 쓸모없는 것들아. 들리고말고."

그런 위기의 순간에도 후크는 얼굴색 하나 변하지 않았다. 하지만 스미와 스타키는 두려움에 떨며 서로를 부둥켜안았다.

"이놈, 말해라. 넌 누구냐?"

후크가 따지듯 물었다.

"나는 졸리 로저호의 선장, 제임스 후크다."

목소리가 대답했다.

"아니야, 넌 후크가 아니야."

후크가 거친 목소리로 외쳤다.

"이 천벌 받을 놈, 다시 그렇게 말했다간 네놈에게 닻을 던질 줄 알아라."

목소리가 쏘아붙였다.

"당신이 만약 후크라면 어서 말해 보시오. 난 누구란 말이오?"

후크가 좀 더 알랑거리며 다시 물었다. 이번엔 거의 공손하기 까지 한 말투였다.

"대구지, 겨우 생선일 뿐이라고."

목소리가 대답했다.

"대구라고!"

후크가 멍한 표정으로 그 말을 되풀이했다. 그의 넘치던 기백이 꺾이는 순간이었다. 부하들이 뒷걸음치며 투덜거렸다.

"이제껏 선장으로 모신 게 대구였다니! 정말 자존심 상하는 일이군."

키우던 개에게 물린 꼴이었다. 후크는 비참한 처지가 되었지만 그런 부하들에게 신경 쓰지 않았다. 두려운 증거 앞에 필요한 것은 부하들의 믿음이 아니라 스스로에 대한 믿음이었다. 후크는 자기 자아가 빠져나가는 걸 느꼈고 자아를 향해 쉰 목소리로 속삭였다.

"나쁜 놈아, 날 버리지 마."

유명한 해적들이 모두 그러하듯 그의 악한 본성에도 여자 같은 면이 조금은 있었다. 그리고 가끔 그런 면이 그에게 직관을 갖게 했다. 후크가 갑자기 스무고개 놀이를 시작했다.

"후크, 다른 목소리가 있는가?"

후크가 소리쳤다.

놀이를 마다할 피터가 아니었다. 피터가 원래 목소리로 쾌활하게 대답했다.

"있다."

"다른 이름은?"

"있고말고."

"채소인가?"

"아니."

"광물인가?

"아니."

"동물인가?"

"그렇다."

"어른인가?"

"아니!"

경멸스럽다는 듯 대답이 울려 퍼졌다.

"소년인가?"

"그래."

"평범한 소년인가?"

"아니지!"

"멋진 소년인가?"

이번에도 "그래."라는 대답이 울려 퍼지며 웬디를 골치 아프게 했다.

"영국에 있는가?"

"아니."

"여기 있는가?"

"그래."

후크는 매우 당황했다.

"너희도 좀 물어봐."

후크가 이마의 땀을 닦아 내며 부하들에게 말했다.

"하나도 생각이 나질 않아요."

곰곰이 생각하던 스미가 유감스러운 듯 말했다.

"알아맞힐 수 없을 거야, 알아맞힐 수 없어. 포기한 거냐?"

피터가 신 나게 떠들어 댔다. 우쭐해진 피터가 놀이를 너무 길게 끌고 가는 바람에 악당들이 기회를 잡았다.

"그래, 그래."

해적들이 열심히 대답했다.

"그럼 알려 주지. 난 피터 팬이다."

피터 팬!

후크는 곧바로 정신을 차렸고, 스미와 스타키는 다시 그의 충직한 심복이 되었다.

"이제 피터는 우리 손안에 있다. 스미, 물속으로 들어가. 스타키는 보트를 지키고. 죽여서든 살려서든 내 앞에 데려와."

말을 끝낸 후크는 곧바로 물속으로 뛰어들었고 그와 동시에 피터의 명랑한 목소리가 들려왔다.

"얘들아, 준비됐니?"

"네, 네."

호수 여기저기서 대답이 들려왔다.

"그렇다면 해적들을 혼쭐내 줘."

싸움은 짧지만 치열했다. 가장 먼저 공격한 것은 존이었다. 용감하게 보트 위로 올라가 스타키를 붙잡았다. 격렬한 몸싸움이 벌어졌고 그 와중에 해적이 손에 들고 있던 단검을 떨어뜨렸다. 스타키가 보트 밖으로 내빼자 존이 뒤를 쫓아 물속으로 뛰어들었다. 그리고 작은 보트는 멀리 떠내려갔다.

머리들이 수면 위로 여기저기서 올라왔다. 무기가 번쩍이고 비명과 함성이 뒤를 이었다. 혼잡함 속에서 같은 편을 공격하는 일도 벌어졌다. 스미의 병따개가 투틀즈의 네 번째 갈비뼈를 찔렀고, 스미는 컬리의 칼끝에 맞았다. 바위에서 좀 더 떨어진 곳에서는 스타키가 슬라이틀리와 쌍둥이 형제를 거칠게 밀고 있었다.

이런 소동이 벌어지는 동안 피터는 어디에 있었을까? 피터는 좀 더 큰 사냥감을 찾고 있었다.

다른 소년들도 모두 용감했다. 그러니 그들이 해적 두목에게서 뒷걸음친다고 해서 그들을 탓할 수는 없었다. 후크는 물속에서 둥글게 원을 그리며 쇠갈고리를 휘둘렀고 소년들은 겁에 질린 물고기처럼 그 원에서 멀찍이 달아났다.

하지만 후크를 두려워하지 않는 단 한 사람이 있었다. 그는 오히려 그 원 안으로 들어가기 위해 기회를 엿보고 있었다. 그런데 이상하게도 그들이 만난 곳은 물속이 아니었다. 후크가 숨을 쉬기 위해 바위로 올라왔을 때 피터 역시 반대편으로 올라오고 있었던 것이다. 바위는 공처럼 미끄러워서 두 사람은 올라온다기보다 네 발로 기어오르고 있었다. 둘 다 상대방이 올라오고 있는 것을 모른 채 각자 잡을 곳을 찾다 상대의 팔을 만지게 되었다. 깜짝 놀라 얼굴을 들었을 땐 둘의 얼굴이 거의 닿을 듯 가까웠다. 그들은 그렇게 만났다.

몇몇 위대한 영웅들은 쓰러지기 직전에 가슴이 철렁 내려앉는 느낌을 받았다고 고백한다. 피터가 그 순간 그런 느낌을 받았대도 그리 이상하지 않다는 게 내 생각이다. 어쨌든 후크는 항해 요리사 존 실버가 유일하게 두려워했던 자였으니 말이다. 하지만 피터는 그런 느낌을 받기는커녕 오로지 반가운 마음뿐이었다. 그리고 기쁜 마음에 그 예쁜 이를 뽀드득 갈았다. 피터는 전광석화처럼 후크의 허리춤에서 칼을 낚아채 그를 찌르려고 했다. 하지만 그때 자신이 후크보다 바위 높은 곳에 올라섰음을 알았다. 그건 정정당당한 싸움이 될 수 없을 것 같았다. 그래서 후크에게 손을 내밀어 올라오는 걸 도와주려 했다. 그 순간 후크가 피터의 손을 물어뜯었다.

피터는 통증 때문이 아니라 후크의 정정당당하지 못한 태도에 놀라 멍해졌다. 피터는 무력감과 충격으로 그저 멍하니 후크를 바라보기만 했다. 아이들은 누구나 생전 처음 부당한 대우를 받게 되면 그렇게 충격을 받는다. 아이들이 누군가에게 다가갈 때 상대에게 당연히 기대하는 것이 정정당당함이다. 상대에게 부당한 대우를 받고 난 뒤 아이는 그 상대를 다시 사랑할 수는 있어도 절대 이전과 같아질 수는 없다. 또 어느 누구도 처음 당하는 부당함에서 완전히 회복하지 못한다. 하지만 피터만은 달랐다. 종종 부당한 일과 마주했지만 늘 잊어버렸다. 그게 피터와 다른 아이들의 진짜 차이점일 것이다.

그래서 피터는 이렇게 부당한 처사와 마주쳤을 때 마치 처음 당하는 일처럼 느껴졌다. 그저 무력하게 후크를 쳐다보는 것 말고는 아무것도 할 수 없었다. 갈고리 손이 두 번째로 피터를 할퀴었다.

그로부터 몇 분 뒤 소년들은 후크가 물속에서 배를 향해 미친 듯이 헤엄쳐 가는 것을 보았다. 그의 고약한 얼굴에는 이제 의기양양함은 남아 있지 않았다. 그저 공포로 하얗게 질려 있을 뿐이었다. 악어가 집요하게 그의 뒤를 쫓고 있었던 것이다. 평소대로라면 아이들이 환호성을 지르며 옆에서 나란히 헤엄을 쳤겠지만 지금은 피터와 웬디가 보이지 않아 불안했다. 아이들은 그 둘을 찾아 호수를 샅샅이 뒤졌다. 그러다 작은 보트를 찾아내 그것을 타고 집으로 향했다. 가면서도 "피터, 웬디." 하고 소리쳐 불렀지만 놀리는 듯한 인어들의 웃음소리만 들릴 뿐 아무 대답도 들리지 않았다.

"헤엄치거나 날아서 돌아갔을 거야."

소년들은 이렇게 결론을 내렸다. 그들은 크게 염려하지 않았다. 그만큼 피터에 대한 믿음이 컸던 것이다. 그리고 아이들답게 늦게 잠자리에 들어도 되는 것이 좋아 마냥 낄낄거렸다. 순전히 엄마 웬디의 잘못으로 그렇게 된 것이니 말이다.

소년들의 목소리가 잦아들 때쯤 호수에는 차가운 침묵이 찾아왔고 얼마 뒤 희미한 울음소리가 들렸다.

"도와줘, 도와줘!"

작은 물체 두 개가 바위에 부딪쳤다. 여자아이는 기절해서 소년의 팔에 매달려 있었다. 피터는 마지막 힘을 내 웬디를 바위 위로 끌어 올린 다음 그 곁에 누웠다. 피터는 정신을 잃어 가면서도 물이 불어나는 것을 보았다. 자신들이 곧 물에 잠길 것을 알았지만 더 이상 할 수 있는 게 없었다.

둘이 나란히 누워 있는데 인어 하나가 웬디의 발을 잡고는 그녀를 가만히 물속으로 끌어당기기 시작했다. 피터는 옆에서 웬디가 미끄러져 내려가는 것을 느끼고 깜짝 놀라 눈을 뜨고는 간

신히 다시 끌어 올렸다. 하지만 웬디에게 진실을 말해야 했다.

"우린 바위 위에 있어, 웬디. 그런데 바위가 점점 작아지고 있어. 곧 물에 다 잠길 거야."

웬디는 여전히 이해하지 못하는 눈치였다.

"그럼 가야지."

거침없이 말하는 게 명랑하게 들릴 정도였다.

"그래."

피터가 힘없이 대답했다.

"헤엄칠까 아니면 날까, 피터?"

이제는 솔직히 말하는 수밖에 없었다.

"웬디, 내 도움 없이도 섬까지 헤엄치거나 날아갈 수 있겠어?"

웬디는 자신이 너무 지쳐 있음을 인정해야 했다.

피터가 신음 소리를 냈다.

"왜 그래?"

이내 피터 때문에 불안해진 웬디가 물었다.

"난 널 도와줄 수가 없어, 웬디. 후크가 내게 상처를 입혔어. 난 날 수도, 헤엄칠 수도 없어."

"우리 둘 다 물에 빠지게 될 거라는 얘기야?"

"물이 차오르는 걸 좀 봐."

피터와 웬디는 그 모습을 안 보려고 손으로 두 눈을 가렸다. 그들은 자신들이 곧 사라지게 될 거라고 생각하며 앉아 있었다. 그때 뭔가가 키스처럼 가볍게 피터의 얼굴에 닿았다. 그리고 그 자리에서 머뭇거리며 이렇게 말하는 듯했다.

"제가 도움이 될 수 있을까요?"

그것은 며칠 전에 마이클이 만든 연의 꼬리였다. 마이클의 손에서 빠져나가 멀리 날아가 버렸던 것이다.

"마이클의 연이야."

피터가 관심 없는 듯 말했다. 하지만 곧 그 꼬리를 움켜쥐고 잡아당기며 외쳤다.

"이 연이 마이클을 바닥에서 들어 올렸지. 그럼 너도 들어서 나를 수 있지 않겠어?"

"우리 둘 다!"

"둘을 들어 올릴 수는 없어. 마이클과 컬리가 이미 해 봤어."

"제비를 뽑아서 결정하자."

웬디가 씩씩하게 말했다.

"넌 여자잖아. 절대 안 돼."

피터가 이미 웬디 몸에 연의 꼬리를 묶은 뒤였다. 웬디가 피터에게 매달리며 혼자는 가지 않겠다고 했다. 하지만 피터는 "안녕, 웬디."라는 말과 함께 웬디를 바위에서 밀어 냈다. 몇 분이 지나자 웬디는 피터의 시야에서 사라졌고 피터는 홀로 호수에 남았다.

바위는 이제 매우 작아져 머지않아 물속으로 가라앉을 것 같았다. 희미한 빛줄기들이 호수 저편으로 슬금슬금 지나가고 있었다. 곧 세상에서 가장 듣기 좋으면서도 동시에 가장 슬프기도 한 소리가 들릴 일만 남아 있었다. 바로 인어들이 달을 부르는 소리였다.

피터는 다른 소년들과는 달랐지만 그도 결국 두려움을 느꼈

꾳 죽는 건 굉장히 신 나는 모험일 거야. 꾳

다. 바다 위로 파문이 지나가듯 작은 떨림이 피터의 몸을 타고 지나갔다. 하지만 바다에서는 파문이 끝도 없이 계속되는 반면 피터는 단 한 번 떨림을 느꼈을 뿐이다. 곧 피터는 다시 바위 위에 우뚝 섰다. 얼굴에는 미소가 떠올랐고 가슴에서는 요란한 고동 소리가 들렸다. 그 고동 소리는 이렇게 말하고 있었다.

"죽는 건 굉장히 신 나는 모험일 거야."

제9장
네버 새

피터가 완전히 혼자 남겨지기 전에 마지막으로 들은 소리는 인어들이 하나둘 바닷속 자신의 침실로 물러가는 소리였다. 너무 멀리 있어서 문이 닫히는 소리는 들을 수 없었다. 하지만 인어들이 사는 산호 동굴 문은 육지에 있는 멋진 집들이 다 그러하듯 열리고 닫힐 때마다 작은 종소리를 냈다. 피터가 들은 소리는 바로 그 소리였다.

물은 서서히 차올랐고 급기야 피터의 발치에서 찰랑거렸다. 피터는 물이 자신을 다 삼킬 때까지 시간을 보내기 위해 호수에서 유일하게 움직이는 것을 지켜보았다. 둥둥 떠다니는 종잇조각 같았는데 연에서 찢겨 나온 것인지도 모른다. 피터는 한가하게 그 종잇조각이 물가까지 떠내려가는 데 얼마나 걸릴지 생각했다.

피터는 이내 이상한 점을 눈치챘다. 그 종이가 뚜렷한 목적을 가지고 호수 위에 나와 있는 게 분명하다는 것이었다. 종이가 물결을 거스르며 싸우고 있었다. 때때로 싸움에서 이기기도 했는데 늘 약한 쪽을 지지하는 피터는 종이가 이길 때마다 저도 모르게 박수를 쳤다. 정말 용감한 종잇조각이었다.

그런데 사실 그것은 종잇조각이 아니었다. 바로 자신의 둥지에 앉아 피터에게 다가오려고 필사적인 노력을 하는 네버 새였다. 둥지가 물에 떨어진 뒤 익힌 방법으로 날개를 움직여 그 괴상한 모양의 배를 어느 정도 원하는 방향으로 끌고 올 수 있었다. 하지만 피터가 그 새를 알아봤을 때는 이미 많이 지쳐 있었다. 네버 새는 피터를 구하려고 오는 것이었다. 둥지 안에 자기 알들이 있는데도 둥지를 피터에게 주려고 했다. 나는 어미 새의 행동에 좀 놀랐다. 물론 피터가 새에게 잘해 준 적도 있었지만 가끔 괴롭히기도 했다. 달링 부인을 비롯한 다른 사람들처럼 어미 새도 젖니를 그대로 가지고 있는 피터에게 마음이 녹은 것이라고 추측할 뿐이었다.

어미 새는 피터에게 자기가 온 까닭을 소리쳐 말했고, 피터는 어미 새에게 거기서 뭐 하고 있냐고 큰 소리로 물었다. 물론 어느 쪽도 상대의 언어를 이해하지 못했다. 동화 같은 이야기 속에서는 사람들이 새와 자유롭게 이야기할 수 있다. 이 순간만큼은 나도 이 이야기가 그런 이야기인 척 피터가 네버 새의 말을 이해하고 대답했다고 말할 수 있으면 좋겠다. 하지만 진실이 가장 좋은 것이니 진짜 있었던 일만 말하도록 하겠다. 사실 둘은 서로의 말을 이해하지 못했을 뿐 아니라 지켜야 할 예절마저 잊어버렸다.

"이…… 둥지에…… 타……라……고."

어미 새는 가능한 천천히, 분명하게 말하려고 애쓰며 소리를 질렀다.

"그럼…… 물가로…… 떠내려……갈…… 수…… 있어. 하지만…… 난…… 지쳐서…… 더…… 이상…… 가까이…… 갈…… 수…… 없어. 그러니까…… 네가…… 여기로…… 헤엄쳐…… 와야…… 해."

"뭐라고 꽥꽥거리는 거야? 왜 평소처럼 둥지를 흘러가게 두지 않는 거야?"

피터가 말했다.

"이…… 둥지에……."

새는 좀 전에 했던 말을 처음부터 반복했다. 그러자 피터도 천천히, 분명하게 말했다.

"뭐라고…… 꽥꽥……거리는…… 거야?"

이렇게 말이다. 네버 새는 벌컥 화가 치밀었다. 피터와 네버 새 둘 다 몹시 성미가 급했다.

"이 멍청한 꼬마 녀석아, 왜 내가 시키는 대로 하지 않는 거야?"

네버 새가 꽥 소리를 질렀다.

"너도 마찬가지야!"

피터는 어미 새가 자신에게 욕을 하고 있다는 느낌이 들자 무턱대고 쏘아붙였다. 그러고는 신기하게도 둘은 똑같은 말을 내뱉었다.

"입 닥쳐!"

"입 닥쳐!"

그럼에도 어미 새는 가능하면 피터를 구해 주기로 마음먹었다. 그래서 마지막으로 젖 먹던 힘까지 내서 둥지를 바위로 몰고 간 다음 날아올랐다. 자신의 뜻을 분명히 전하려고 알까지 버려두고 말이다.

마침내 피터도 이해하고는 둥지를 붙잡았다. 그러고는 머리 위에서 날개를 퍼덕이는 새에게 감사 인사로 손을 흔들었다. 하지만 어미 새가 하늘에 떠 있었던 것은 감사 인사를 받기 위해서가 아니었다. 피터가 둥지에 타는 것을 지켜보기 위해서도 아니었다. 피터가 자기 알들을 어떻게 하는지 지켜보려는 것이었다.

둥지에는 커다랗고 하얀 알 두 개가 있었다. 피터는 그 알들을 주워 들고 곰곰이 생각에 잠겼다. 새는 자기 알의 마지막 순간을 보지 않으려고 날개로 얼굴을 가렸다. 하지만 어쩔 수 없이 깃털 사이로 엿보게 되었다.

내가 바위 위에 말뚝 하나가 꽂혀 있다는 이야기를 했는지 모르겠다. 오래전 몇몇 해적들이 보물 묻은 장소를 표시하기 위해 박아 놓은 것이었다. 그곳에서 아이들은 반짝이는 보물들을 발견하고는 장난을 치고 싶을 때마다 금화, 다이아몬드, 진주, 은화를 갈매기들을 향해 무더기로 던지곤 했다. 먹이인 줄 알고 덤벼들었던 갈매기들은 아이들의 짓궂은 장난에 분통을 터뜨리며 멀리 날아가 버렸다. 말뚝은 여전히 그 자리에 있었고 스타키가 그 위에 걸어 둔 모자도 있었다. 깊고 챙이 넓은 방수 모자였다. 피터는 알들을 이 모자 속에 넣고 호수 위에 띄웠다. 모자는 멋지게 떠다녔다.

네버 새도 곧 피터가 한 일을 보고는 피터의 행동에 감탄해서 괴성을 질러 댔다. 아아, 피터도 새와 한목소리로 꼬끼오 소리를 질렀다. 그러고는 둥지에 올라타 말뚝을 세워 돛대로 삼은 다음 자신의 셔츠를 벗어 돛처럼 걸었다. 그와 동시에 어미 새도 날개를 퍼덕이며 모자 위에 내려앉아 자기 알들을 다시 따뜻하게 품었다. 둘 다 힘을 내서 어미 새는 이쪽, 피터는 저쪽으로 떠내려갔다.

물론 피터는 물가에 도착한 뒤 타고 온 조각배를 새가 쉽게 찾을 만한 곳에 세워 두었다. 하지만 모자가 무척 맘에 들었는지 어미 새는 둥지를 그대로 버려두었다. 둥지는 이리저리 떠다니다 결국 산산조각이 났고, 스타키는 종종 착잡한 마음을 안고 호숫가에 나와 자신의 모자 위에 앉은 새를 바라보았다. 이제 우리가 네버 새를 다시 볼 일은 없을 테니 이 말을 해 두는 게 좋겠다. 이제 네버 새들은 너나 할 것 없이 챙 넓은 모자처럼 윗부분이 넓은 둥지를 만들어 새끼들이 그 위에서 바람을 쐴 수 있게 했다.

연에 묶여 여기저기 날아다니던 웬디가 돌아오자마자 피터도 땅속 집에 도착했다. 모두의 기쁨은 실로 대단했다. 아이들은 저마다 이야기하고 싶은 모험담이 있었지만 가장 큰 모험은 몇 시간이나 잠자리에 들지 않고 있었던 것일 게다. 그 때문에 잔뜩 우쭐해진 아이들은 더 늦게까지 안 자려고 붕대를 감아 달라는 둥 온갖 꾀를 다 냈다. 웬디는 아이들이 모두 무사하고 건강하게 돌아온 것이 대단히 기쁘면서도 잘 시간이 많이 지난 것에 분개했다. 그래서 절대 거역할 수 없는 목소리로 소리쳤다.

"침대로, 침대로 가."

하지만 다음 날에는 몹시 상냥한 태도로 아이들에게 전부 붕대를 나눠 주었다. 아이들은 잠자리에 들 때까지 다리를 절뚝거리고, 팔걸이 붕대를 하면서 놀았다.

제10장
행복한 집

호수에서 있었던 작은 충돌 이후 한 가지 중요한 변화는 소년들과 인디언들이 친구가 되었다는 것이다. 피터가 끔찍한 운명에서 타이거 릴리를 구해 줬으니 그녀와 그녀의 전사들은 피터를 위해 못할 일이 없었다. 인디언들은 밤새 땅속 집 위에 앉아망을 보면서 머지않아 닥칠 게 분명한 해적들의 대공격을 기다렸다. 낮에는 평화의 담뱃대를 돌려 피우면서 빈둥거렸는데, 뭔가 먹을 것을 찾는 것 같기도 했다.

인디언들은 피터를 위대한 백인 아버지라고 부르며 피터 앞에 납작 엎드렸다. 피터는 이런 행동을 굉장히 좋아했다. 그러나 그를 위해서는 그리 좋은 일이 아니었다.

"위대한 백인 아버지는 피카니니 전사들이 해적들로부터 나의 집을 지켜 주는 모습을 보니 기쁘도다."

피터는 자기 발밑에서 기는 인디언들 앞에서 매우 으스대며 이렇게 말하곤 했다.

"나, 타이거 릴리. 피터 팬이 나를 구해 줘서 그의 정말 좋은 친구가 될 거다. 나는 해적들이 그를 해치지 못하게 할 거다."

이렇게 굽실거리기에는 타이거 릴리가 무척 예뻤지만 피터는 그걸 당연하게 생각했다. 그래서 거들먹거리며 이렇게 대답하곤 했다.

"좋아. 피터 팬이 말하노라."

그가 "피터 팬이 말하노라."라고 말할 때는 인디언들 모두가 입을 다물어야 했고, 겸허한 마음으로 그 말을 받아들여야 했다. 하지만 인디언들은 다른 소년들에게는 결코 공손한 태도를 보이지 않았다. 그저 평범한 전사쯤으로 여길 뿐이었다. 소년들에게는 "안녕?" 하고는 끝내는 식이었다. 그러나 피터가 그걸 대수롭지 않게 여긴다는 사실에 소년들은 짜증이 났다. 웬디도 아이들에게 공감했지만 너무나 성실한 주부였기에 아버지에 대한 어떤 불만도 들으려 하지 않았다.

"아빠가 가장 잘 아셔."

웬디는 자신의 생각이 어떻든 간에 늘 이렇게 대답했다. 하지만 개인적으로 인디언들이 자신을 인디언 여자라고 불러서는 안 된다고 생각했다.

이제 그날의 모험과 결말 때문에 '밤 중의 밤'이라고 알려진 그날 밤 이야기를 할 때가 되었다. 마치 조용히 힘을 비축하려는 듯 그날 낮에는 특별한 일 없이 평온하기만 했다. 밤이 되자 인디언들은 담요를 뒤집어쓴 채 제자리를 지켰고, 그 아래 집에서는 아이들이 저녁 식사를 하고 있었다. 시간을 알아보러 밖에 나간 피터만 그 자리에 없었다. 섬에서 시간을 알아내는 방법은 악어를 찾아 뱃속의 시계가 울릴 때까지 곁에 있는 것이었다.

마침 이날 저녁은 먹는 시늉만 했는데 아이들은 탁자에 둘러 앉아 게걸스럽게 먹는 척을 했다. 그리고 떠들면서 서로를 비난하는 통에 웬디의 말대로 귀청이 터질 것처럼 소란스러웠다. 사실 웬디는 소란스러운 것에는 신경 쓰지 않았다. 하지만 남의 것까지 차지해 놓고는 투틀즈가 팔꿈치를 밀어서 그랬다는 둥 변명을 늘어놓는 것은 용납하지 않았다. 또 식사 자리에서는 절대 싸워서는 안 된다는 규칙이 있었기 때문에 웬디에게 논란거리를 말할 땐 점잖게 오른팔을 들고 "이러저러해서 불만입니다."라고 해야 했다. 하지만 대개는 아이들이 이 말을 잊은 채 아예 하지 않거나 또는 너무 많이 했다.

"조용히 해."

웬디가 스무 번째로 이 말을 했을 때 그녀는 아이들에게 동시에 얘기하면 안 된다고 말하려던 참이었다.

"다 마신 거니, 슬라이틀리?"

"아직 남았어요, 엄마."

슬라이틀리가 상상 속의 잔을 들여다보고는 대답했다.

"쟤는 아직 우유를 입에 대지도 않았어요."

닙스가 끼어들었다. 이건 엄연히 고자질이었다. 그때 기회를 잡은 슬라이틀리가 소리쳤다.

"나는 닙스가 불만입니다."

하지만 먼저 손을 든 것은 존이었다.

"그래, 존?"

"피터도 없는데 피터 의자에 앉아도 될까요?"

"아빠 의자에 앉다니, 존! 절대 안 돼."

웬디가 분개하며 말했다.

"진짜 우리 아빠도 아니잖아. 내가 가르쳐 주기 전까지 피터는 아빠가 뭘 하는 건지도 몰랐어."

존이 대답했다. 이건 불평이었다.

"우린 존이 불만입니다."

쌍둥이 형제가 외쳤다.

투틀즈가 손을 들었다. 투틀즈는 아이들 가운데 가장 겸손한 아이였다. 사실 유일하게 겸손한 아이여서 웬디는 투틀즈에게 특별히 다정했다.

"난 아빠가 될 수 없을 것 같아요."

투틀즈가 자신 없는 목소리로 말했다.

"아니야, 투틀즈."

자주는 아니었지만 투틀즈는 한번 시작하면 말도 안 되는 소리를 계속하는 경향이 있었다.

"아빠가 될 수 없으니 하는 말인데, 마이클. 내가 아기가 될수는 없겠지?"

투틀즈가 심각하게 말했다.

"절대 안 돼."

마이클이 소리쳤다. 그는 벌써 바구니 안에 들어가 있었다.

"아기가 될 수 없다면 쌍둥이는 될 수 있을까?"

투틀즈는 점점 더 심각하게 물었다.

"안 될 소리. 쌍둥이 되는 게 얼마나 어려운데."

쌍둥이가 대답했다.

"중요한 게 아무것도 될 수 없다면, 그럼 내가 마술하는 거 볼래?"

"아니."

모두 한목소리로 대답했다. 그러자 마침내 투틀즈도 그만두었다.

"사실 뭐가 될 거라는 기대도 없었어."

곧 지긋지긋한 고자질이 다시 시작되었다.

"슬라이틀리가 식탁에 대고 기침을 해요."

"쌍둥이가 맘미 열매부터 먹었어요."

"컬리가 타파 빵과 고구마를 다 가져가요."

"닙스가 입에 음식을 가득 넣고 말해요."

"난 쌍둥이가 불만입니다."

"난 컬리가 불만입니다."

"난 닙스가 불만이에요."

"아, 맙소사! 가끔 드는 생각이지만 확실히 애들을 돌보는 일은 보람보다 고통이 더 따른다니까."

웬디가 소리를 질렀다.

웬디는 아이들에게 식탁을 치우라고 말하고는 바느질 바구니를 앞에 두고 앉았다. 평소처럼 바구니 안에는 무릎에 구멍이 난 긴 양말들이 가득 들어 있었다.

"웬디 누나, 아기 바구니에서 자기에는 내가 너무 커."

마이클이 불평했다.

"누군가는 아기 바구니에서 자야 해."

웬디가 딱 잘라 말했다.

"네가 가장 어리잖아. 집에 아기 바구니가 있으면 얼마나 멋지고 아늑해 보이는데."

웬디가 바느질을 하는 동안 아이들은 그 주위에서 놀았다. 아름다운 벽난로 불빛을 받아 환하게 빛나는 얼굴로 팔다리를 즐겁게 움직이는 아이들. 이제 땅속 집에서 아주 익숙한 풍경이 되었지만 우리가 그 모습을 보는 것도 이게 마지막이다.

위에서 발소리가 들렸고 물론 그걸 가장 먼저 알아챈 것은 웬디였다.

"얘들아, 아빠 발소리가 들리는구나. 너희가 문까지 마중을 나가면 좋아하실 거야."

땅 위에서는 인디언들이 피터 앞에서 몸을 굽히고 있었다.

"피터 팬이 말하노니 잘 지켜라, 전사들아."

신이 난 아이들은 자주 그랬던 것처럼 피터를 나무 아래로 끌어당겼다. 하지만 이제 두 번 다시 할 수 없는 일이었다.

피터는 웬디를 위해 정확한 시간도 알아 오고 아이들에게 줄 땅콩도 가져왔다.

"피터, 그러면 애들 버릇만 나빠진단 말이에요."

웬디가 싱글벙글 웃으며 말했다.

"알았어, 마누라."

피터가 벽에 총을 걸며 말했다.

"엄마를 '마누라'라고 부르는 거라고 내가 피터에게 알려 줬어."

마이클이 컬리에게 속삭였다. 그러자 컬리가 바로 외쳤다.

"난 마이클이 불만입니다."

"아빠, 춤추고 싶어요."

쌍둥이 가운데 형이 피터에게 다가와 말했다.

"얘야, 맘껏 추렴."

한껏 들뜬 기분으로 피터가 말했다.

"아빠도 췄으면 좋겠는데요."

"내가? 늙어서 뼈가 다 삐걱거릴 게다."

피터는 아이들 가운데 가장 뛰어난 춤꾼이었지만 짐짓 노여운 척하며 말했다.

"엄마도요."

"어머, 이렇게 애들이 많이 딸린 엄마가 무슨 춤이야!"

웬디가 소리쳤다.

"하지만 토요일 밤인걸요."

슬라이틀리가 넌지시 말했다.

진짜 토요일 밤은 아니었다. 날짜를 계산하지 않고 지낸 지도 오래되었으니 그럴 가능성이 전혀 없는 건 아니었지만 말이다. 하지만 아이들은 뭔가 특별한 일을 하고 싶을 때면 늘 토요일 밤이라고 말했다.

"정말 토요일 밤이네요, 피터."

웬디가 좀 누그러진 태도로 말했다.

"웬디, 다 늙어서 무슨 춤이야."

"하지만 우리밖에 없잖아요."

"맞아요, 맞아."

그렇게 아이들은 춤추는 것을 허락받았지만 먼저 잠옷으로 갈아입어야 했다.

"아, 마누라."

앉아서 양말 뒤꿈치를 뒤집고 있는 웬디에게 난롯가에서 몸을 녹이던 피터가 슬며시 말을 건넸다.

"하루 일과가 끝난 저녁에 이렇게 아이들과 함께 난롯가에서 쉴 때만큼 즐거운 시간은 또 없을 거야."

"정말 행복하지 않아요, 피터?"

웬디가 매우 흡족한 목소리로 말했다.

"피터, 컬리가 당신 코를 빼닮은 것 같아요."

"마이클은 당신을 닮았고."

웬디는 피터에게 다가가 그의 어깨에 손을 얹었다.

"피터, 이렇게 많은 식구들을 돌보다 보니 이제는 한창 때처럼 예쁘지도 않아요. 그렇다고 날 떠나고 싶은 건 아니겠죠?"

"물론 아니지, 웬디."

피터는 분명 어떤 변화도 원하지 않았지만 웬디를 바라보는 눈빛이 어딘지 모르게 불편해 보였다. 마치 꿈인지 생시인지 헷갈리는 사람처럼 두 눈을 깜박거렸다.

"피터, 왜 그래요?"

"막 생각난 건데, 내가 저 애들 아빠라는 건 그냥 꾸며 낸 거지?"

피터가 조금 겁먹은 목소리로 물었다.

"그래요."

웬디가 새침하게 대답했다.

"있지, 내가 저 애들의 진짜 아빠라고 하면 너무 늙어 보일 거 아니야."

피터가 미안한 듯 덧붙였다.

"하지만 우리 아이들인걸요, 피터. 당신과 내 아이들이요."

"하지만 진짜는 아니지, 웬디?"

피터가 다시 걱정스럽게 물었다.

"당신이 싫다면 아니죠, 뭐."

웬디가 대답하자 피터가 안도의 한숨을 내쉬는 소리가 똑똑히 들렸다.

"피터, 당신은 나한테 정확히 어떤 감정을 갖고 있는 거예요?"

웬디가 단호한 어조로 말하려고 애쓰며 물었다.

"착한 아들이 엄마한테 갖는 감정이지, 웬디."

"그럴 줄 알았어."

웬디는 이렇게 말하고는 방에서 가장 구석진 곳으로 가서 앉았다.

"넌 정말 이상해."

피터가 정말 알다가도 모르겠다는 듯 말했다.

"타이거 릴리도 마찬가지고. 내게 어떤 존재가 되고 싶긴 한데 엄마가 되고 싶은 건 아니래."

"당연히 아니겠지."

웬디가 잔뜩 힘이 들어간 목소리로 대답했다. 웬디가 왜 인디언들에게 편견을 가지고 있는지 말하지 않아도 알 것이다.

"그럼 뭔데?"

"숙녀라서 말 못 해."

"뭐, 괜찮아. 팅커 벨이 말해 주겠지."

피터가 짜증 섞인 목소리로 말했다.

"그래, 팅커 벨이라면 말해 줄 거야. 버림받은 꼬맹이니까."

웬디가 비꼬는 듯한 말투로 대구했다. 그러자 자기 침실에서 엿듣고 있던 팅크가 뭔가 무례한 말을 하는 듯 **빽빽** 소리를 질러 댔다.

"버림받은 걸 훨씬 다행으로 생각한대."

피터가 통역을 해 주었다. 그러고는 갑자기 생각난 듯 이렇게 말했다.

"팅크도 내 엄마가 되고 싶은 건가?"

"이 바보 멍청아."

팅커 벨이 화가 나서 벌컥 소리쳤다. 팅커 벨이 그 말을 어찌나 자주 했는지 웬디도 이젠 통역 없이 알아들을 수 있었다.

"나도 팅커 벨과 비슷한 생각이야."

웬디가 톡 쏘아붙였다. 웬디가 그렇게 쏘아붙이다니. 하지만 웬디도 힘든 일을 많이 겪었고, 그 밤이 가기 전에 무슨 일이 일어날지 알지 못했다. 알았다면 그렇게 쏘아붙이지는 않았을 것이다.

그 누구도 알지 못했다. 차라리 모르는 게 나았을 것이다. 모르기 때문에 한 시간이라도 더 즐겁게 보낼 수 있었으니까. 그 한 시간이 아이들이 섬에서 보내는 마지막 시간이었으므로 한 시간이 60분이나 되는 것을 기쁘게 생각하자. 그들은 잠옷 차림으로 노래하고 춤추었다. 아이들은 유쾌하면서도 으스스한 노래를 부르면서 자기 그림자에 놀라는 시늉을 하며 놀았다. 그들은 곧 어두운 그림자가 자신들을 덮치고 진짜 두려움에 떨며 몸을 움츠리게 될 거라는 사실을 알지 못했다. 춤이 어찌나 왁자지껄하고 신 나던지 아이들은 침대도 모자라 침대 밖에서도 서로 치고받았다. 춤이라기보다는 베개 싸움에 가까웠다. 끝나고 나서도 다시는 못 만날 것을 아는 것처럼 베개들이 한바탕 더 오고 갔다. 또 웬디가 옛날이야기를 시작하기도 전부터 아이들은 이런저런 이야기를 늘어놓았다. 그날 밤에는 슬라이틀리조차 이야기를 하려고 했다. 하지만 시작부터가 너무 지루해서 슬라이틀리 본인도 질릴 정도였다. 결국 슬라이틀리는 침울한 목소리로 이렇게 말했다.

"그래, 시작부터 너무 지루해. 이 이야기는 끝난 걸로 하자."

마침내 모두들 웬디의 이야기를 듣기 위해 침대 속으로 들어갔다. 아이들이 가장 좋아하고 피터는 싫어하는 그 이야기를 듣기 위해서 말이다. 웬디가 이 이야기를 시작하면 피터는 보통 방을 나가거나 손으로 귀를 막았다. 만약 피터가 이번에도 그 둘 중 한 가지를 했다면 그들 모두 아직 섬에 있을지도 모른다. 하지만 그날 밤 어찌된 일인지 피터는 그대로 의자에 앉아 있었다. 무슨 일이 벌어지는지 지켜보도록 하자.

제11장
웬디의 이야기

"다들 잘 들어 봐."

이야기를 시작하기에 앞서 웬디가 말했다. 마이클은 웬디의 발치에, 일곱 아이들은 침대에 있었다.

"옛날에 한 신사가 있었는데……."

"난 숙녀였으면 좋겠는데."

컬리가 말했다.

"난 흰쥐였으면 좋겠어."

닙스가 말했다.

"조용."

엄마 웬디가 주의를 주었다.

"숙녀도 한 명 있었어요. 그리고……."

"아, 엄마. 숙녀도 있단 말이에요? 그 숙녀가 죽는 건 아니겠죠?"

쌍둥이 중 맏이가 소리쳤다.

"그럼요, 안 죽어요."

"죽지 않는다니 정말 기뻐요. 너도 기쁘지, 존?"

투틀즈가 물었다.

"당연하지."

"닙스, 너도 기쁘지?"

"뭐, 그래."

"쌍둥이, 너희도 기쁘지?"

"정말 기뻐."

"아, 얘들아."

웬디가 한숨을 푹 내쉬었다.

"거기 조용히 하지 못해."

피터가 냅다 소리를 질렀다. 아마도 끔찍하기 짝이 없는 이야기일 테지만 웬디가 제대로 이야기를 할 수는 있어야 한다고 생각한 것이다.

웬디가 이야기를 이어 갔다.

"그 신사는 달링 씨였고 숙녀는 달링 부인이었어요."

"난 그 사람들이 누군지 알아."

존이 다른 아이들을 약 올리며 이렇게 말했다.

"나도 누군지 알 것 같은데."

마이클이 조금 자신 없는 목소리로 말했다.

"두 사람은 결혼을 했어요. 그리고 두 사람에게 뭐가 있었을까요?"

"흰쥐."

닙스가 흥분해서 소리쳤다.

160

"아니에요."

"정말 헷갈리는데."

이야기를 외우다시피 하는 투틀즈가 모르는 척하며 말했다.

"조용, 투틀즈. 부부에게는 세 명의 자식들이 있었어요."

"자식이 뭔데요?"

"음, 쌍둥이, 너희도 자식이야."

"존, 들었어? 나도 자식이래."

"자식이란 그냥 아이들을 말하는 거라고."

존이 말했다.

"그래, 그래."

웬디가 한숨을 쉬었다.

"이 세 아이들에게는 나나라고 하는 충직한 보모가 있었어요. 하지만 달링 씨는 나나에게 화가 나서 나나를 마당으로 내보내 쇠사슬로 묶어 버렸지요. 그래서 아이들은 전부 날아가 버렸어요."

"정말 멋진 이야기야."

닙스가 말했다.

"아이들은 길 잃은 아이들이 사는 네버랜드까지 날아갔어요."

웬디가 이야기를 계속했다.

"그럴 줄 알았다니까."

컬리가 신이 나서 끼어들었다.

"어떻게 알았는지는 몰라. 하지만 그럴 거라고 생각했어."

"아, 웬디 엄마. 길 잃은 아이들 중에 투틀즈라는 아이도 있나요?"

투틀즈가 외쳤다.

"그래, 있단다."

"내가 이야기에 나온대. 야호, 내가 이야기에 나온대, 닙스."

"쉿. 아이들이 모두 날아가 버리고 슬픔에 빠진 부모님의 기분이 어땠을지 생각해 보세요."

"아!"

슬픔에 빠진 부모님의 기분 따위는 눈곱만큼도 생각하지 않으면서도 모두가 신음 소리를 냈다.

"텅 비어 있을 침대를 생각해 봐요!"

"아!"

"정말 슬프다."

쌍둥이 중 맏이가 쾌활한 목소리로 말했다.

"이 이야기가 행복한 결말을 맞을 수나 있을지 모르겠어. 네 생각은 어때, 닙스?"

다른 쌍둥이가 말했다.

"나도 정말 걱정이야."

"여러분이 엄마의 사랑이 얼마나 큰지 안다면 두려워할 게 없어요."

웬디가 의기양양한 목소리로 말했다. 웬디의 이야기는 이제 피터가 싫어하는 부분까지 와 있었다.

"난 엄마의 사랑이 좋아. 너도 엄마의 사랑이 좋지, 닙스?"

투틀즈가 베개로 닙스를 때리며 물었다.

"좋고말고."

닙스 역시 베개로 투틀즈를 때리며 대답했다.

웬디가 흐뭇해하며 말했다.

"우리 여주인공은 엄마가 늘 창문을 열어 두고 아이들이 돌아오기만을 기다릴 거라는 사실을 알고 있었어요. 그래서 아이들은 몇 년이고 집에 돌아가지 않고 행복한 시간을 보냈어요."

"그 애들이 집으로 돌아갔어요?"

"그럼 이제……."

웬디는 멋지게 이야기를 끝맺기 위해 마음을 다잡았다.

"미래를 한번 들여다보자."

아이들이 모두 이리저리 몸을 비트는 게 조금이라도 더 미래를 잘 보려고 애쓰는 듯했다.

"몇 년이 흘렀어요. 정확한 나이는 알 수 없지만 런던 역에서 내리는 이 우아한 숙녀는 누구일까요?"

"아, 웬디 엄마, 누구예요?"

닙스는 마치 이야기를 전혀 모르는 사람처럼 흥미롭기만 하다는 듯 외쳤다.

"혹시…… 맞아. 아닌가? 그래, 아름다운 웬디예요."

"와!"

"그럼 웬디와 함께 있는 점잖고 당당해 보이는 두 남자는 누굴까요? 이제 어른이 다 된 것 같은데. 혹시 존과 마이클이 아닐까요? 맞아요!"

"와!"

"'동생들아, 저길 봐. 창문이 아직 활짝 열려 있어. 아, 엄마의 사랑을 끝까지 믿은 보람이 있구나.' 웬디가 위쪽을 가리키며 말했어요. 그래서 그들은 높이 날아서 엄마 아빠에게 돌아갔어요.

웬디의 이야기

그 행복한 모습을 말로는 표현할 수 없으니 이야기는 여기서 끝이에요."

이야기는 그렇게 끝이 났다. 아이들의 마음도 이야기를 해 준 웬디만큼이나 흡족했다. 모든 것이 제대로 끝이 났으니 말이다. 우리는 세상에서 가장 무정한 존재들인 것처럼 갑자기 떠나 버리기도 하는데 아이들이 바로 그렇다. 하지만 정말 매력적이기도 하다. 그렇게 제멋대로 시간을 보내다가 특별한 관심이 필요할 때 당당히 돌아오면 그만이다. 매를 맞기는커녕 따뜻하게 안길 수 있을 거라는 확신이 있으니 말이다.

아이들은 엄마의 사랑을 너무도 확신한 나머지 조금 더 엄마를 모른 척해도 되지 않을까 생각했다. 하지만 좀 더 지각이 있는 아이가 한 명 있었다. 그래서 웬디가 이야기를 끝냈을 때 그는 힘없이 신음 소리를 냈다.

"왜 그래, 피터?"

피터가 아프다고 생각한 웬디가 달려가 큰 소리로 물었다. 웬디는 쭈그리고 앉아 피터의 몸 이곳저곳을 찬찬히 만져 보았다.

"어디가 아픈 거야, 피터?"

"그렇게 아픈 게 아니야."

피터가 어두운 목소리로 대답했다.

"그럼 어떻게 아픈 건데?"

"웬디, 넌 엄마에 대해 잘못 알고 있어."

불안해 보이는 피터를 보고 놀란 아이들이 피터 주위로 몰려들었다. 그러자 피터는 자신이 여태껏 숨겨 왔던 것을 아주 솔직하게 털어놓았다.

"오래전에 나도 너처럼 엄마가 날 위해 항상 창문을 열어 둘 거라고 생각했어. 그래서 몇 달이 지나고 또 지날 때까지 밖에서 지내다가 다시 집으로 날아갔어. 하지만 창문에는 빗장이 걸려 있었어. 엄마는 날 까맣게 잊은 뒤였고 내 침대에는 다른 사내아이가 자고 있었어."

이 이야기가 사실인지는 모르지만 어쨌든 피터는 사실이라고 믿었다. 그리고 아이들은 겁에 질렸다.

"정말 엄마들이 그래?"

"그래."

엄마들이 정말 그런 사람들이었다니. 몹쓸 사람들! 하지만 속단은 금물이다. 그리고 그런 사실을 받아들여야 할 때를 깨닫는 건 아이들이 누구보다 빨랐으니 말이다.

"웬디 누나, 집에 가자."

존과 마이클이 함께 외쳤다.

"그래."

웬디가 둘을 와락 끌어안으며 대답했다.

"설마 오늘 밤은 아니겠지?"

길 잃은 소년들이 당황해서 물었다.

아이들은 엄마 없이도 잘 살 수 있는데 그럴 수 없다고 생각하는 건 엄마들 뿐이라는 것을 소년들은 마음속 깊이 알고 있었다.

"지금 당장."

웬디는 단호하게 대답했다. 끔찍한 생각이 들었기 때문이다.

"어쩌면 지금쯤 엄마는 우리가 죽었다고 생각할지도 몰라."

웬디는 두려운 나머지 피터의 기분이 어떨지는 생각조차 하지 못했고 심지어 피터에게 다소 퉁명스럽게 말했다.

"피터, 필요한 준비를 좀 해 줄래?"

"원한다면."

피터는 마치 웬디가 땅콩을 건네달라는 부탁을 한 것처럼 대수롭지 않게 대답했다.

둘 사이에 이별을 슬퍼하는 말 따위는 오가지 않았다. 웬디가 이별을 서운해하지 않는다면 자신도 그렇다는 것을 보여 줄 작정이었다. 그게 피터니까.

하지만 피터는 몹시 기분이 상했다. 그리고 늘 그렇듯 모든 걸 망쳐 놓은 어른들에 대한 분노가 가득했다. 그래서 자신의 나무 속에 들어가자마자 1초에 다섯 번, 일부러 가쁜 숨을 몰아쉬었다. 네버랜드에서는 숨을 쉴 때마다 어른 한 명이 죽는다는 말이 있었기 때문이다. 피터는 앙갚음을 하겠다는 생각에 한 명이라도 더 죽이려고 더욱 빠르게 숨을 쉬었다.

피터는 땅 위로 올라와 인디언들에게 필요한 지시를 한 뒤 다시 집으로 내려갔다. 피터가 없는 사이 집에서는 불미스러운 일이 벌어지고 있었다. 웬디를 잃는다고 생각해 공포에 질린 아이들이 웬디를 위협하고 있었던 것이다.

"웬디 엄마가 오기 전보다 더욱 나빠질 거야."

아이들이 외쳤다.

"엄마를 보낼 수는 없어."

"포로로 잡아 두자."

"그래, 쇠사슬로 묶어."

웬디는 궁지에 몰리자 소년들 가운데 누구에게 의지해야 할지 본능적으로 알았다.

"투틀즈, 제발 도와줘."

웬디가 외쳤다. 이상하지 않은가? 간청하는 상대가 가장 멍청한 투틀즈라니.

하지만 투틀즈가 당당하게 대답했다. 그 순간만큼은 멍청함을 찾아볼 수 없는 위엄 있는 태도였다.

"난 투틀즈일 뿐이고 나 같은 건 아무도 신경 쓰지 않겠지. 하지만 웬디 엄마에게 영국 신사답지 않은 행동을 하는 녀석이 있으면 즉시 피를 철철 흘리게 해 줄 테다."

투틀즈가 단검을 뽑아 드는 순간 기세가 하늘을 찌를 듯했다. 다른 아이들이 머뭇거리며 물러났다. 그때 피터가 돌아왔다. 아이들은 피터가 자신들을 절대 도와주지 않으리란 걸 곧바로 알아차렸다. 피터가 네버랜드에 있기 싫다는 여자애를 잡아 두지는 않을 테니 말이다.

"웬디."

피터가 방 안을 성큼성큼 걸어다니며 말했다.

"인디언들에게 숲에서 네가 갈 길을 안내해 주라고 말해 뒀어. 날아가는 건 많이 힘들 테니까."

"고마워, 피터."

피터는 명령을 내리는 데 익숙한 사람 특유의 야멸차고 톡 쏘는 목소리로 말을 이었다.

"그리고 바다에서는 팅커 벨이 안내할 거야. 팅크를 깨워, 닙스."

닙스는 노크를 두 번 한 뒤에야 대답을 들을 수 있었다. 사실 팅크는 벌써 일어나서 이야기를 엿듣고 있었다.

"누구야? 감히 누구냐고? 꺼져."

팅커 벨이 소리쳤다.

"일어나야 해, 팅크. 네가 웬디를 데리고 떠나야 한단 말이 야."

닙스가 큰 소리로 말했다.

팅크는 웬디가 떠난다는 말을 듣고 기쁘기는 했지만 웬디의 안내원 노릇은 절대 하지 않을 생각이었다. 그래서 더욱 거칠게 말하고는 다시 잠든 척했다.

"안 가겠다는데."

완강한 팅크의 태도에 당황한 닙스가 외쳤다. 그러자 피터가 꼬마 숙녀의 침실로 성큼성큼 다가가 냅다 소리를 질렀다.

"팅크, 당장 일어나서 옷을 입지 않으면 커튼을 확 걷어 버릴 거야. 그럼 네가 잠옷 입은 모습을 다 보게 되겠지."

팅크는 말이 끝나자마자 바닥으로 뛰어내렸다.

"누가 안 일어난대?"

한편 소년들은 존과 마이클과 함께 떠날 채비를 마친 웬디를 쓸쓸하게 바라보고 있었다. 아이들은 몹시 낙담한 모습이었다. 단지 웬디를 잃게 된 것뿐만 아니라 웬디가 자신들은 초대받지 못한 멋진 곳으로 떠날 거라는 생각 때문이었다. 늘 그렇듯 새로운 모험이 그들에게 손짓하고 있었던 것이다.

웬디는 아이들이 그저 자신과 헤어지는 걸 슬퍼하는 거라고 생각하니 마음이 약해졌다.

"얘들아, 나랑 같이 가겠다고 하면 너희를 입양해 달라고 엄마 아빠를 설득할 수 있어."

특히 피터를 염두에 두고 한 말이었지만 아이들은 저마다 자기에게 하는 말이라고 생각하고는 기뻐서 날뛰었다.

"하지만 우리가 너무 많다고 생각하지 않으실까?"

닙스가 불쑥 묻자 웬디가 재빨리 머리를 굴리며 대답했다.

"응접실에 침대 몇 개만 더 놓으면 될 텐데, 뭐. 매달 첫째 주 목요일에는 칸막이로 가려 놓으면 될 거야."

"피터, 가도 돼?"

소년들이 애원하듯 물었다.

그들은 자신들이 가면 피터도 당연히 갈 거라고 생각했다. 하지만 사실 가든 안 가든 상관없었다. 새로운 것이 찾아오면 언제든 소중한 것을 버리고 떠날 수 있는 게 아이들이다.

"그래."

피터가 쓴웃음을 지으며 대답했다.

이 말이 끝나기가 무섭게 아이들이 짐을 챙기러 달려갔다.

"자, 그럼 피터. 떠나기 전에 먼저 약을 먹도록 하자."

모든 것이 잘 해결됐다고 생각한 웬디가 말했다.

웬디는 아이들에게 약 주는 걸 좋아해서 너무 자주 줬다. 약이라고 해 봐야 그냥 물이었지만 호리병에 있는 물이었다. 확실한 약효를 위해 호리병을 흔들어 몇 방울씩 세어 주는 것도 잊지 않았다. 하지만 이번에 웬디는 피터에게 약을 줄 수 없었다. 약을 주려던 찰나 피터의 표정을 보고 웬디의 가슴이 철렁 내려앉았기 때문이다.

"짐을 챙겨야지, 피터."

웬디가 몸을 떨며 말했다.

"아니. 난 함께 가지 않을 거야, 웬디."

피터가 무심히 대답했다.

"가야 해, 피터."

"안 가."

웬디가 떠나도 자신은 아무 상관없다는 것을 보여 주려는 듯 피터는 애꿎은 피리만 제멋대로 불어 대며 방 안을 이리저리 뛰어다녔다. 웬디는 다소 볼썽사나운 모습으로 피터를 쫓아 뛰어다녀야 했다.

"엄마를 찾으러 가자."

웬디가 달래듯 말했다.

설령 피터에게 엄마가 있다 해도 피터는 더 이상 엄마가 그립지 않았다. 피터는 엄마 없이도 잘 지낼 수 있었다. 그리고 엄마 생각을 하면 나쁜 기억만 떠올랐다.

"싫어, 안 가. 엄마는 내 나이가 많다고 할지도 몰라. 난 늘 어린아이로 살면서 즐겁게 놀고 싶단 말이야."

"하지만 피터……."

"싫어."

결국 다른 아이들도 이 사실을 알게 되었다.

"피터는 안 간대."

피터가 안 간다니! 아이들은 멍하니 피터를 바라보았다. 아이들은 벌써 짐 보따리가 매달린 막대기를 짊어지고 있었다. 아이들에게 가장 먼저 든 생각은 피터가 가지 않는다면 마음이 바뀌어 자신들도 못 가게 할지도 모른다는 것이었다. 하지만 자존심 강한 피터가 그럴 리 없었다.

"엄마를 찾게 되면 꼭 너희 마음에 들었으면 좋겠다."

피터가 어두운 목소리로 말했다.

피터의 냉소적인 말을 듣고 마음이 불편해진 아이들의 얼굴에 점차 의심의 빛이 나타나기 시작했다. 이제 그들은 이곳을 떠나려는 게 바보 같은 짓이 아닐까, 하고 표정으로 말하고 있었다.

"이제 호들갑 떨지도 말고 울지도 마. 잘 가, 웬디."

피터는 이렇게 외치고는 기분 좋게 손을 내밀었다. 마치 따로 중요한 볼일이 있으니 이제 그만 떠나라는 것 같았다.

피터가 골무를 받고 싶은 눈치가 아니었으므로 웬디는 별 수 없이 피터가 내민 손을 잡았다.

"속옷 갈아입는 거 잊지 않기다, 피터."

웬디는 여전히 피터 곁을 떠나지 못하고 이렇게 말했다. 웬디는 늘 아이들의 속옷에 대해 까다롭게 굴었다.

"그래."

"약도 먹을 거지?"

"그래."

이걸 끝으로 더 할 말은 없어 보였다. 그리고 어색한 침묵이 이어졌다. 하지만 사람들이 보는 앞에서 제 감정에 못 이겨 무너질 피터가 아니었다.

"준비됐니, 팅커 벨?"

피터가 큰 소리로 말했다.

"네, 네."

"그럼 앞장서."

팅크는 가장 가까운 나무로 쏜살같이 날아갔다. 하지만 아무도 따라가지 않았다. 바로 그 순간 해적들이 인디언들을 맹렬히 공격했기 때문이다. 조용하기만 했던 땅 위에는 비명과 칼 부딪치는 소리가 하늘을 찌를 듯했다. 땅속 집은 무거운 정적이 감돌았다. 모두들 벌어진 입을 다물지 못했다. 웬디가 털썩 무릎을 꿇고는 피터를 향해 두 팔을 뻗었다. 아이들 역시 갑자기 한 방향으로 날려 가기라도 한 것처럼 모두 피터를 향해 팔을 뻗었다. 자기들을 버리지 말라고 피터에게 소리 없이 애원하고 있었다. 한편 피터는 바비큐를 죽일 때 썼던 그 칼을 움켜쥐었다. 그의 눈에는 전의가 불타올랐다.

제12장
아이들이 잡혀가다

해적들의 공격은 그야말로 기습적이었다. 뻔뻔한 후크가 비겁하게 공격을 했다는 확실한 증거였다. 인디언들을 제대로 기습하는 것은 백인들의 능력 밖이기 때문이다.

야만인 전쟁의 모든 불문율에 따르면 공격은 늘 인디언의 몫이다. 인디언은 특유의 교활함으로 동트기 직전에 공격을 한다. 그때가 되면 백인들의 투지도 바닥난다는 것을 알기 때문이다. 백인들은 그사이 저 멀리 언덕 꼭대기에 대충 방책을 둘러쳐 놓는데 보통은 그 아래로 개울이 흐른다. 물에서 지나치게 멀어지는 건 전멸을 의미하기 때문이다. 백인들은 그곳에서 맹공격을 기다린다. 초짜 병사들은 권총을 움켜쥔 채 나뭇가지만 밟아 대는 반면 노련한 병사들은 동트기 직전까지 편안하게 잠을 잔다. 긴긴 밤 동안 야만인 정찰병들은 풀잎 하나 건드리지 않고 꿈틀거리는 뱀처럼 풀숲을 돌아다닌다. 정찰병들이 헤치고 지나간 덤불은 두더지가 뛰어 들어간 모래처럼 조용히 닫힌다. 그들이 코요테의 쓸쓸한 울음소리를 훌륭하게 흉내 낼 때를 제외하면 쥐 죽은 듯 조용하다. 다른 전사들 역시 같은 소리로 화답한다. 심지어 그중에는 울음소리를 내는 데 서툰 진짜 코요테보다 더 진짜 같은 소리를 내는 사람도 있다. 그렇게 오싹한 시간이 흐르는 동안 처음 전쟁을 겪는 창백한 얼굴의 백인 초짜들은 긴 긴장 감이 견딜 수 없이 괴롭다. 하지만 노장들에게 섬뜩한 울음소리와 그보다 더 섬뜩한 정적은 밤이 지나가고 있음을 알려 주는 신호일 뿐이다.

이것은 후크조차 아주 잘 알고 있는 일반적인 과정이었다. 그러므로 그걸 무시하고 몰라서 그랬다는 것은 변명이 될 수 없다.

피카니니 족은 내심 후크의 양심을 믿었기 때문에 그날 밤 후크와는 확연히 다른 행보를 보였다. 그들의 행동에서 자기 부족의 명성에 어긋나는 것은 없었다. 문명인들에게는 경이롭기도 하고 절망적이기도 한 인디언의 날카로운 감각으로 그들은 해적들 가운데 하나가 마른 가지를 밟은 순간부터 해적들이 섬에 도착했음을 알아차렸다. 그래서 믿을 수 없을 정도로 짧은 시간에 코요테 울음소리가 시작되었다. 모카신을 신은 인디언 전사들은 후크의 병력이 상륙한 지점과 땅속 집 사이를 발소리를 죽이고 샅샅이 정찰하고 다녔다. 그들은 기슭에 개울이 흐르고 있는 작은 언덕 하나를 발견했을 뿐이다. 그러니 후크도 그곳에 자리 잡고 동트기 직전까지 기다리는 것 말고는 선택의 여지가 없어 보였다. 그래서 후크의 사악한 흉계로 모든 것이 착착 진행되는 순간에도 인디언 주력 부대는 몸에 담요를 두른 채 인디언 남성다움의 상징인 침착한 태도로 아이들의 집 위에 쪼그리고 앉아 있었다. 그리고 백인들에게 창백한 죽음을 안겨 줄 냉혹한 순간을 기다렸다.

인디언들은 그렇게 철썩같이 믿으며 완전히 깨어 있다가 동틀 녘에 후크에게 격렬한 고통을 안겨 줄 일만 꿈꿨다. 그러다가 그들의 예상을 깬 후크의 공격을 받은 것이다. 대학살을 피해 도망친 인디언 정찰병들이 나중에 전한 말에 따르면, 후크는 작은 언덕까지 와서 잠시도 멈출 생각조차 없었던 모양이다. 분명 어스레한 새벽빛 속에서 언덕을 보았을 텐데도 말이다. 후크는 그 영리한 머리로 공격을 당할 때까지 기다리겠다는 생각을 한 번도 한 적이 없었던 것이다. 그는 날이 밝을 때까지 지체할 생각도 없었다. 그래서 별다른 전략도 없이 다짜고짜 공격을 시작한 것이다. 그러니 당황한 정찰병들이 무엇을 할 수 있었겠는가? 전쟁에서 모든 책략에 능한 그들도 이번만큼은 속수무책으로 후크의 뒤를 쫓는 것 말고는 아무것도 할 수 없었다. 목숨을 잃을 수 있음에도 불구하고 모습을 드러낸 채 간간이 애처로운 코요테 울음소리를 내면서 말이다.

용맹한 타이거 릴리 주변에는 힘센 전사들 여남은 명이 모여 있었다. 그리고 그들은 비겁한 해적들이 갑자기 돌진해 오는 모습을 보았다. 그 순간 그들의 눈에서 막이 걷히고 눈앞에 있던 승리는 온데간데없이 사라져 버렸다. 말뚝에 묶여 있대도 그만큼 괴롭진 않았을 것이다. 이제 그들에겐 행복한 사냥터, 즉 천국으로 가는 일만 남아 있었다. 그들도 그 사실을 알고 있었지만 그들은 부족의 후예답게 행동했다. 그때 그들이 벌떡 일어나기만 했다면 그 누구도 부수기 힘든 대열로 모이기에 충분한 시간

176

이 있었다. 하지만 그것은 부족의 전통으로 금지된 행동이었다. 고귀한 인디언은 백인들 앞에서 절대 놀란 모습을 보여서는 안 된다는 규칙이 있었다. 갑자기 나타난 해적들이 무섭기도 했으련만 인디언들은 잠시 정지된 상태로 눈 하나 깜짝하지 않았다. 마치 자신들의 초대를 받은 적이 온 것처럼 말이다. 그렇게 용감하게 전통을 지킨 뒤 그들은 무기를 잡았고 비로소 전쟁의 함성이 공기를 갈랐다. 하지만 때는 이미 늦었다.

전투라기보다는 학살에 가까웠던 그때를 묘사하는 것은 우리가 할 일이 아니다. 꽃 같은 피카니니 족 전사들이 수없이 목숨을 잃었다. 그러나 모두가 복수도 못한 채 죽은 것은 아니었다. 알프 메이슨은 '마른 늑대'의 손에 쓰러져 더 이상 카리브 해를 어지럽힐 수 없게 되었다. 그 외에도 조지 스커리, 찰스 털리, 알자스 인 포거티가 죽었다. '검은 표범'은 무시무시한 도끼로 털리를 쓰러뜨리고 나서 타이거 릴리와 몇 명 안 남은 인디언들을 데리고 해적들의 포위망을 뚫고 도망쳤다.

이번 사건에 후크가 쓴 전략과 관련해 그가 얼마큼 비난을 받아야 하는지 결정하는 것은 역사가의 몫이다. 후크가 언덕에서 시간이 될 때까지 기다렸다면 그와 부하들은 학살을 당했을 것이다. 그러니 후크를 판단하기에 앞서 이 점 또한 당연히 고려해야 한다. 후크는 적들에게 자신이 새로운 작전을 사용할 것임을 미리 알려야 했는지도 모른다. 하지만 그렇게 하면 기습이 될 수 없으니 그의 전략은 무용지물이 되는 것이다. 그러니 이제 와 잘잘못을 따지기란 쉽지 않은 일이다. 적어도 그렇게 대담한 책략을 꾸민 기지와 그걸 실행으로 옮긴 악랄한 천재성에는 감탄을 보내지 않을 수 없다.

승리의 순간에 후크의 기분은 어땠을까? 거칠게 숨을 몰아쉬며 단검을 닦던 후크의 부하들도 그게 궁금했는지 후크의 쇠갈고리와 적당히 떨어진 곳에 모여 족제비 같은 눈으로 이 비범한 사내를 훔쳐보았다. 속으로는 신바람이 났을 테지만 얼굴 표정에는 전혀 나타나지 않았다. 언제나처럼 어둡고 고독한 수수께끼 같은 모습으로 몸과 마음 모두 자신의 추종자들에게서 멀찌감치 떨어져 있었다.

그날 밤의 임무는 아직 끝난 게 아니었다. 후크는 인디언들을 죽이려고 온 것이 아니었기 때문이다. 인디언들은 단지 꿀을 얻기 위해 연기를 피워 쫓아 버려야 하는 꿀벌에 불과했다. 후크가 원한 건 피터 팬, 즉 피터 팬과 웬디와 그 무리였다. 그중에서도 가장 원한 건 그 누구도 아닌 피터 팬이었다.

어른인 후크가 고작 어린아이에 불과한 피터를 그토록 증오하는 것이 이상하게 보일 것이다. 피터가 후크의 팔을 악어에게 던져 준 건 물론 사실이다. 하지만 그 사실과 그날 이후 집요하게 자신을 쫓는 악어 때문에 생명의 위협을 느끼게 되었다는 것만으로는 후크가 그토록 끈질기고 독하게 앙심을 품는 이유를 설명하기 힘들다. 사실 피터에게는 해적선장의 신경을 긁으며 미치게 만드는 뭔가가 있었다. 그건 피터의 용기도, 매력적인 외모도 아니었으며 그렇다고……. 그게 뭔지 다들 잘 알고 있을 테니 빙빙 돌려 말할 필요도 없다. 그것은 바로 피터의 잘난 척하는 태도였다.

피터의 잘난 척이 후크의 신경을 건드렸던 것이다. 쇠갈고리를 경련하게 만들었고 밤에는 벌레처럼 그의 잠을 방해했다. 피터가 살아 있는 한 후크는 참새 한 마리가 들어가 성가시게 구는 우리 속 사자 신세였다.

이제 문제는 어떻게 나무 아래로 내려가느냐, 아니 어떻게 부하들을 내려보내느냐 하는 것이었다. 후크가 가장 마른 사람을 찾느라 탐욕스러운 눈길로 부하들을 훑어보았다. 후크가 서슴없이 자신들을 나무에 쑤셔 넣을 것을 아는 부하들은 불안한 마음에 몸을 비틀었다.

그사이 아이들은 어떻게 되었을까? 처음 무기가 쩅그랑 부딪치는 소리가 들렸을 때 소년들은 입을 딱 벌리고 돌처럼 굳은 채 피터에게 팔을 뻗으며 애원하고 있었다. 이제 아이들은 입도 다물고 팔도 내리고 있었다. 아수라장이었던 땅 위의 전투는 한바탕 돌풍이 쓸고 지나간 것처럼 갑자기 시작되었다가 갑자기 끝이 났다. 하지만 소년들은 그 과정에서 자신들의 운명이 결정되었음을 알고 있었다.

어느 쪽이 이겼을까?

해적들은 나무 입구에서 열심히 귀를 기울였다. 아이들이 너도나도 질문을 던지는 소리뿐만 아니라 세상에, 피터가 대답하는 소리까지 들을 수 있었다.

"인디언들이 이겼다면 북을 쳤을 거야. 늘 그렇게 승전고를 울리니까."

"다시는 북소리를 들을 수 없을 거다."

스미는 이미 북을 찾아 그 위에 앉아서 중얼거렸다. 당연히 들리지 않을 만큼 작은 목소리였다. 아무 소리도 내지 말라는 명령을 받았기 때문이다. 그런데 놀랍게도 후크는 스미에게 북을 치라는 신호를 보냈다. 스미의 얼굴에 그 악랄한 명령의 의미를 이해하는 빛이 서서히 떠올랐다. 이 단순한 사내에게 그 순간만큼 후크가 존경스러웠던 적은 아마 없었을 것이다.

스미는 두 번에 걸쳐 북을 두드린 다음 의기양양한 얼굴로 귀를 기울였다.

"북소리다. 인디언들이 이겼어!"

피터의 외침이 들렸다.

피터의 말에 아이들은 자신들이 처한 운명도 모른 채 환호성을 질렀다. 땅 위에 있는 악당들에게는 그 소리가 음악처럼 들렸다. 환호성이 끝나기가 무섭게 아이들은 다시 한 번 피터에게 작별 인사를 했다. 해적들은 작별 인사에 잠시 당황했지만 적들이 곧 나무 위로 올라올 것이라는 기쁨이 무엇보다 컸기 때문에 곧 다른 감정들은 모두 잊어 버렸다. 해적들은 서로를 향해 능글맞게 웃으며 두 손을 비벼 댔다. 후크는 신속하고 조용하게 명령을 내렸다. 나무마다 해적 한 명씩을 배치시키고 나머지 해적들은 2미터쯤 떨어진 곳에 한 줄로 서서 대기하게 했다.

제13장
요정을 믿니?

이런 끔찍한 상황은 되도록 빨리 끝내 버리는 게 상책이다. 나무에서 가장 먼저 나온 아이는 컬리였다. 컬리는 나무에서 나오자마자 세코의 팔에 안겼다. 세코는 스미에게, 스미는 다시 스타키에게, 스타키는 빌 주크스에게, 빌 주크스는 누들러에게 컬리를 던졌다. 그렇게 해적들의 손에서 손으로 던져진 컬리는 마침내 흑인 해적의 발치에 내동댕이쳐졌다. 아이들은 전부 해적들에게 인정사정없이 나무에서 뽑혀 나왔고 나오는 족족 손에서 손으로 짐짝처럼 던져졌다.

하지만 마지막에 나온 웬디에게만은 대우가 달랐다. 후크는 앞뒤가 맞지 않는 정중한 태도로 모자를 벗어 웬디에게 인사를 하고는 손을 내밀었다. 그러고는 부하들이 소년들에게 재갈을 물리고 있는 곳까지 웬디를 호위했다. 후크가 어찌나 점잖을 빼며 행동했는지 기품 있는 모습에 반한 웬디는 비명조차 지르지 않았다. 웬디도 어린 여자아이에 불과했던 것이다.

잠시라도 웬디가 후크에게 마음을 뺏긴 얘기를 하는 게 고자질처럼 들리겠지만, 그녀의 이 작은 실수가 엉뚱한 결과를 낳은 까닭에 그 사실을 밝히는 것이다. 웬디가 도도하게 후크를 뿌리쳤더라면 우리도 그런 그녀의 모습을 기쁜 마음으로 묘사했을 테고, 그녀는 다른 아이들과 마찬가지로 공중으로 던져졌을 것이다. 그랬다면 후크는 부하들이 아이들을 묶는 곳에 가지 않았을 테고, 후크가 그 자리에 있지 않았다면 슬라이틀리의 비밀도 알아채지 못했을 것이다. 그 비밀을 몰랐다면 머지않아 있을, 피터의 목숨을 빼앗기 위한 그의 악랄한 시도도 불가능했을 것이다.

날아가지 못하도록 단단히 묶인 아이들은 양 무릎이 귀에 닿을 만큼 잔뜩 웅크린 모습이었다. 아이들을 묶기 위해 흑인 해적은 미리 밧줄을 아홉 개로 똑같이 잘라 놓았다. 슬라이틀리 차례가 돌아오기 전까지는 모든 일이 순조로웠다. 슬라이틀리는 그야말로 짜증 나는 소포 같았다. 밧줄로 한 바퀴 감고 나면 매듭을 지을 만큼의 줄이 남지 않았다. 해적들은 화가 나서 소포를 걷어차듯 슬라이틀리를 걷어찼다(사실 줄을 걷어차야 공평한데도 말이다.). 이상한 얘기지만 그들에게 발길질을 멈추라고 한 것은 후크였다. 후크는 악의적인 승리감에 취해 입술을 씰룩거렸다. 부하들은 땀을 뻘뻘 흘리고 있었는데 말이다. 불쌍한 소년 슬라이틀리는 한쪽을 단단히 묶으면 어김없이 다른 쪽이 툭 튀어나와 애를 먹였다. 하지만 후크는 뛰어난 머리로 슬라이틀리의 겉모습 이면으로 들어가 결과가 아닌 원인을 찾고 있었다. 그리고 기뻐서 어쩔 줄 모르는 걸 보니 드디어 원인을 찾아낸 게

짐짝처럼 던져지다.

틀림없었다. 슬라이틀리도 후크가 자신의 비밀을 찾아낸 것을 알고는 얼굴이 하얗게 질렸다. 그것은 바로 슬라이틀리처럼 몸이 불은 소년은 보통 체격의 어른이 꽉 껴서 움직일 수 없을 정도로 속이 좁은 나무는 지나다닐 수 없다는 것이었다. 불쌍한 슬라이틀리는 그 어떤 아이보다 비참한 기분이었다. 또 피터가 걱정되어 자신의 행동을 가슴을 치며 후회했다. 더울 때마다 미친 듯이 물을 마셔 댄 결과 지금처럼 배가 불룩해진 것이었다. 그런데 나무에 맞게 몸을 줄이기는커녕 남들 몰래 나무를 몸에 맞게 깎아 냈다.

후크는 이런 짐작만으로도 피터가 마침내 자기 손아귀에 들어왔다는 것을 확신했다. 하지만 마음속 깊은 동굴에서 만들어 낸 음흉한 계략은 단 한 마디도 입 밖으로 내뱉지 않았다. 그저 부하들에게 신호를 보내 포로들을 배로 옮기라고 지시하고 자신은 혼자 있겠다는 뜻을 전했을 뿐이다.

그런데 아이들을 어떻게 옮긴단 말인가? 밧줄에 묶인 채 잔뜩 웅크리고 있어 통을 굴리듯 언덕 아래로 굴려 보낼 수도 있겠지만 가는 길 대부분에 늪이 있어 그러긴 힘들었다. 순간 후크의 천재성이 또다시 돌파구를 찾아냈다. 후크는 작은 집을 가리키며 운반 수단으로 쓰도록 했다. 아이들을 작은 집에 던져 넣은 다음 건장한 해적들 네 명이 집을 통째로 어깨에 멨다. 그리고 나머지 해적들은 뒤따라가며 불쾌하기 짝이 없는 해적 노래를 불렀다. 그렇게 이상한 행렬이 숲을 지나기 시작했다. 우는 아이가 있었는지는 모르겠지만 설사 있었다 해도 노랫소리에 묻혀 들리지도 않았을 것이다. 작은 집은 숲으로 사라지면서 마치 후크에게 반항이라도 하듯 작지만 당당해 보이는 연기를 굴뚝으로 뿜어냈다.

후크도 그 연기를 보았는데 그것은 피터에게 도움이 되지 못했다. 격분한 해적의 마음에 남아 있었을지도 모르는 동정심을 마지막 한 방울까지 다 말려 버렸기 때문이다.

날은 빠르게 저물어 갔다. 혼자 남은 후크가 가장 먼저 한 일은 슬라이틀리의 나무로 살금살금 다가가 자신이 그 속으로 통과할 수 있을지 확인한 것이었다. 후크는 그러고도 한참 동안 생각에 잠겨 꼼짝하지 않았다. 불길한 징조인 그의 모자가 풀밭에 떨어진 탓에 어디선가 불어온 부드러운 산들바람이 후크의 머리카락 사이로 기분 좋게 살랑거렸는지도 모른다. 그의 생각은 음흉하기 짝이 없을지언정 파란 눈동자는 빙카 꽃처럼 부드러워 보였다. 후크는 아래 세상에서 무슨 소리가 들리지는 않을까 열심히 귀를 기울였지만 위쪽과 마찬가지로 아래쪽 역시 조용하기만 했다. 마치 텅 빈 공간 속에 있는 또 하나의 빈 공간 같았다. 녀석은 자고 있는 걸까 아니면 손에 단검을 들고 슬라이틀리의 나무 발치에 서서 기다리고 있는 걸까?

직접 내려가 보는 것 말고는 달리 알아볼 길이 없었다. 후크는 망토를 땅에 슬며시 벗어 놓았다. 그러고는 핏자국이 선명하게 날 때까지 입술을 꽉 깨물고 나무 속으로 들어갔다. 후크는 용감한 사내였지만 그 순간만큼은 이마에 촛농처럼 뚝뚝 흐르는 땀을 닦아 내기 위해 잠시 멈춰야 했다. 그런 다음 다시 미지의 세계로 조용히 들어갔다.

후크는 아무런 방해도 받지 않고 통로 끝에 도착했다. 그리고 터져 나오려는 숨을 가까스로 참으며 가만히 서 있었다. 눈이 희미한 빛에 익숙해지자 땅속 집에 있는 온갖 것들의 모습이 눈에 들어왔다. 하지만 후크의 탐욕스러운 시선이 머문 오직 한 가지, 오랫동안 찾아 헤매다 겨우 찾아낸 그 한 가지는 커다란 침대 위에 있었다. 거기에 피터가 잠들어 있었던 것이다.

피터는 땅 위에서 벌어진 비극은 꿈에도 모른 채 아이들이 떠난 뒤에도 한동안 신 나게 피리를 불어 댔다. 자신은 조금도 개의치 않는다는 것을 스스로에게 확인시키려는 헛된 노력이 분명했다. 또 웬디를 슬프게 하기 위해서 약도 안 먹기로 했다. 그리고 웬디를 더욱 화나게 만들려고 침대에 누울 때도 이불 위에 누웠다. 한밤중이 되면 언제 추워질지 모르기 때문에 웬디는 늘 아이들에게 이불을 덮어 주곤 했다. 그러자 울음이 터지려고 했지만 그 순간 우는 대신 웃는다면 웬디가 얼마나 분할까 하는 생각이 떠올랐다. 그래서 거만하게 웃으며 그대로 잠이 들었다.

자주 있는 일은 아니었지만 피터는 꿈을 꾸었는데 그 꿈은 다른 소년들이 꾸는 꿈보다 더 고통스러웠다. 피터는 꿈속에서 애처롭게 흐느끼면서도 몇 시간이 지나도록 헤어 나오지 못했다. 그 꿈들은 수수께끼와도 같은 그의 존재와 관계가 있는 듯했다. 그럴 때면 웬디는 늘 피터를 침대에서 끌어 내려 무릎 위에 앉힌 다음 자신이 생각해 낸 방법으로 달래곤 했다. 그러다 잠잠해지면 피터가 완전히 깨기 전에 다시 침대에 눕혔다. 피터가 어린애 취급당한 걸 모르게 하기 위해서 말이다. 하지만 이날 피터는 꿈도 꾸지 않고 바로 깊은 잠에 빠져들었다. 팔 하나는 침대 밖으로 늘어뜨리고 다리 하나는 세운 채였다. 마저 다 웃지 못했는지 입가에는 여전히 웃음을 머금고 있었고 벌어진 입 사이로 진주 같은 작은 이가 보였다.

후크가 이렇게 무방비 상태인 피터를 발견한 것이다. 그는 나무 밑에 조용히 서서 방 건너편에 있는 적을 바라보았다. 그의 어두운 마음속에 연민의 감정 따위가 조금이라도 생기지 않았을까? 후크는 뼛속까지 악당은 아니었다. 들리는 얘기로는, 그는 꽃을 좋아하고 달콤한 음악을 좋아한다고 했다(그는 꽤 훌륭한 하프시코드 연주자이기도 했다.). 솔직히 말하면 그 그림 같은 광경을 보고 후크의 마음이 심하게 흔들린 건 사실이었다. 그는 자신의 양심에 굴복해서 마지못해 다시 나무 위로 올라갈 수도 있었다. 하지만 한 가지가 걸렸다.

후크를 붙든 것은 바로 자고 있는 피터의 건방진 모습이었다. 입을 벌리고 팔을 늘어뜨린 채 무릎을 세운 모습 말이다. 종합해 보면, 딱 건방짐의 화신 같은 모습이어서 그런 눈꼴신 모습에 민감한 사람이라면 다시는 마주하고 싶지 않을 광경이었다. 그 모습에 후크의 마음은 딱딱하게 굳어 버렸다. 만약 후크가 분노 때문에 산산이 부서진대도 그 조각들 하나하나까지 모두 자고 있는 피터에게 덤벼들었을 것이다.

램프 불빛 하나가 희미하게 침대를 비추고 있었지만 후크는 어둠 속에 서 있었다. 그러다가 살며시 첫발을 내딛는 순간 장애물을 발견했다. 바로 슬라이틀리의 나무에 있는 문이었다. 그것은 입구를 다 막을 만큼 크지 않아서 그는 이제껏 그 너머로 집 안을 들여다보고 있었던 것이다. 후크는 문을 더듬으며 문고리를 찾아봤지만 너무 낮은 곳에 달려 있어 손이 닿지 않았다. 벌컥 화가 치밀자 눈에 거슬리던 피터의 얼굴과 자세가 더욱 선명해지는 듯했다. 후크는 소리가 나도록 문을 흔들어 대며 힘껏 몸을 부딪쳤다. 피터가 이런 후크에게서 도망칠 수 있을까?

그런데 저게 뭐지? 후크의 핏발 선 눈에 들어온 것은 피터의 약이었다. 그것은 손만 뻗으면 닿을 만한 선반 위에 있었다. 후크는 그 약이 무엇인지 바로 알아채고는 피터가 자신의 손아귀에 있음을 직감했다.

후크는 살아서 붙잡히는 일이 없도록 독약을 늘 몸에 지니고 다녔다. 그의 수중에 들어온 모든 치명적인 균류들을 섞어 직접 만든 것이었다. 그는 이렇게 섞은 것들을 누런 액체가 될 때까지 끓였는데, 과학계에 알려지진 않았지만 아마 현존하는 것들 가운데 가장 치명적인 독일 것이다.

후크는 독약 다섯 방울을 피터의 약에 떨어뜨렸다. 후크의 손이 덜덜 떨렸다. 부끄러워서가 아니라 기뻐서였다. 그는 이 일을 저지르면서 자고 있는 피터 쪽으로는 눈길도 주지 않았다. 동정심에 마음이 약해질까 봐 그랬다기보다 약을 쏟지 않으려고 조심한 것뿐이었다. 그러고 나서 흡족한 표정으로 자신의 제물을 한참 바라보고는 돌아서서 힘겹게 나무 밖으로 빠져나왔다. 땅 위로 나오는 후크의 모습은 흡사 자신의 소굴을 벗어난 악령 같았다. 후크는 한껏 비딱하게 모자를 쓰고 망토를 두른 다음 마치 어두운 밤 중에서도 가장 어두운 자신의 모습을 숨기려는 듯 망토 끝자락을 앞으로 잡아당겼다. 그러고는 알 수 없는 말을 중얼거리며 숲 속으로 사라졌다.

피터는 계속해서 잠을 잤다. 펄럭거리며 타던 불꽃도 마침내 꺼지고 방 안은 이제 칠흑 같은 어둠뿐이었다. 그래도 피터는 계속 잤다. 피터가 뭔가에 놀라 잠이 깨서 벌떡 일어나 앉았을 때는 악어 뱃속 시계로 열 시가 넘었을 때였다. 피터의 나무에 달린 문을 누군가 가볍고 조심스럽게 두드리고 있었다. 작은 소리였지만 정적 속에서 들으니 불길하기만 했다.

"누구야?"

피터는 더듬더듬 단검을 찾아 쥐고는 입을 열었다.

한참이 지나도록 대답이 없었다. 잠시 후 또다시 노크 소리가 들렸다.

"누구냐니까?"

대답이 없었다. 피터는 전율을 느꼈고, 사실 그런 전율이 좋았다. 피터는 단 두 걸음 만에 문에 닿았다. 슬라이틀리의 문과 달리 피터의 문은 구멍에 딱 맞아서 문 뒤에 누가 있는지 볼 수 없었다. 노크를 한 사람도 피터를 볼 수 없기는 매한가지였다.

"말하지 않으면 열어 주지 않을 테다."

피터가 큰 소리로 말했다.

마침내 문 뒤의 방문자가 종소리 같은 사랑스러운 목소리로 말했다.

"열어 줘, 피터."

팅크였다. 피터는 재빨리 문을 열어 주었다. 팅크가 흥분해서 날아 들어왔다. 얼굴은 붉게 상기되어 있었고 옷에는 흙이 잔뜩 묻어 있었다.

"무슨 일이야?"

"아, 넌 짐작도 못 할 거야."

팅크가 이렇게 외치고는 세 번 만에 맞혀 보라고 했다.

"어서 말해!"

피터가 소리치자 웬디와 소년들이 포로로 잡혀간 얘기를 문법에 맞지도 않는 문장으로 줄줄이 늘어놓았다. 마치 마술사가 입에서 끝도 없이 리본을 뽑아내는 것 같았다.

그 얘기를 듣는 피터의 심장이 심하게 고동쳤다. 웬디가 잡혀서 해적선에 있다니. 뭐든 반듯한 것을 좋아하는 웬디가!

"웬디를 구해야겠어."

피터가 재빨리 무기를 챙기며 소리쳤다. 그러다 문득 웬디를 기쁘게 해 줄 수 있는 일이 떠올랐다. 약을 먹는 것이었다. 피터가 독약이 든 병을 움켜잡았다.

"안 돼!"

팅커 벨이 날카롭게 소리를 질렀다. 후크가 급히 숲을 지나면서 자기가 무슨 짓을 했는지 중얼거리는 소리를 들었던 것이다.

"왜 안 돼?"

"독이 들었어."

"독이 들어? 독을 넣긴 누가 넣었다고 그래?"

"후크."

"바보 같은 소리 마. 후크가 여길 어떻게 내려와?"

이런, 팅커 벨에겐 그것까지 설명할 길이 없었다. 팅커 벨도 슬라이틀리의 나무에 숨겨진 어두운 비밀을 몰랐기 때문이다. 그럼에도 후크의 말에는 의심의 여지가 없었다. 그 약에는 독이 들었다.

"게다가 난 잠든 적이 없어."

피터가 스스로를 과신하며 말하고는 약이 든 병을 집어 들었다. 지금은 말로 할 때가 아니다. 행동으로 바로 보여 줘야 했다. 팅크는 번개같이 움직여 피터의 입술과 컵 사이로 들어가 약을 남김없이 다 마셔 버렸다.

"이런, 팅크. 감히 내 약을 마시다니!"

하지만 팅크는 대답하지 않았다. 이미 허공에서 비틀거리고 있었다.

"어떻게 된 거야?"

덜컥 겁이 난 피터가 소리쳤다.

"독이 들었어, 피터. 난 이제 곧 죽을 거야."

팅크가 작은 소리로 말했다.

"아, 팅크. 날 구하려고 그걸 마신 거야?"

"그래."

"하지만 왜, 팅크?"

이제 날 힘도 없는 팅크는 대답 대신 피터의 어깨에 내려앉아 그의 턱을 사랑스럽게 깨물었다. 그러고는 피터의 귀에 대고 속삭였다.

"이 바보 멍청이."

팅크는 자기 방으로 비틀거리며 날아가 침대 위에 누웠다. 피터가 고통스러워하는 팅크 곁에서 무릎을 꿇자 그의 머리가 팅크의 작은 방 앞을 다 가렸다. 팅크의 빛은 순간순간 희미해져 갔다. 피터는 그 빛이 꺼지면 팅크도 이 세상에 존재하지 않으리란 걸 알았다. 팅크는 피터의 눈물이 너무나 좋아서 아름다운 손가락을 내밀어 그 위로 눈물이 흐르게 했다.

피터는 팅크 목소리가 너무 작아서 처음엔 무슨 말을 하는지 알아들을 수가 없었다. 그러다 나중에야 알아들었는데, 아이들이 요정의 존재를 믿으면 다시 좋아질 수 있을 것 같다는 말을 하고 있었다.

피터가 두 팔을 벌렸다. 그곳엔 아이들이 없었고 벌써 밤이었다. 하지만 피터는 네버랜드를 꿈꾸며 생각보다 가까이에 있는 아이들을 모두 불렀다. 바로 잠옷 차림의 소년 소녀와 나무에 매달린 바구니 속에서 발가벗고 있는 갓난아기들 말이다.

"요정을 믿니?"

피터가 소리쳤다.

팅크는 자신의 운명을 좌우할 대답을 듣기 위해 침대에서 벌떡 일어나 앉았다. 긍정의 대답을 들은 것 같긴 했지만 한편으로는 확신이 서지 않았다.

"뭐라고 하는 것 같아?"

팅크가 물었다.

"믿는다면 손뼉을 치도록 해. 팅크를 죽게 내버려 두지 마."

피터가 아이들을 향해 소리를 질렀다.

많은 아이들이 손뼉을 쳤다. 치지 않는 아이들도 몇 명 있었고 심술궂은 녀석 몇 명은 야유를 보냈다.

갑자기 손뼉 치는 소리가 뚝 멈췄다. 마치 수없이 많은 엄마들이 무슨 일이 생겼는지 보려고 아이들 방에 뛰어 들어오기라도 한 것 같았다. 하지만 이미 팅크의 목숨을 구한 뒤였다. 팅크는 먼저 목소리에 힘이 생기기 시작하더니 침대에서 뛰쳐나왔다. 그러고는 그 어느 때보다 활기차고 건방진 모습으로 방 안을 휙휙 날아다녔다.

틴크는 자신을 믿어 준 아이들에게 고마워할 생각 같은 건 없었지만 야유를 보낸 아이들을 혼내 주고 싶었다.

"그럼 이제 웬디를 구하러 가자."

피터가 나무 밖으로 나왔을 때 구름 낀 하늘에 달이 떠가고 있었다. 피터는 옷도 제대로 챙겨 입지 않고 무기만 두른 채 몹시 위험한 모험 길에 올랐다. 다른 때 같았으면 밖으로 나오지 않았을 그런 밤이었다.

피터는 평소와 다른 낌새를 하나라도 놓치지 않으려고 땅 위로 낮게 날고 싶었다. 하지만 구름 뒤로 숨었다 나왔다 하는 변덕스러운 달빛 때문에 나무들 사이로 자신의 그림자를 끌고 간다면 새들을 깨우게 될 것이고, 결국 눈을 빛내며 지키고 있을 적들에게 자신이 움직이는 것을 알리는 꼴이 될 것이다.

피터는 자신이 섬의 새들에게 이상한 이름을 붙여 주는 바람에 새들이 사나워져 다가갈 수 없게 된 것이 이제 와서 후회가 되었다.

인디언 방식으로 앞으로 밀고 나가는 것 말고는 다른 수가 없었다. 피터도 그런 거라면 자신 있었다. 하지만 어느 방향으로 간단 말인가? 아이들이 배로 끌려갔는지도 확실하지 않은데 말이다. 조금 내린 눈 때문에 발자국이 전부 지워져 버렸다. 그리고 방금 전에 있었던 대학살의 공포 때문에 온 천지가 조용히 침묵을 지키고 있었고 죽음 같은 정적이 섬을 휘감고 있었다. 피터는 타이거 릴리와 팅커 벨에게 배운 입에서 입으로 전해지는 숲에 관한 지식을 아이들에게 가르쳐 주었다. 그래서 아이들이 위

⟨⟩ 후크가 죽든 내가 죽든 결판을 낼 테다. ⟨⟩

기에 처했을 때 그걸 기억해 냈으리란 걸 알았다. 예를 들어 슬라이틀리는 기회만 있으면 나무껍질에 표적을 새겼을 것이고, 컬리는 씨앗을 떨어뜨렸을 것이며, 웬디는 중요한 장소에 손수건을 남겨 놓았을 것이다. 날이 밝으면 그런 흔적들을 찾을 수 있겠지만 피터는 그때까지 기다릴 수가 없었다. 땅 위 세상은 피터를 불러냈지만 어떤 도움도 주지 않았다.

악어가 피터 옆을 지나갔다. 그 외에는 살아 있는 것도, 소리도, 움직임도 없었다. 하지만 피터는 앞에 보이는 나무에서 갑작스러운 죽음을 맞이할 수도 있고, 혹은 뒤에서 죽음이 자신을 덮칠 수도 있음을 잘 알고 있었다.

"이번엔 후크가 죽든 내가 죽든 결판을 낼 테다."

피터는 이런 끔찍한 맹세를 하고는 뱀처럼 앞으로 기어갔다. 그러다가 다시 벌떡 몸을 일으키더니 손가락 하나를 입술에 대고 언제든 단검을 뽑아 들 기세로 달빛이 반짝이는 하늘을 쏜살같이 날아갔다. 피터는 더할 나위 없이 행복했다.

제14장
해적선

'해적 강' 어귀의 '키드 만'을 비스듬히 비추는 한 줄기 초록색 빛에 얕은 바다에 정박해 있는 쌍돛대 범선 '졸리 로저호'가 모습을 드러냈다. 날렵해 보이는 이 해적선의 선체에서는 더러운 악취가 났고, 갑판 이곳저곳은 깃털이 엉망진창으로 흩어진 땅처럼 혐오스러웠다. 졸리 로저호는 그야말로 바다의 식인종이었고 따로 보초를 서며 지킬 필요도 없었다. 그 이름이 주는 공포만으로도 아무런 방해도 받지 않고 유유히 떠다닐 수 있었기 때문이다.

밤의 장막이 졸리 로저호를 감싸고 있었다. 어떤 소리도 그 장막을 뚫고 해안까지 닿을 수 없었을 것이다. 사실 스미가 돌리고 있는 재봉틀 소리 말고는 그 배에서 이렇다 할 소리가 들리지 않았다. 늘 부지런하고 싹싹하며 평범함의 진수를 보여 주는 딱한 스미 말이다. 스미 스스로가 그 사실을 모르고 있다는 이유 말고 스미가 그토록 딱해 보이는 이유를 알 수 없었다. 어쨌든 힘깨나 쓰는 남자들도 스미를 보다가 얼른 눈길을 돌려야 했다. 여름날 저녁, 스미가 후크의 눈물샘을 자극해 눈물을 줄줄 흘리게 만든 적이 한두 번이 아니었다. 다른 것도 그렇지만 스미는 이런 사실 또한 의식하지 못했다.

해적들 몇 명이 탁한 밤공기 속에서 배 난간에 기대 술을 마시고 있었다. 또 다른 해적들은 술통 옆에 질펀하게 누워서 주사위와 카드로 게임을 하고 있었다. 또 작은 집을 짊어지고 오느라 녹초가 된 네 명은 납작 엎드려 자고 있었다. 자면서도 후크의 손을 피해 요리조리 잘도 굴러다녔다. 후크가 지나가다가 자신들에게 기계적으로 갈고리 손을 휘두르지는 않을까 염려해서다.

후크는 생각에 잠긴 채 갑판 위를 걷고 있었다. 이런 속을 알 수 없는 인간 같으니. 지금은 승리에 취해 있을 시간이 아닌가. 장애물이었던 피터는 영원히 제거되었고 배에 잡혀 온 다른 소년들 모두 머지않아 널빤지 위를 걷게 될 터였으니 말이다. 그가 바비큐를 굴복시킨 것 이후로 가장 악랄한 업적이었다. 우리는 인간이 얼마나 허영덩어리인지 익히 알고 있는데 후크가 승리감에 한껏 부풀어 갑판 위를 건들건들 걸어 다닌다고 놀라기나 하겠는가?

하지만 그의 걸음걸이에서 의기양양함은 찾아볼 수가 없었다. 단지 그는 침울한 마음이 시키는 대로 걷고 있을 뿐이었다. 후크는 깊은 실의에 빠져 있었다.

후크는 고요한 밤, 배 위에서 사색에 잠길 때면 자주 이런 기분이 들었다. 사실 그는 너무나도 외로웠던 것이다. 속을 알 수 없는 이 사내는 부하들에게 둘러싸여 있을 때 오히려 외로움을 가장 많이 느꼈다. 부하들은 후크가 어울리기에 너무나도 하찮은 족속들이었다.

후크는 그의 진짜 이름이 아니었다. 그가 진짜 누구인지 이제라도 밝히는 날에는 온 나라가 들썩할 것이다. 조금이라도 행간을 읽는 독자라면 벌써 짐작했겠지만 후크는 명문 사립 학교에 다녔다. 그 학교의 전통은 여전히 딱 맞는 옷처럼 후크와 떼려야 뗄 수 없는 관계였다. 그 전통이란 게 옷과 아주 관련이 깊다. 그래서 그는 지금까지도 배를 포획할 때나 싸울 때 입었던 옷을 그대로 입고 배에 오르는 것을 몹시 불쾌하게 여겼다. 그리고 아직도 그 학교만의 자세로 구부정한 걸음걸이를 고수했다. 무엇보다 후크는 품격에 대한 열정을 그대로 간직하고 있었다.

품격이라! 후크가 아무리 해적으로 전락했을지언정 품격이 무엇보다 우선이라는 건 알고 있었다.

그의 마음속 깊은 곳에서는 녹슨 문이 삐걱거리는 소리가 들려왔다. 그리고 그 소리를 뚫고 잠 못 드는 밤의 망치 소리처럼 가차 없이 탕탕 두드리는 소리도 함께 들려왔다. 그 소리는 끊임없이 이렇게 물었다.

"오늘은 품격에 맞게 행동했는가?"

"명성. 명성. 그 번쩍이는 싸구려 보석은 이제 내 거야."

후크가 소리쳤다.

"뭘 해서라도 이름만 알리면 그게 다 품격에 맞는 행동인가?"

후크의 마음속 학교에서 들리는 탕탕 소리가 되물었다.

"내가 바비큐를 두려움에 떨게 하는 유일한 사람이야. 플린트조차도 두려워한 바비큐 말이야."

후크가 강한 어조로 말했다.

"바비큐, 플린트? 어느 가문 출신이지?"

그 소리가 매섭게 쏘아붙였다.

그러나 무엇보다 불안한 것은 품격에 신경 쓰는 것 자체가 품격에 어긋나는 행동이 아닌가 하는 것이었다.

이 문제로 후크가 겪는 고통은 이만저만이 아니었다. 손에 있는 갈고리보다 더 날카롭게 그의 마음을 찢어 놓았다. 그렇게 마음이 찢어질 때면 그의 흙빛 얼굴 위로 흐르는 땀이 윗옷까지 흘러내려 길게 얼룩을 남길 정도였다. 소매로 얼굴을 훔쳤지만 흐르는 땀이 멈추지는 않았다.

아, 그러니 후크에게는 부러워할 게 하나도 없다.

불현듯 제 명에 죽지 못할 거라는 불길한 예감이 후크를 덮쳤다. 피터가 한 끔찍한 맹세가 배에 타고 있기라도 한 것 같았다. 후크는 유언이라도 남기고 싶은 우울한 기분이 들었다. 미리 해 두지 않으면 영영 못 할 것처럼 말이다.

"후크가 품은 야망이 조금만 작았더라면 좋았을 것을."

후크가 외쳤다. 그는 기분이 몹시 침울할 때면 자신을 '후크'라고 부르며 남 얘기하듯 했다.

"어린애들은 나를 좋아하지 않아."

후크가 전에는 전혀 신경 쓰지 않던 이런 일로 고민하다니 이상하지 않은가. 어쩌면 스미의 재봉틀 소리를 듣고 그런 생각을 했는지도 모르겠다. 후크는 스미를 바라보며 한참을 혼자 중얼거렸다. 스미는 아이들이 모두 자신을 두려워한다고 굳게 믿으며 조용히 앉아 재봉틀로 감침질을 하고 있었다.

스미를 무서워하다니! 스미를! 그날 밤 그 배에 있는 아이들 모두는 이미 스미를 사랑하고 있었다. 스미는 아이들에게 무시무시한 소리를 하기도 하고 손바닥으로 때리기도 했다. 차마 주먹으로는 때릴 수 없었기 때문이다. 하지만 아이들은 그럴수록 더 스미에게 달라붙었다. 마이클은 스미의 안경을 벗겨 써 보기까지 했다.

불쌍한 스미에게 아이들에게 사랑받고 있다는 얘기를 하는 거다. 후크는 그렇게 하고 싶어 몸이 근질거렸지만 너무 잔인한 처사 같았다. 대신 이 수수께끼 같은 일을 두고 골똘히 생각에 잠겼다. 왜 아이들은 스미에게 애정을 갖는 것일까? 후크는 사냥개처럼 그 문제를 집요하게 물고 늘어졌다. 스미에게 사랑받을 만한 매력이 있다면 도대체 그게 뭘까? 순간 생각하기도 싫은 답이 떠올랐다.

"품격?"

저 갑판장이 스스로도 모르는 품격을 지니고 있는 걸까? 그거야말로 가장 높은 경지의 품격인데?

후크는 이튼스쿨의 사교 클럽에 들어가려면 먼저 의식하지 않고 몸에 밴 품격이 있음을 입증해야 한다는 사실이 기억났다. 후크는 분노에 차 소리를 지르며 갈고리 손을 스미의 머리 위로 뻗었다. 하지만 휘두르지는 않았다. 이런 생각이 그를 붙들었기 때문이다.

"누군가 품격을 갖췄다고 해서 그 사람에게 갈고리를 휘두른다면 그게 뭐겠어?"

"품격 없는 행동이지."

비참해진 후크는 낙담한 나머지 무력감마저 느끼며 싹둑 잘라낸 꽃처럼 앞으로 고꾸라졌다.

한동안 후크가 방해되지 않을 거라 여긴 그의 부하들은 금세 태도가 느슨해져서 흥청대며 춤을 추기 시작했다. 그 소리를 듣고 후크가 자리에서 벌떡 일어났다. 물 한 양동이를 뒤집어쓰기라도 한듯 인간적인 나약함은 온데간데없이 사라져 버렸다.

"조용히 해, 이 멍청한 놈들아. 안 그러면 네놈들한테 닻을 던질 줄 알아."

후크가 소리쳤다. 그러자 부하들은 곧 잠잠해졌다.

"아이들이 날아가지 못하게 다 묶어 두었겠지?"

"네, 네."

"그럼 위로 끌고 오도록 해.

웬디를 제외하고 포로처럼 비참한 모습의 아이들이 짐칸에서 끌려 나와 후크 앞에 한 줄로 섰다. 후크는 한동안 아이들을 모른 척하고 편안히 기대앉아 저속한 노래 몇 소절을 꽤 감미롭게 흥얼거리며 카드 한 벌을 만지작거렸다. 이따금 그의 담뱃불만이 그의 얼굴에 빛을 더했다.

"이 꼬마 녀석들아, 너희 여섯 놈은 오늘 밤 널빤지 위를 걷게 될 거다. 하지만 선실 급사 자리 두 개가 비어 있구나. 너희 가운데 누가 채울까?"

후크가 거침없이 말을 쏟아 냈다.

"쓸데없이 후크를 자극하지 마."

웬디가 짐칸에서 아이들에게 이렇게 말해 놓았다.

이때 투틀즈가 공손하게 앞으로 나섰다. 투틀즈는 후크 같은 사람 밑에서 일하는 건 생각조차 하기 싫었지만 이 자리에 없는 사람에게 책임을 전가하는 게 백번 신중하고 안전한 방법이라는 것을 본능적으로 알았다. 투틀즈가 좀 멍청한 데가 있긴 해도 엄마들이야말로 늘 방패막이가 되어 줄 수 있는 사람이라는 것쯤은 알고 있었다. 아이들은 누구나 엄마의 이런 점을 알고 있다. 그래서 엄마를 무시하면서도 끊임없이 이용하는 것이다. 투틀즈는 신중하게 설명하기 시작했다.

"선장님, 선장님도 아시겠지만 저희 엄마는 제가 해적이 되는 걸 바라지 않으실 거예요. 슬라이틀리, 너희 엄마는 네가 해적이 되기를 바라실까?"

투틀즈가 슬라이틀리에게 눈짓을 하자 슬라이틀리는 못내 아쉽다는 듯 서글픈 목소리로 대답했다.

"아닐 거야. 쌍둥이들아, 너희 엄마는 너희가 해적이 되기를 바라실까?"

"아닐 거야."

쌍둥이 형이 다른 아이들만큼 영리하게 대답했다.

"닙스, 너희 엄마는……."

"입 닥치게 해."

후크가 고함을 지르자 앞으로 나와 말하던 아이들 모두 제자리로 끌려갔다.

"거기, 너."

후크가 존을 가리키며 말했다.

"넌 좀 배짱이 있어 보이는구나. 해적이 되고 싶었던 적 없나, 친구?"

존은 수학 숙제를 하다 그런 마음이 간절할 때가 있었다. 게다가 후크가 자신을 지목한 것에 감명까지 받았다.

"제 이름을 '붉은 손 잭'이라고 지을까 생각한 적이 있어요."

존이 수줍게 대답했다.

"좋은 이름이구나. 내 밑으로 들어온다면 앞으로 널 그렇게 불러 주마."

"네 생각은 어때, 마이클?"

존이 물었다.

"제가 들어가면 전 뭐라고 불러 줄 건데요?"

마이클이 물었다.

"검은 수염 조."

마이클 역시 감동을 받은 건 당연했다.

"어떻게 생각해, 형?"

마이클은 존이 결정하기를 바랐고, 존은 마이클이 결정하기를 바랐다.

"해적이 되어도 왕의 충성스러운 신하는 계속할 수 있는 거겠죠?"

존이 물었다.

"너희는 '왕을 타도하라.'고 맹세해야 할 거다."

후크가 이를 악문 채 대답했다.

존이 지금까지는 처신을 제대로 못 했는지 모르지만 그 순간만큼은 그의 행동이 빛을 발했다.

"그럼 사양할래요."

존이 후크 앞에 있는 통을 쾅 내리치며 소리쳤다.

"나도 사양할래요."

마이클도 외쳤다.

"지배하라, 브리타니아여."

컬리가 꽥 소리를 질렀다.

분노한 해적들이 아이들의 입을 틀어막았고 후크는 고함을 질렀다.

"그걸로 너희 운명은 결정됐다. 녀석들의 엄마를 데려와. 널빤지도 준비하고."

모두 어린아이들이었으므로 주크스와 세코가 죽음의 널빤지를 준비하는 것을 보고는 얼굴이 하얗게 질렸다. 하지만 웬디가 끌려왔을 때는 용감하게 보이려고 애썼다.

웬디가 해적들을 얼마나 경멸했는지는 이루 다 말할 수 없을 정도다. 소년들에게는 최소한 해적이라는 직업에 대한 기대 같은 게 있었지만 웬디 눈에 보이는 거라고는 몇 년이 지나도록 청소 한 번 안 한 배뿐이었다. 배에 있는 창에는 하나같이 손가락으로 '더러운 돼지'라고 쓰지 않고는 못 배길 만큼 새까맸다. 웬디는 이미 창 몇 개에다 그렇게 적어 놓았다. 하지만 소년들이 주위로 모여들자 웬디는 아이들 생각뿐이었다.

"자, 예쁜 아가씨, 이제 아이들이 널빤지 위를 걷는 모습을 보게 될 거예요."

후크가 달콤한 목소리로 말했다.

후크는 멋진 신사이긴 했지만 방금 전까지 사색을 얼마나 요란하게 했는지 어느새 옷깃이 더러워져 있었다. 웬디가 그 옷깃을 바라보고 있다는 것을 깨닫고 급하게 가리려고 했지만 이미 늦었다.

"아이들을 죽일 건가요?"

이렇게 묻는 웬디의 얼굴이 어찌나 경멸에 가득 차 있었는지 후크는 기가 다 빠지는 듯했다.

"그렇다."

후크가 사납게 말했다. 그러고는 자못 만족스럽다는 듯 외쳤다.

"모두 조용히 해. 엄마가 아이들에게 마지막 말을 남기신단다."

이 순간 웬디는 정말 당당한 모습이었다.

"얘들아, 내 마지막 말은 이거란다. 나는 내가 너희들의 진짜 엄마를 대신해 이 말을 전하는 거라고 생각한다. 그분들은 '우리 아들들이 영국 신사처럼 죽기를 바란다.'고 하셨어."

웬디는 단호한 어조로 말했다.

이 말에 해적들조차도 경외감을 느꼈다. 그때 투틀즈가 갑자기 나서서 외쳤다.

"난 엄마가 바라시는 대로 할 거야. 넌 어쩔 거야, 닙스?"

"엄마가 바라는 대로 해야지. 쌍둥이들아, 너희는 어쩔 거니?"

"엄마가 바라는 대로 할 거야. 존, 너는 어쩔······."

이때 후크가 다시 정신을 차리고 소리쳤다.

"여자애를 묶어."

스미는 웬디를 돛대에 묶고 나서 웬디에게 속삭였다.

"이것 봐, 아가씨. 내 엄마가 돼 준다고 약속하면 살려 줄게."

그게 스미일지라도 웬디는 그런 약속을 할 수 없었다.

"그러느니 차라리 아이들이 하나도 없는 게 낫겠어."

웬디가 야멸차게 내뱉었다.

슬픈 일이지만 스미가 웬디를 돛대에 묶는 동안 아이들 중 누구도 웬디를 보고 있지 않았다. 아이들의 시선은 전부 널빤지에 쏠려 있었다. 이제 곧 자신들이 마지막 몇 발자국을 걷게 될 그 널빤지 말이다. 그 위를 남자답게 걷겠다는 생각 같은 건 이미 사라진 지 오래였다. 이제는 생각이고 뭐고 할 수 없는 상태였다. 그저 널빤지를 바라보며 두려움에 떨 뿐이었다.

후크는 소년들을 보며 이를 악문 채 씩 웃고는 웬디를 향해 걸음을 내딛었다. 웬디의 얼굴을 돌려 소년들이 차례로 널빤지 위를 걷는 모습을 보게 만들 작정이었다. 하지만 후크는 웬디 근처에도 가지 못했으며 그토록 듣고 싶었던 웬디의 괴로운 비명도 듣지 못했다. 후크가 들은 것은 그것과는 다른 소리였다.

똑딱똑딱. 바로 악어의 소름 끼치는 시계 소리였다.

해적들, 소년들, 웬디, 모두가 그 소리를 들었다. 그리고 그 순간 모두 고개가 한 방향으로 돌아갔다. 소리가 들려오는 물가 쪽이 아니라 후크 쪽으로 말이다. 이제 곧 일어날 일은 오로지 후크와 관련된 일임을 모두가 알고 있었고, 그 순간 배우였던 이들은 관객으로 입장이 바뀌었다.

후크에게 찾아온 변화는 보기에도 끔찍한 것이었다. 그는 몸에 있는 관절이 다 꺾인 듯 그 자리에 무너져 내렸다. 소리는 점점 더 가까워졌다. 그리고 그 소리가 채 도착하기도 전에 이런 끔찍한 생각이 먼저 찾아왔다.

"악어가 곧 배에 올라올 거야."

쇠갈고리도 그저 맥없이 매달려 있었다. 마치 본래부터 몸에 있던 게 아니니 공격하는 자도 원하지 않는다는 것을 알고 있는 듯했다. 누구든 그렇게 홀로 두려움에 떠는 상황이 된다면 두 눈을 질끈 감고 쓰러진 채 꼼짝 않고 있을 것이다. 하지만 후크의 대단한 머리는 여전히 돌아가고 있었다. 후크는 머리가 시키는 대로 무릎으로 갑판을 기어서 소리가 나는 곳에서 최대한 멀리 떨어졌다. 해적들은 그가 지나갈 수 있도록 정중히 길을 터 주었고 후크는 배 난간에 다다라서야 입을 열었다.

"나 좀 숨겨 줘."

후크가 거칠게 외쳤다.

해적들이 후크를 둘러쌌다. 그러고는 배 위로 올라오는 그것을 보지 않으려고 고개를 돌리고 있었다. 그들은 그 상대와 싸울 생각 같은 건 없었다. 그것은 운명이었던 것이다.

후크의 모습이 가려져 보이지 않자 호기심이 발동한 소년들은 그제야 굳었던 팔다리가 놓여난 것처럼 배 위로 올라오는 악어를 보기 위해 뱃전으로 달려갔다. 그리고 이 깊은 밤에 매우 뜻밖의 광경을 만나게 되었다. 그들을 도우려고 배 위로 올라오고 있는 것은 악어가 아니었다. 그것은 피터였다.

피터는 의심을 살지도 모르니 절대 탄성을 지르지 말라고 신호를 보냈다. 그러고는 계속 입으로 똑딱똑딱 소리를 냈다.

제15장
후크와 피터, 결전의 날

 살다 보면 누구에게나 이상한 일들이 벌어지게 마련이다. 그런데 한동안 그런 일이 일어났는지도 모르고 있다가 뒤늦게 깨닫는 경우가 있다. 예를 들면, 정확히 얼마 동안인지는 모르지만 한 30분쯤 한쪽 귀를 먹었다는 걸 갑작스레 깨닫는 것이다. 그날 밤 피터가 바로 그런 경험을 했다. 우리가 마지막으로 본 피터는 손가락 하나를 입술에 댄 채 언제든 칼을 뽑을 준비를 하고서 몰래 섬을 가로지르고 있었다. 그때 악어가 피터 옆을 지나갔지만 피터는 악어를 보면서도 별다른 점을 발견하지 못했다. 하지만 이윽고 악어가 지나갈 때 똑딱거리는 소리가 나지 않았다는 것을 깨달았다. 처음에는 이상한 일도 다 있다고 생각했지만 곧 시계가 멈췄기 때문이라는 것을 알았다.

 피터는 가장 가까운 동반자를 갑자기 잃게 된 악어의 기분 따위는 조금도 생각하지 않고, 곧바로 어떻게 하면 악어에게 일어난 참사를 이용할 수 있을까 궁리했다. 그래서 자신이 똑딱 소리를 내기로 마음먹었다. 그러면 야수들이 자신을 악어라고 생각하고 그냥 보내 줄 거라는 생각에서였다. 피터는 아주 그럴 듯하게 똑딱 소리를 냈지만 그 바람에 뜻하지 않은 결과가 발생했다. 그 소리를 들은 악어가 피터의 뒤를 따랐던 것이다. 잃어버린 것을 되찾기 위해서였을 수도 있고 아니면 시계가 저절로 다시 똑딱 소리를 낸다고 믿고 그저 친구로서 따라왔을 수도 있다. 한 가지 고정 관념에 얽매인 노예들이 다 그러하듯 악어 또한 멍청한 짐승이었으니까 말이다.

무사히 바닷가에 도착한 피터는 멈추지 않고 곧장 물속으로 들어갔다. 그는 두 발이 물에 닿았음에도 불구하고 새로운 환경에 들어왔다는 것을 전혀 모르는 듯했다. 많은 동물들이 그렇게 육지와 물을 오가지만 내가 아는 인간 중에는 피터가 유일하다. 피터는 헤엄치면서 한 가지 생각만 했다.

"이번엔 후크가 죽든 내가 죽든 결판을 낼 테다."

피터는 워낙 오랫동안 시계 소리를 내고 있었기에 자신도 모르게 소리를 계속 내고 있었다. 알았다면 멈췄을지도 모르는 일이다. 그러니 똑딱 소리를 내며 배에 오르는 것은 기발한 생각이긴 했지만 피터가 생각해 낸 방법은 아닌 것이다.

오히려 피터는 생쥐처럼 소리 없이 배 옆쪽을 타고 오를 생각이었다. 그래서 해적들이 자신을 등진 채, 진짜 악어라도 나타난 것처럼 비굴한 모습의 후크를 에워싸고 있는 광경을 보고는 깜짝 놀랐다.

악어! 악어를 떠올린 순간 피터의 귀에 시계 소리가 들렸다. 처음에 피터는 그 소리가 악어에게서 나는 것인 줄 알고 재빨리 뒤를 돌아보았다. 그러나 곧 자신이 그 소리를 내고 있다는 것을 깨닫고는 바로 상황을 이해했다.

'난 정말 똑똑해.'

피터는 이런 생각을 하며 소년들에게 박수를 치지 말라는 신호를 보냈다.

바로 그 순간 갑판수 에드 테인트가 선원실에서 나와 갑판 위를 걸어왔다. 자, 여러분은 지금부터 일어나는 일의 시간을 재 보길 바란다. 피터가 정확하고 깊게 에드 테인트를 찔렀다. 존은 그가 죽는 순간 신음 소리가 새어 나오지 않도록 이 불운한 해적의 입을 손으로 틀어막았다. 그가 앞으로 고꾸라지는 순간에는 쿵 소리가 나지 않도록 소년 넷이 그를 잡았다. 피터가 신호를 보내자 아이들은 시체를 배 밖으로 던졌다. 첨벙 소리가 한 번 나는가 싶더니 이내 잠잠해졌다. 시간은 얼마나 걸렸을까?

"하나!"

슬라이틀리가 처치한 해적의 수를 세기 시작했다.

피터는 발끝으로 살금살금 걸어 제때 선실로 사라졌다. 해적들이 하나둘 용기를 내어 주위를 둘러보았다. 이제 해적들의 귀에 들리는 것은 서로의 괴로운 숨소리 뿐이었다. 그보다 끔찍한 시계 소리가 사라졌다는 뜻이다.

"악어는 갔어요, 선장님. 다시 잠잠해졌어요."

스미가 안경을 닦으며 말했다.

후크는 옷깃 속에 묻고 있던 머리를 천천히 들고는 똑딱 소리의 메아리조차 놓치지 않으려는 듯 열심히 귀를 기울였다. 아무 소리도 들리지 않자 후크는 가슴을 펴고 똑바로 섰다.

"자, 우리의 널빤지 친구를 위하여."

후크가 뻔뻔스럽게 외쳤다. 허물어질 대로 허물어진 자신의 모습을 본 아이들이 그 어느 때보다 싫었다. 후크가 사악하기 그지없는 노래를 부르기 시작했다.

에야디야, 에야디야, 즐겁게 뛰노는 널빤지
그 위를 걷는 너도 함께 뛰놀지.
널빤지도 떨어지고 너도 떨어지지
바다 귀신에게 닿을 때까지!

후크는 포로들을 좀 더 겁주겠다는 일념으로 자신의 체면을 깎으면서까지 상상의 널빤지를 따라 걸으며 덩실덩실 춤을 추었다. 노래를 부르면서도 아이들을 바라보는 표정은 일그러져 있었다. 그리고 노래가 끝나자 이렇게 외쳤다.

"널빤지 위를 걷기 전에 채찍 맛 좀 볼래?"

이 말을 듣고 아이들이 털썩 무릎을 꿇었다.

"싫어, 싫어요."

아이들이 애처롭게 울먹이는 모습을 보고 해적들은 너나 할 것 없이 미소를 지었다.

"채찍을 가져와, 주크스. 선실에 있어."

후크가 말했다.

선실! 피터가 선실에 있었다. 아이들은 서로의 얼굴만 빤히 바라보았다.

"네, 네."

주크스가 선선히 대답하고는 선실로 성큼성큼 들어갔다. 아이들은 그 뒷모습을 바라보느라 후크가 다시 노래를 시작한 것도 몰랐다. 이번에는 후크의 부하들도 함께 노래를 불렀다.

에야디야, 에야디야, 네 몸을 할퀴는 채찍.
꼬리가 아홉 개나 된다네.
아홉 개의 꼬리가 네 등을 훑으면…….

이 노래의 마지막 소절이 무엇인지는 결코 알 수 없을 것이다. 선실에서 갑작스레 들려온 섬뜩한 비명 때문에 노래가 뚝 끊겼기 때문이다. 배 전체에 울려 퍼지던 비명은 점차 잦아들었다. 그리고 뒤이어 꼬끼오 소리가 들려왔다. 아이들에게는 너무나 익숙한 소리였지만 해적들에게는 비명보다 더 기분 나쁜 소리였다.

"도대체 뭐지?"

후크가 소리쳤다.

"둘."

슬라이틀리가 엄숙한 목소리로 말했다.

이탈리아 인 세코가 잠시 망설이다가 기세 좋게 선실로 들어갔다. 곧 그는 초췌한 모습으로 비틀거리며 선실을 나왔다.

"빌 주크스에게 무슨 일이 생긴 거야?"

후크가 세코 앞으로 성큼 다가와 낮은 목소리로 위협하듯 물었다.

"무슨 일이 생겼냐 하면, 죽었어요. 칼에 찔려서."

세코가 힘없이 대답했다.

"빌 주크스가 죽다니!"

놀란 해적들이 소리쳤다.

"선실 안이 구덩이처럼 깜깜해요. 그런데 뭔가 끔찍한 게 있어요. 꼬끼오 소리는 들으셨죠?"

세코가 뭔가에 놀란 듯 두서없이 지껄여 댔다.

후크의 눈에 날아갈 듯 기뻐하는 소년들의 모습과 침울한 해적들의 표정이 모두 들어왔다.

"세코, 다시 가서 그 꼬끼오 녀석을 데려와."

후크가 그 어느 때보다 매서운 목소리로 말했다.

누구보다 용감하다는 세코가 후크 앞에서 몸을 움츠리고 울먹였다.

"싫어요, 싫어."

하지만 후크는 아랑곳하지 않고 자신의 갈고리 손에 대고 낮고 부드럽게 말했다.

"가겠다고 말했나, 세코?"

후크가 생각에 잠긴 표정으로 물었다.

세코는 자포자기의 심정으로 두 팔을 내젓고는 선실로 향했다. 더 이상 노랫소리는 들리지 않았다. 모두가 귀를 쫑긋 세우고 있었다. 그리고 또다시 죽음의 비명이 들리더니 꼬끼오 소리가 뒤를 이었다.

슬라이틀리 말고는 아무도 입을 열지 않았다.

"셋."

후크는 손짓으로 부하들을 불러 모아 고함을 질렀다.

"이 멍청한 녀석들아! 누가 저 꼬끼오 녀석을 데려올 것이냐?"

"세코가 나올 때까지 기다려요."

스타키가 성난 목소리로 외치자 다른 해적들도 너도나도 울부짖었다.

"방금 네가 하겠다는 소리를 들은 것 같은데, 스타키?"

후크가 다시 낮게 중얼거렸다.

"맹세코 아니에요!"

스타키가 소리쳤다.

"내 갈고리는 네가 할 거라고 생각한다는구나."

후크가 스타키에게 다가서며 말했다.

"갈고리의 비위를 맞춰 주는 게 좋을 것 같은데, 스타키?"

"저 안에 들어가느니 차라리 목을 매달겠어요."

스타키가 완강한 태도로 대답하자 이번에도 다른 선원들이 그를 지지하고 나섰다.

"반란인가?"

후크가 그 어느 때보다 사근사근한 목소리로 말했다.

"스타키, 네가 주모자구나."

"선장님, 제발."

스타키가 몸을 벌벌 떨며 훌쩍였다.

"악수나 하자고, 스타키."

후크가 갈고리 손을 내밀며 말했다.

스타키는 주위를 둘러보며 도움을 청했지만 모두들 그를 외면했다. 후크가 다가오자 스타키는 뒷걸음쳤다. 후크의 눈에서는 붉은 불꽃이 튀었다. 스타키는 절망적인 비명을 지르며 대포 위로 뛰어오른 뒤 결국 물속으로 뛰어들고 말았다.

"넷."

슬라이틀리가 말했다.

"자, 반란이란 말을 입에 올릴 신사분이 아직 남아 있는가?"

후크가 정중하게 물었다.그러고는 램프를 집어 들고 갈고리 손을 위협적으로 치켜들었다.

"내가 직접 저 꼬끼오 녀석을 끌고 나오겠어."

후크는 이렇게 말하고는 성큼성큼 선실로 들어갔다.

"다섯."

슬라이틀리는 이 말이 얼마나 하고 싶었는지 모른다. 슬라이틀리가 입술을 축이며 말할 순간을 기다렸지만 후크가 비틀거리며 선실에서 나왔다. 들고 있던 램프는 온데간데없었다.

"뭔가가 불을 훅 꺼 버렸어."

후크가 조금 떨리는 목소리로 말했다.

"뭔가가?"

멀린스가 후크의 말을 되풀이했다.

"세코는 어떻게 됐나요?"

누들러가 물었다.

"주크스처럼 죽었어."

후크가 짧게 대답했다.

다시 선실에 가기를 꺼려하는 듯한 후크의 태도는 모두에게 좋지 않은 인상을 주었다. 다시 여기저기서 반란의 목소리가 터져 나왔다. 해적들은 미신을 철석같이 믿는 사람들이다.

"배가 저주받았다는 가장 확실한 징후는 아무도 모르게 누구 하나가 더 배에 올라타 있을 때라고들 하지."

쿡슨이 외쳤다.

"나도 들었어. 그놈은 항상 맨 마지막에 해적선에 탄대. 꼬리가 있던가요, 선장?"

멀린스가 투덜거리며 물었다.

"그놈은 배에서 가장 사악한 사람의 모습을 하고 나타난다고도 하지."

또 다른 해적이 후크를 사납게 노려보며 말했다.

"갈고리가 있던가요, 선장?"

쿡슨이 건방진 목소리로 물었다.

다른 해적들도 잇따라 소리를 높였다.

"이 배는 저주받은 거야."

이 말을 들은 아이들은 터져 나오는 환호성을 참기 힘들었다. 그때까지 후크는 포로들을 거의 잊고 있었다. 하지만 몸을 돌려 그들을 보는 순간 얼굴이 다시 환해졌다.

"좋은 생각이 있어. 선실 문을 열고 이 녀석들을 몰아넣는 거야. 녀석들이 제 목숨을 걸고 꼬끼오 소리를 내는 놈과 싸우게 하는 거지. 녀석들이 그놈을 죽이면 우리에겐 더 없이 좋은 일이고 놈이 녀석들을 죽인대도 우린 손해 볼 게 없어."

후크가 부하들을 향해 소리쳤다.

후크의 부하들은 마지막으로 그에게 감탄했고 그의 명령을 충실히 따랐다. 그들은 발버둥치는 척 연기하는 소년들을 선실로 밀어 넣고는 문을 닫았다.

"이제 들어 보자고."

후크가 외치자 해적들 모두 귀를 기울였다. 하지만 아무도 문 쪽을 똑바로 바라보지 못했다. 그러나 똑바로 문을 바라보는 사람이 딱 한 명이 있었다. 바로 돛대에 묶여 있던 웬디였다. 웬디가 기다리는 것은 비명도, 꼬끼오 소리도 아니었다. 피터가 다시 나타나기를 기다리고 있었다.

웬디는 그리 오래 기다릴 필요가 없었다. 피터는 선실에서 찾으려던 것을 이미 찾은 뒤였다. 바로 아이들의 족쇄를 풀어 줄 열쇠였다. 이제 아이들은 잡히는 대로 무기를 찾아 들고 살금살금 걸어 나오고 있었다. 피터는 먼저 아이들에게 숨으라고 신호를 보낸 뒤 웬디를 묶고 있는 줄을 끊었다. 이제 다 같이 날아서 도망가기만 하면 되었다. 하지만 한 가지가 피터 앞을 가로막았다. 바로 '이번엔 후크가 죽든 내가 죽든 결판을 낼 테다.'라고 했던 맹세였다. 그래서 웬디에게 아이들과 함께 몸을 숨기라고 속삭이고는 자신이 웬디 대신 돛대에 자리를 잡았다. 웬디처럼 보이도록 그녀의 망토를 몸에 둘렀다. 그러고는 숨을 한 번 크게 들이마신 다음 꼬끼오 소리를 냈다.

해적들은 이 소리가 선실에서 아이들을 전부 죽이고 쓰러진 것을 알리는 소리라고 생각했다. 그들은 공포에 휩싸였다. 후크는 어떻게든 부하들의 용기를 북돋우려고 했지만 개처럼 부리던 부하들은 이번에도 어김없이 개처럼 송곳니를 드러냈다. 후크는 이제 그들에게서 잠시라도 눈을 떼면 그들이 자신에게 덤벼들 거라는 사실을 알고 있었다.

후크는 필요하면 언제든 그들을 구슬리거나 공격할 준비가 되어 있었다. 그래서 그는 조금도 두려워하는 기색 없이 입을 열었다.

"이봐, 곰곰이 생각해 봤는데 이 배에 요나(*하느님의 명령을 어기고 달아나는 도중에 바다에서 폭풍을 만나, 큰 물고기의 배 속에서 3일 동안 지냈다는 이스라엘의 예언자.)가 타고 있는 것 같아."

"네, 갈고리 손을 가진 사내 말이죠."

부하들이 으르렁거리듯 말했다.

"아니, 아니야. 여자아이야. 해적선에 여자가 타서 재수가 좋았던 적이 없지. 그 애를 없애면 배를 원래대로 되돌릴 수 있을 거야."

해적들 몇 명은 플린트가 그런 말을 한 적이 있다는 것을 기억해 냈다.

"한번 해 보는 것도 괜찮겠지."

해적들이 여전히 자신 없는 듯 말했다.

"여자애를 바다로 던져 버려."

후크가 소리치자 부하들은 망토를 입은 아이에게 달려갔다.

"이제 널 구해 줄 사람은 없어, 아가씨."

멀린스가 조롱하며 낮게 속삭였다.

"한 명 있지."

망토를 입은 아이가 대답했다.

"누군데?"

"복수의 화신 피터 팬이지!"

소름 끼치는 대답과 함께 피터는 망토를 획 벗어 던졌다. 그제야 해적들은 선실에서 자신들을 죽음으로 몰고 간 것이 누구인지 알게 되었다. 후크는 두 번이나 무슨 말을 하려고 했지만 두 번 다 말문이 막혀 아무 말도 하지 못했다. 후크의 강심장도 그 끔찍한 순간에는 철렁 내려앉았을 것이다.

"놈의 가슴을 갈기갈기 찢어 놔."

후크가 겨우 목소리를 짜내 외쳤다. 하지만 목소리에 확신이 없었다.

"얘들아, 나와서 놈들을 공격해."

피터의 목소리가 쩌렁쩌렁 울렸다. 곧 무기들이 쨍 부딪치는 소리가 배 안에 울려 퍼졌다. 해적들이 한데 모여 있었다면 십중 팔구 그들이 승리했을 것이다. 하지만 그들이 흩어져 있을 때 싸움이 시작되었다. 해적들은 저마다 자신이 마지막 생존자가 아닐까 하는 생각을 하면서 사방으로 뛰어다니며 마구잡이로 무기를 휘둘렀다. 일대일로 붙으면 해적들이 더 강했지만 그들은 방어하기에 급급했다. 그래서 소년들은 둘씩 짝을 지어 다니며 사냥감을 선택할 수 있었다. 악당 몇 명은 바다로 뛰어들었고, 몇 명은 어두운 구석에 숨어 있었지만 이내 슬라이틀리에게 발각되곤 했다. 슬라이틀리는 싸우지는 않고 램프를 들고 이리저리 뛰어다니면서 해적들의 얼굴에 램프를 들이댔다. 그 바람에 반쯤 장님이 된 해적들은 소년들이 휘두르는 피비린내 나는 칼의 희생양이 되었다. 배에는 무기들이 쨍쨍 부딪치는 소리, 가끔 들리는 비명이나 첨벙 소리 그리고 '다섯, 여섯, 일곱, 여덟, 아홉, 열, 열하나.' 하고 수를 세는 슬라이틀리의 억양 없는 목소리뿐이었다.

한 무리의 사나운 소년들이 후크를 에워쌌을 때는 다른 해적들을 모두 처리한 뒤였다. 후크는 마치 자신이 있는 불길 속으로 아이들이 들어오는 것을 허락하지 않는 불사신 같았다. 후크의 부하들을 모두 해치운 소년들이었지만 후크 혼자서도 그들 모두를 상대할 수 있을 것 같았다. 아이들이 몇 번이고 거리를 좁혀 들어가면 그때마다 후크는 다시 거리를 넓혔다. 그러고는 갈고리 손으로 소년 하나를 들어 올려 방패로 삼았다. 바로 그때, 막멀린스를 칼로 찌른 소년이 그 싸움에 뛰어들었다.

"얘들아, 다들 칼을 치워. 이자는 내가 상대할 테니까."

새로 나타난 아이가 외쳤다.

이렇게 해서 후크는 피터와 갑작스럽게 정면 대결을 하게 되었다. 다른 아이들은 뒤로 물러나 두 사람 주위에 둥근 원을 만들었다.

두 적수는 한참 동안 서로를 바라보기만 했다. 후크는 살짝 몸을 떨었고 피터는 야릇한 미소를 지었다.

"그러니까 피터 팬, 이게 다 네 짓이로구나."

후크가 마침내 입을 열었다.

"그래, 제임스 후크. 다 내가 한 일이다."

피터가 단호한 어조로 대답했다.

"당돌하고 버릇없는 녀석 같으니. 이제 죽음을 맞을 준비나 해라."

"음흉하고 사악한 인간. 내 칼을 받아라."

피터와 후크는 더 이상 말을 하지 않고 결투를 시작했다. 잠시 동안은 양쪽의 칼날이 막상막하였다. 뛰어난 칼잡이였던 피터는 눈부시게 빠른 동작으로 후크의 칼을 받아넘겼다. 그리고

이자는 내가 상대한다.

때때로 상대를 속이는 동작에 이은 찌르기로 후크의 수비를 뚫기도 했다. 하지만 팔이 짧아 칼이 후크의 몸에 제대로 닿지 않았다. 현란한 칼 솜씨에 있어서는 후크도 피터에게 뒤지지 않았지만 손목 놀림이 피터만큼 잽싸지 못했다. 후크는 불현듯 오래전 리우데자네이루에서 바비큐에게 배운 강력한 찌르기가 생각났다. 그래서 단번에 싸움을 끝내겠다는 생각으로 잔뜩 힘을 실어 피터를 공격했다. 하지만 놀랍게도 후크의 찌르기는 번번이 빗나가기만 했다. 이번에는 쇠갈고리로 피터의 숨통을 끊어 놓으려 했지만 이것 역시 매번 헛손질로 끝나고 말았다. 피터는 쇠갈고리를 피해 몸을 굽히고는 매서운 공격으로 후크의 옆구리를 찔렀다. 기억하겠지만 후크의 피는 이상한 색깔이었고 후크는 자신의 피를 보는 걸 무척 싫어했다. 결국 후크는 손에서 칼을 떨어뜨리고 말았다. 이제 그의 목숨은 피터의 손에 달려 있었다.

"지금이야!"

소년들이 일제히 소리를 질렀다. 하지만 피터는 품위 있는 태도로 후크에게 칼을 집으라고 명령했다. 후크는 재빨리 칼을 들기는 했지만 피터가 품격을 보여 주었다는 생각에 비참한 기분이 드는 건 어쩔 수 없었다.

후크는 여태껏 자신이 싸우는 상대를 악마쯤으로 생각했다. 하지만 이제 마음속 깊은 곳에서 의심이 솟아올라 그를 괴롭히고 있었다.

"피터 팬, 너는 대체 누구며 어떤 사람이냐?"

후크가 쉰 목소리로 외쳤다.

"난 젊음이고 기쁨이지. 난 알을 깨고 나온 어린 새야."

피터는 되는대로 대답했다.

물론 말도 안 되는 소리였다. 하지만 불행한 후크는 이 대답이 피터도 자신이 누구이며 어떤 사람인지 전혀 모른다는 증거라고 생각했다. 그리고 이것이야말로 최고의 품격이었다.

"다시 싸우자!"

후크는 자포자기의 심정으로 외쳤다.

후크는 이제 인간 도리깨처럼 싸우고 있었다. 자신의 앞을 가로막는 것이 어른이든 아이든 모두 두 동강 낼 기세로 무시무시한 칼을 휘둘렀다. 하지만 피터는 후크의 칼이 일으키는 바람을 타고 안전한 곳으로 떠밀리듯 후크 주위를 훨훨 날아다녔다. 그리고 거듭 몸을 날려 후크를 찔러 댔다.

후크는 이제 아무런 희망도 없이 싸우고 있었다. 뜨겁게 뛰고 있는 그의 심장은 더 이상 목숨을 구걸하지 않았다. 다만 한 가지 간절히 바라는 게 있었다. 바로 자신의 심장이 차갑게 식어 버리기 전에 피터가 품격을 잃는 꼴을 보는 것이었다.

후크는 싸움을 포기하고 화약고로 달려가 그곳에 불을 붙였다.

"2분 뒤에는 배가 산산조각이 날 거다."

후크가 소리쳤다.

후크는 이제 피터의 정체가 드러날 것이라고 생각했다. 하지만 피터는 화약고에서 불붙은 포탄을 들고 나와 조용히 배 밖으로 던졌다.

후크는 어떤 모습을 보여 주고 있었을까? 비록 잘못된 길로 들어섰지만 우리는 그를 동정할 게 아니라 결국 그가 명문가 출신답게 그 전통에 충실했음을 기뻐해야 할지도 모르겠다. 다른 소년들은 후크 주위를 날며 야유를 보내고 있었다. 후크는 갑판 위를 휘청휘청 걸으면서 아이들을 향해 무력하게 팔을 휘둘렀지만 그의 마음은 벌써 다른 곳에 가 있었다. 오래전의 학교로 가 운동장을 구부정한 자세로 걷기도 하고, 성적이 좋아 상을 받기도 하고, 이튼스쿨의 유명한 담벼락에 앉아 축구 시합을 구경하기도 했다. 신발도, 조끼도, 넥타이도, 양말도 하나같이 격식에 맞았다.

제임스 후크, 아주 비겁하지만은 않았던 사람. 이제는 그와도 안녕이다. 그가 최후를 맞을 순간이 왔으니 말이다.

피터가 단검을 들고 허공을 가르며 천천히 다가오는 것을 보고 후크는 바다에 몸을 던질 생각으로 배 난간 위로 뛰어올랐다. 악어가 자신을 기다리고 있다는 사실을 몰랐던 것이다. 이런 사실을 그가 눈치채지 못하게 우리가 시계를 일부러 멈추게 했으니 말이다. 최후의 순간 작게나마 우리가 해 줄 수 있는 경의의 표시다.

후크는 마지막 순간에 한 가지 승리를 거머쥐었다. 하지만 그다지 배 아파할 일은 아니다. 후크는 난간에 서서 어깨 너머로 피터가 날아오는 모습을 보았다. 그러고는 몸짓으로 발을 사용해 달라고 부탁했다. 피터는 후크를 칼로 찌르는 대신 발로 걷어찼다. 마침내 후크는 그토록 간절히 바라던 소원을 이룬 것이다.

"그건 품격에 어긋나는 행동이야."

후크는 조롱 섞인 목소리로 이렇게 외치고는 스스로 만족하며 악어 입 속으로 들어갔다. 제임스 후크는 그렇게 최후를 맞았다.

"열일곱."

슬라이틀리가 큰 소리로 외쳤다. 하지만 그의 셈은 틀린 것이었다. 그날 밤 열다섯 명이 죗값을 치렀고 둘은 바닷가에 닿았다. 스타키는 인디언들에게 붙잡혀 그들의 갓난아기를 돌보는 유모가 되었는데 해적으로서는 실로 슬픈 결말이 아닐 수 없다. 스미는 안경을 쓴 채 세상을 방랑하며 제임스 후크가 유일하게 두려워한 사람이 자신이라고 언제 들통 날지도 모르는 거짓말을 떠벌리고 다니면서 근근이 살아갔다.

웬디는 물론 싸움에 가담하지 않고 두 눈을 반짝이며 피터를 바라보고 있었다. 싸움이 끝나자 웬디는 다시금 활개를 펴고 아이들을 똑같이 칭찬해 주었다. 마이클이 자신이 해적을 죽인 자리를 자랑삼아 보여 줬을 때는 즐거워하면서도 온몸을 떨었다. 그러고는 아이들을 후크의 선실로 데려가 못에 걸려 있는 시계를 가리켰다. 시계는 무려 '1시 30분'을 가리키고 있었다.

이제 잠잘 시간이 훨씬 지났다는 게 무엇보다 큰 사건처럼 여겨졌다. 웬디는 해적들이 자던 침대에 서둘러 아이들을 눕혔다. 하지만 피터만은 예외였다. 피터는 갑판 위를 이리저리 활보하고 다니다가 결국 대포 옆에서 잠이 들었다. 피터는 그날 밤에도 늘 꾸던 꿈을 꾸었고 자면서 한참을 흐느꼈다. 웬디는 그런 피터를 꼭 안아 주었다.

제16장
집으로 돌아오다

　다음 날 아침, 종이 두 번 울리자 모두들 바삐 움직였다. 큰 파도가 일었기 때문이다. 개중에는 갑판장 투틀즈도 있었는데 한 손에 밧줄 끝을 쥐고 담배를 씹고 있었다. 아이들은 하나같이 무릎 아래를 잘라 낸 해적 옷을 입고 말끔히 면도를 하고 허둥지둥 갑판 위로 모여들었다. 건들건들 걸으며 바지를 추어올리는 모습이 제법 뱃사람 맵시가 났다.

　누가 선장인지는 굳이 말할 필요도 없을 것이다. 닙스가 일등 항해사, 존이 이등 항해사였다. 배에는 여자도 한 명 타고 있었다. 나머지 아이들은 일반 선원으로 배 앞쪽의 선원실에서 지냈다. 피터는 이미 타륜에 매여 꼼짝할 수 없었지만 호각을 불어 모든 선원들을 갑판에 집합시킨 뒤 짧게 연설을 하기도 했다. 피터는 선원들이 용감한 뱃사람답게 맡은 일에 최선을 다해 주길 바란다고 말했다. 그리고 선원들이 리우데자네이루와 황금 해안의 쓰레기들이라는 것을 알고 있으니 자신에게 덤벼들었다간 갈기갈기 찢어 놓을 거라는 말도 잊지 않았다. 피터의 노골적이고 거친 말들은 선원이라면 누구나 이해할 수 있었다. 소년들은 크게 환성을 지른 뒤 간단한 명령 몇 가지를 듣고 난 다음 본토를 향해 뱃머리를 돌렸다.

피터 팬 선장은 배에 있는 해도를 살펴본 뒤 날씨가 이대로만 계속된다면 6월 21일쯤에는 아조레스 제도에 닿을 수 있다고 했다. 그러면 그만큼 날아가는 시간이 줄어드는 셈이었다.

선원들 중 몇 명은 이 배가 평범한 배가 되었으면 했고 또 몇 명은 그대로 해적선으로 남기를 바랐다. 하지만 선장이 그들을 너무 거칠게 다뤘기 때문에 선원들은 자신들의 바람을 표현하기 위해 하다못해 탄원서 한 장도 낼 수 없었다. 명령에 즉각 복종하는 것만이 안전한 길이었다. 슬라이틀리는 수심을 재라는 명령을 받고 당황한 표정을 지어서 열두 대나 얻어맞았다. 피터가 당장은 웬디의 의심을 잠재우기 위해 보통 선박처럼 가고 있지만 새 옷이 완성되고 나면 달라질 거라는 게 선원들의 공통된 생각이었다. 웬디는 자신의 의지와 달리 후크의 옷 중에서 가장 사악해 보이는 것들로 피터의 옷을 만들고 있었다. 그 뒤 선원들 사이에서 오간 소문에 따르면 피터는 이 옷을 입은 첫날 밤, 오래도록 선실에 앉아 있었다고 한다. 입에는 후크의 담뱃대를 물고 한 손은 주먹을 꼭 쥐고 집게손가락을 갈고리처럼 구부린 채 위협적으로 치켜들고 있었다는 것이다.

이제 배에서 시선을 거두고, 오래전 우리의 세 주인공이 매정하게 버리고 날아간 황량한 집으로 돌아가야 할 때다. 여태껏 14번지를 등한시한 게 부끄러울 따름이다. 하지만 분명 달링 부인은 우리를 비난하지 않을 것이다. 만약 우리가 부인을 가엾게 여겨 좀 더 일찍 그녀에게 돌아갔다면 그녀는 아마 이렇게 소리 쳤을 것이다.

"바보처럼 굴지 말아요. 내가 뭐가 중요해요? 다시 돌아가서 아이들을 지켜봐요."

엄마들이 이런 식으로 나오는 한 아이들은 엄마를 이용하고 일부러 그런 점만 노릴지도 모른다.

하지만 이제라도 우리가 익숙한 아이들 방에 들어가려고 하는 것은 단지 방의 합법적인 주인들이 돌아오고 있기 때문이다. 아이들이 오기 전에 잠자리는 바람에 바짝 말랐는지, 달링 부부가 저녁 외출을 하지는 않았는지 보려고 서두르는 것뿐이다. 우리는 하인들에 지나지 않으니까 말이다. 아이들은 감사한 줄도 모르고 홀쩍 떠나 버렸는데 도대체 왜 아이들의 잠자리가 바짝 말라 있어야 한단 말인가? 아이들이 돌아왔을 때 부모가 교외에서 주말을 즐기고 있는 모습을 보는 것이 그들에게 마땅한 대우가 아니겠는가? 우리도 쭉 지켜봤지만 아이들에게는 도덕적 교훈이 꼭 필요해 보이니까 말이다. 하지만 이런 식으로 일을 꾸몄다간 달링 부인이 결코 우리를 용서하지 않을 것이다.

내가 몹시 하고 싶은 일이 한 가지 있는데, 바로 작가들이 하는 방식처럼 아이들이 돌아오고 있다는 사실을 달링 부인에게 귀띔해 주는 것이다. 다음 주 목요일이면 확실히 이곳에 도착할 거라고 말이다. 그랬다간 부모님을 놀래 주려고 잔뜩 벼르고 있는 웬디와 존과 마이클의 계획이 완전히 물거품이 되고 말 것이다. 아이들은 배에서부터 치밀하게 계획을 세웠다. 호되게 혼날 준비를 해도 모자랄 판에 엄마는 기뻐서 어쩔 줄 모르고, 아빠는 즐거운 환호성을 지르고, 나나는 누구보다 먼저 자신들을 안기 위해 펄쩍펄쩍 뛰어오르는 모습을 상상했다. 미리 소식을 전해서 그 계획을 엉망으로 만든다면 얼마나 고소할까? 그래서 아이들이 보란 듯이 들어왔을 때 달링 부인은 웬디에게 입을 맞추지도 않고 달링 씨는 심술궂게 소리치는 거다.

"젠장, 녀석들이 돌아왔군."

하지만 그런다고 감사의 인사를 받을 리 없다. 이제 달링 부인이 어떤 사람인지 어느 정도 감을 잡았을 테니, 아이들에게서 작은 즐거움을 빼앗는 것만으로도 부인에게 야단맞을 각오를 해야 한다는 건 알 것이다.

"하지만 부인, 다음 주 목요일까진 열흘이나 남았어요. 그러니 뭐가 어떻게 된 건지 우리 얘길 듣고 나면 열흘을 불행하게 보내지 않아도 되는 거예요."

"그렇겠죠. 하지만 그 때문에 잃게 될 걸 생각해 봐요! 아이들에게서 10분간의 기쁨을 빼앗아야 한다고요."

"뭐, 부인이 정 그렇게 생각하신다면 어쩔 수 없죠."

"그럼 또 어떻게 생각할 수 있겠어요?"

보다시피 부인은 정신이 똑바로 박힌 사람이 아니었다. 원래는 부인에 대해 엄청난 찬사를 쏟아 낼 작정이었지만 지금은 그녀에게 질려서 단 한마디도 하지 않을 생각이다. 이미 모든 게 준비되어 있으니 굳이 부인에게 아이들 맞을 준비를 하라고 말할 필요도 없다. 아이들 잠자리는 바람에 바짝 말라 있었고 부인이 집을 비우는 일도 없었다. 그리고 창문이 활짝 열려 있는 것을 보라. 우리가 그녀에게 해 줄 수 있는 건 배로 돌아가는 것뿐일 게다. 하지만 이왕 이렇게 왔으니 좀 더 지켜보는 게 좋겠다. 우리는 그저 구경꾼일 뿐이며 사실 우리를 원하는 사람은 아무도 없다. 그러니 그냥 지켜보면서 가시 돋친 말들이나 던지면 그만이다. 그중 몇 개라도 전달되기를 바라면서 말이다.

아이들 방에서 눈에 띄게 바뀐 거라고는 아침 아홉 시부터 저녁 여섯 시까지는 개집이 그 방에 없다는 것뿐이다. 아이들이 날아가 버린 뒤로 달링 씨는 모든 책임이 나나를 묶어 버린 자신에게 있으며, 아울러 줄곧 나나가 자신보다 현명했다는 것을 깨달았다. 물론 우리도 보았듯이 그는 아주 단순한 사람이었다. 벗겨진 머리만 아니라면 소년이라 해도 좋을 정도였다. 하지만 그에게는 숭고한 정의감과 자신이 옳다고 믿는 일을 할 수 있는 사자 같은 용기도 있었다. 그래서 아이들이 날아간 뒤 그는 한참을 고민하며 생각한 끝에 네 발로 기어서 개집 안으로 들어갔다. 달링 부인이 아무리 밖으로 나오라고 타일러도 달링 씨는 구슬프지만 단호하게 대답했다.

"안 돼요, 여보. 여기가 내가 있을 곳이에요."

달링 씨는 쓰디쓴 후회 속에서 아이들이 돌아올 때까지 개집을 떠나지 않겠노라 맹세했다. 참 딱한 일이긴 하지만 달링 씨는 무슨 일이든 도가 지나치도록 하거나 아니면 금세 포기해 버리는 식이었다. 그리고 그가 저녁에 개집에 앉아 부인과 함께 아이들과 아이들의 재롱에 대해 이야기를 나눌 때면 한때 당당했던 조지 달링은 찾아볼 수 없었고 세상에서 그보다 더 초라한 사람도 없었다.

그가 나나에게 경의를 표하는 모습은 사뭇 감동적이기까지 했다. 나나가 개집으로 들어오는 건 허락하지 않았지만 다른 모든 일에서는 나나의 뜻에 무조건 따랐다.

매일 아침 개집은 달링 씨가 들어가 있는 채로 마차에 실렸고, 마차는 그렇게 개집을 싣고 사무실까지 갔다. 그리고 저녁 여섯 시에 같은 방법으로 집에 돌아왔다. 달링 씨가 이웃의 평판에 얼마나 민감한 사람인지를 생각한다면 그의 강인한 의지를 엿볼 수 있을 것이다. 달링 씨의 행동 하나하나가 놀란 사람들의 이목을 집중시켰다. 마음속으로 그는 고통스러웠겠지만 겉으로는 어린아이들이 그의 작은 집을 놀려 댈 때조차 평정을 잃지 않았다. 개집 안을 들여다보는 숙녀들에게는 늘 모자를 들어 정중히 인사했다.

이것이 돈 키호테처럼 엉뚱한 행동이었는지는 몰라도 참으로 감명 깊은 일이기도 했다. 곧 그 행동에 담긴 속사정이 퍼져 나가면서 많은 사람들이 감동을 받았다. 사람들이 우르르 마차를 쫓아가며 환호성을 질렀고 어여쁜 소녀들이 달링 씨의 사인을 받겠다고 마차 위로 올라왔다. 보다 권위 있는 신문에는 그의 인터뷰 기사가 실리기도 했다. 또 사교계에서도 그를 만찬에 초대했는데 이런 말을 덧붙였다.

"개집 안에 들어가 있는 채로 오세요."

중대한 목요일, 달링 부인은 남편이 돌아오기를 기다리며 아이들 방에 있었다. 그녀의 눈은 몹시 슬퍼 보였다. 달링 부인을 가까이에서 보고 있자니 예전의 명랑한 모습이 기억난다. 그런데 아이들을 잃은 슬픔 때문에 그 명랑함이 다 사라지고 없다니,

이제 그녀를 헐뜯지 못할 것 같다. 달링 부인이 하찮은 그 아이들을 그렇게까지 사랑한다면 어쩔 수 없지 않은가. 의자에 앉아 잠든 부인을 보라. 가장 먼저 눈이 가는 입가는 거의 말라 버렸고, 마치 가슴에 통증이 있는 듯 가슴 위에서 손을 계속 꼼지락거렸다. 어떤 사람들은 피터를 가장 좋아하고 또 어떤 사람들은 웬디를 가장 좋아할 테지만, 나는 달링 부인이 가장 좋다. 부인을 행복하게 해 주기 위해 그녀의 잠자리에서 녀석들이 돌아오고 있다고 속삭여 주는 건 어떨까?

아이들은 정말 창문에서 3킬로미터쯤 떨어진 곳에서 힘차게 날아오고 있었다. 그냥 오고 있다고만 속삭여 주면 그만이다. 한번 해 보자.

차라리 하지 말 것을. 부인은 깜짝 놀라 아이들의 이름을 부르며 잠에서 깨어났다. 그런데 방에는 나나 말고는 아무도 없었다.

"아, 나나. 아이들이 돌아오는 꿈을 꿨어."

나나의 눈에도 흐릿하게 눈물이 맺혀 있었다. 하지만 나나가 할 수 있는 건 안주인의 무릎에 살포시 앞발을 올려놓는 것뿐이었다. 둘은 개집이 돌아올 때까지도 그렇게 하염없이 앉아 있었다. 달링 씨가 아내에게 키스를 하려고 개집 밖으로 고개를 내밀었다. 그의 얼굴은 예전보다 지쳐 보이긴 했지만 표정은 한결 부드러웠다.

달링 씨가 모자를 리자에게 건네자 리자는 경멸이 가득한 표정으로 그걸 받았다. 그녀에겐 상상력이란 게 없었으니 달링 씨 같은 사람의 동기 따위를 이해할 수 없는 것은 당연했다. 밖에서는 달링 씨의 마차를 따라온 사람들이 여전히 환호성을 지르고 있었다. 그 소리에 달링 씨의 마음이 움직일 만도 했다.

"들어 봐. 참 흐뭇한 일이지."

"꼬맹이들만 잔뜩 있네요."

리자가 조롱하듯 말했다.

"오늘은 어른도 몇 명 있어."

달링 씨가 살짝 얼굴을 붉히며 강조했다.

달링 씨는 리자가 얼굴을 휙 돌려 버려도 그녀를 비난하는 말은 한마디도 하지 않았다. 그는 사회적으로 성공했음에도 결코 거만해지지 않았다. 오히려 더 상냥해졌다. 아까부터 달링 씨는 개집 밖으로 반쯤 몸을 빼고 앉아 달링 부인과 자신의 성공에 대한 이야기를 나누고 있었다. 성공했다고 해서 자만하는 일이 없기를 바란다고 부인이 말하자 달링 씨는 부인을 안심시키듯 그녀의 손을 꼭 잡았다.

"하지만 내가 나약한 사람이었다면. 맙소사, 내가 나약한 사람이었으면 어쩔 뻔했어!"

"그런데 조지, 여전히 깊이 후회하고 있는 거죠?"

부인이 주저하며 물었다.

"여전히 후회하고 있지, 여보! 이렇게 벌을 받고 있잖소. 개집에 살면서 말이오."

"여보, 정말 벌을 받고 있는 거죠? 그걸 즐기고 있는 건 아니죠?"

"여보!"

달링 부인이 용서를 구해야 했음은 말할 것도 없다. 달링 씨는 졸음이 몰려왔는지 개집에서 몸을 웅크렸다.

"내가 잠들 때까지 아이들 놀이방에 있는 피아노를 연주해 주지 않겠소?"

달링 씨는 이렇게 부탁하고는 놀이방으로 향하는 부인에게 무심코 덧붙였다.

"그리고 그 창문도 닫아 줘요. 찬바람이 들어와요."

"아, 조지. 그런 부탁은 하지도 말아요. 아이들을 위해 창문은 언제나 열어 놓아야 한단 말이에요. 언제나, 언제나요."

이번에는 그가 용서를 구해야 할 차례였다. 어쨌든 그녀는 놀이방으로 가서 피아노를 연주했고 달링 씨는 곧 잠이 들었다. 그리고 달링 씨가 잠든 사이 웬디와 존과 마이클이 방으로 날아 들어왔다.

앗, 아니다. 우리가 배를 떠나기 전에 아이들이 세운 대단한 계획대로라면 분명 방으로 날아드는 건 웬디와 존과 마이클이어야 했다. 하지만 그 뒤에 무슨 일이 생긴 게 분명했다. 방으로 들어온 건 그 아이들이 아니라 피터와 팅커 벨이었으니 말이다.

피터의 첫마디만 들어도 어찌 된 사정인지 바로 알 수 있다.

"서둘러, 팅크. 창문을 닫고 잠가 버려. 그거야. 이제 너랑 나는 문으로 나가는 거야. 웬디가 와서 보면 아이들이 못 들어오게 엄마가 창문을 잠가 버렸다고 생각할 거야. 어쩔 수 없이 다시 나랑 돌아가야 하는 거지."

피터가 속삭였다.

줄곧 나를 괴롭혔던 의문이 이제야 풀렸다. 피터가 해적들을 전멸시킨 후 아이들의 길 안내를 팅크에게 맡기고 바로 섬으로 돌아가지 않은 게 의문이었는데 말이다. 그동안 머릿속으로 이런 속임수를 생각하고 있었던 게 틀림없다.

피터는 자신이 못되게 굴고 있다는 생각 따위 하지도 않고 신나게 춤을 추었다. 그러고는 누가 피아노를 치고 있는지 보려고 놀이방을 몰래 들여다보았다. 그러고는 팅크에게 속삭였다.

"웬디 엄마야. 예쁘기는 하지만 우리 엄마만큼은 안 예뻐. 입에 골무가 가득 있긴 하지만 우리 엄마만큼 많진 않아."

물론 피터는 자기 엄마가 어땠는지 아는 게 없었다. 하지만 가끔 이렇게 말도 안 되는 엄마 자랑을 했다.

피터는 부인이 연주하는 곡이 〈즐거운 나의 집〉이라는 것도 몰랐다. 하지만 그 노래가 이렇게 말하고 있다는 건 알 수 있었다.

"돌아와, 웬디, 웬디, 웬디."

"다시는 웬디를 못 볼 거예요, 부인. 창문이 잠겼으니까."

피터가 의기양양한 목소리로 외쳤다.

피터는 왜 피아노 소리가 멈췄는지 확인하기 위해 다시 방 안을 들여다보았다. 이번에는 달링 부인이 피아노에 머리를 기대고 있었는데 두 눈에 눈물방울이 맺혀 있었다.

'부인은 내가 창문을 열기를 바라겠지만 절대로 안 열 거야. 절대로.'

피터는 마음속으로 생각했다. 하지만 다시 들여다봐도 부인의 눈에는 여전히 눈물방울이 맺혀 있었다. 또다시 눈물이 흘러나와 맺힌 것인지도 모른다.

"부인은 정말 웬디를 좋아하나 봐."

피터가 혼잣말로 중얼거렸다.

피터는 이제 부인에게 화가 나기 시작했다. 부인이 웬디를 되찾을 수 없는 이유를 모르는 것 같아서였다. 그 이유는 아주 간단했는데 말이다.

"나도 웬디가 좋아요. 우리 둘 다 웬디를 가질 수는 없어요, 부인."

하지만 부인은 이런 상황을 감당해 낼 수 없을 듯했고 피터는 비참한 기분이 들었다. 피터가 부인에게서 눈길을 돌린 뒤에도 부인은 피터를 놓아주지 않았다. 껑충껑충 뛰어다니며 우스꽝스러운 표정도 지어 보았다. 하지만 그만두면 이내 부인이 자신의 마음속으로 들어와 문을 두드리는 것 같았다.

"알았어요, 알았어."

피터는 결국 이렇게 말하고는 침을 꿀꺽 삼켰다. 그러고는 창문을 열었다.

"가자, 팅크."

피터는 자연의 법칙이란 것에 끔찍한 냉소를 보냈다.

"우린 멍청한 엄마 같은 건 필요 없어."

피터는 이렇게 말하고는 멀리 날아가 버렸다.

그렇게 해서 웬디와 존과 마이클은 자신들을 위해 창문이 열려 있는 것을 발견하게 되었다. 물론 그건 그들에게 과분한 대접이었다. 그래도 아이들은 전혀 부끄러운 기색 없이 바닥에 내려섰다. 막내는 그곳이 자기 집이라는 것도 잊은 지 오래였다.

"형, 전에도 여기 와 본 적이 있는 것 같아."

마이클이 미심쩍은 얼굴로 주위를 둘러보며 말했다.

"당연히 와 봤지, 멍청아. 저기 네가 자던 침대도 있잖아."

"그렇구나."

마이클이 대답했지만 확신에 찬 목소리는 아니었다.

"이야, 개집이다!"

존이 외쳤다. 그러고는 한걸음에 달려가 안을 들여다보았다.

"아마 나나가 안에 있을 거야."

웬디가 말했다.

"이런, 안에 남자가 있는데."

존이 휘파람을 불며 말했다.

"아빠야!"

웬디가 소리쳤다.

"나도 아빠 좀 보자."

마이클이 열심히 졸라 대더니 한참을 바라보았다.

"내가 죽인 해적보다도 작은데."

마이클이 어찌나 실망스러워 하던지 달링 씨가 자고 있는 게 천만다행이었다. 달링 씨가 막내 마이클에게서 들은 첫마디가 이런 거라면 얼마나 슬프겠는가. 웬디와 존은 아빠가 개집에서 자고 있는 것을 보고 적잖이 당황스러웠다.

"분명 아빠가 개집에서 자진 않았던 것 같은데?"

존이 자신의 기억에 확신이 없는 듯 말했다.

"존, 우리가 생각만큼 옛날 일을 잘 기억하지 못하는 건지도 몰라."

웬디가 주저하며 말했다.

오싹한 느낌이 아이들을 휘감았다. 사실 그래도 싸다.

"엄마가 너무 무심한 거 아니야? 우리가 돌아왔는데 방에도 없고."

어린 악당 존이 말했다.

바로 그때 달링 부인이 다시 연주를 시작했다.

"엄마야!"

웬디가 몰래 안을 들여다보며 소리쳤다.

"그러네."

존이 말했다.

"그럼 웬디가 진짜 우리 엄마가 아니야?"

이렇게 묻는 마이클은 몹시 졸린 눈치였다.

"세상에! 이젠 정말 옛날로 돌아가야 해."

웬디가 외쳤다. 그녀의 마음속에서 처음으로 후회가 고개를 들었다.

"살금살금 들어가서 엄마 눈을 가리는 거야."

존이 제안했다. 하지만 웬디에게 더 좋은 계획이 있었다. 웬디는 이 기쁜 소식을 좀 더 점잖게 알려야 한다는 걸 알고 있었다.

"모두 침대에 슬쩍 들어가 있자. 그리고 엄마가 들어올 때까지 그대로 있는 거야. 꼭 우리가 집을 나간 적이 없었던 것처럼 말이야."

이렇게 해서 남편이 잠들었는지 보려고 방으로 돌아왔을 때 달링 부인은 침대마다 누워 있는 아이들을 볼 수 있었다. 아이들은 엄마가 기쁨의 환호성을 지르는 순간을 기다렸지만 환호성은 들려오지 않았다. 부인은 아이들을 보긴 했지만 그게 진짜라고 믿지 않았던 것이다. 아이들이 침대에 누워 있는 모습을 꿈속에서 수없이 보았고 이것도 그저 그 꿈이 눈앞에 아른거리는 것이라고 생각했다.

달링 부인은 예전에 아이들을 돌볼 때처럼 벽난로 옆 의자에 앉았다. 아이들은 이 상황을 이해할 수 없었다. 싸늘한 공포가 세 아이들을 감쌌다.

"엄마!"

웬디가 소리쳤다.

"웬디네."

부인은 아직도 꿈을 꾸고 있다고 생각하는 듯했다.

"엄마!"

"존이구나!"

부인이 말했다.

"엄마!"

마이클도 소리쳤다. 이제는 마이클도 엄마를 알아보았다.

"마이클이구나!"

부인은 이기적인 세 꼬마 녀석을 향해 두 팔을 뻗었다. 다시는 안을 수 없을 것 같았던 아이들을 향해서 말이다. 하지만 이게 웬일인가. 침대를 빠져나와 엄마를 향해 달려온 웬디와 존과 마이클을 자신의 두 팔로 안을 수 있었던 것이다.

"조지, 조지."

부인은 가까스로 말을 할 수 있게 되자 큰 소리로 남편을 불렀다. 달링 씨도 일어나 그녀와 행복을 나눴고 나나도 방으로 달려 들어왔다. 이처럼 아름다운 광경이 또 있을까. 하지만 이 광경을 본 사람은 창문으로 안을 들여다보고 있던 이상한 소년뿐이었다. 소년은 다른 아이들은 절대 알 수 없는 수많은 희열을 맛보아 왔다. 하지만 그 순간만큼은 자신이 영원히 누릴 수 없는 한 가지 기쁨을 창문 너머로 바라보고만 있었다.

제17장
웬디가 어른이 되었을 때

다른 소년들이 어떻게 되었는지 알고 싶을 거라 생각한다. 아이들은 웬디가 자신들에 대해 설명할 시간을 주기 위해 아래에서 기다리고 있었다. 그리고 500까지 숫자를 세고 나서 위로 올라갔다. 아이들은 계단으로 올라갔다. 그게 나는 것보다 더 좋은 인상을 줄 거라고 생각했기 때문이다. 아이들은 모자를 벗고 달링 부인 앞에 한 줄로 섰다. 속으로는 해적 옷을 입고 있지 않았다면 좋았을걸, 하는 생각을 하고 있었다. 아이들은 아무 말도 하지 않았지만 눈으로는 부인에게 자신들을 받아 달라는 부탁을 하고 있었다. 달링 씨도 바라봤어야 했지만 아이들은 그를 까맣게 잊고 있었다.

물론 달링 부인은 조금도 망설이지 않고 아이들을 받아 주겠다고 말했다. 하지만 달링 씨는 몹시 우울한 모습이었다. 아이들은 달링 씨가 여섯은 좀 많다고 생각한다는 것을 알았다.

"너는 무슨 일이든 절반쯤만 하는 법이 없구나."

달링 씨가 웬디에게 말했다.

쌍둥이들은 뭔가 못마땅한 듯한 달링 씨의 말이 자신들을 가리키는 것이라고 생각했다.

"우리를 다 감당하기가 힘드신 건가요? 만약 그런 거라면 우린 돌아갈 수 있어요."

쌍둥이 중 자존심 강한 첫째가 얼굴을 붉히며 말했다.

"아빠!"

웬디가 충격을 받고 소리쳤다. 그래도 여전히 달링 씨의 얼굴은 어둡기만 했다. 달링 씨도 자신의 행동이 훌륭하지 못하다는 것을 알고 있었지만 어쩔 수가 없었다.

"우린 몸을 웅크리고 잘 수 있어요."

닙스가 말했다.

"애들 머리는 제가 계속 잘라 줄 거예요."

웬디가 말했다.

"조지!"

안 좋은 모습만 보여 주는 남편을 보다 못한 달링 부인이 소리쳤다. 그러자 달링 씨가 울음을 터뜨리면서 속마음을 털어놓았다. 사실 자신도 달링 부인만큼이나 아이들이 생긴 게 좋지만, 아이들이 자신을 이 집에 있는 하찮은 벌레쯤으로 취급하지 말고 부인은 물론이고 자신에게도 허락을 구했어야 한다는 얘기였다.

달링 씨가 이야기를 끝내기가 무섭게 투틀즈가 소리쳤다.

"난 달링 씨를 하찮은 벌레라고 생각하지 않아. 넌 그렇게 생각하니, 컬리?"

"아니. 넌 어떻게 생각하니, 슬라이틀리?"

"아니, 전혀. 쌍둥이들아, 너흰 어때?"

아이들 가운데 누구도 그를 하찮은 벌레로 생각하지 않는다는 것이 밝혀지자 달링 씨는 좀 지나치다 싶을 만큼 기뻐했다. 그리고 아이들이 다 들어갈 수만 있다면 응접실에 모두가 묵을 자리를 마련해 보겠다고 했다.

"다 들어갈 거예요."

아이들이 그를 안심시켰다.

"그럼 이제 대장을 따르라."

달링 씨가 신이 나서 외쳤다.

"그런데 말이지, 우리 집에 응접실이 있는지 모르겠구나. 그냥 있다고 치지, 뭐. 아무렴 어때. 야호!"

달링 씨는 온 집 안을 돌아다니며 춤을 추기 시작했고 아이들도 "야호!"라고 외치고는 그를 따라 춤추며 응접실을 찾았다. 결국 응접실을 찾았는지는 기억나지 않지만 어쨌든 다들 구석구석자리를 찾아 들어갈 수 있었다.

한편 피터는 날아가기 전에 다시 한 번 웬디를 보러 왔다. 정확히 말하면 창가로 찾아온 건 아니고 지나가면서 창문에 살짝닿은 것이었다. 웬디가 마음이 내킬 때 창문을 열고 자신을 부를 수 있도록 말이다. 그리고 웬디는 정말로 그렇게 했다.

"이봐, 웬디. 잘 있어."

피터가 말했다.

"어머, 가는 거야?"

"그래."

"피터, 우리 부모님한테 따로 하고 싶은 말 없니?"

웬디가 주저하며 말을 꺼냈다.

"없어."

"나에 대해서도, 피터?"

"없어."

그때 달링 부인이 창가로 다가왔다. 부인은 잠시도 웬디에게서 눈을 떼지 않았던 것이다. 달링 부인은 소년들을 전부 입양했으며 피터도 입양하고 싶다고 말했다.

"절 학교에 보내실 건가요?"

피터가 교활하게 물었다.

"그래."

"그런 다음엔 회사로 보내고요?"

"그렇겠지."

"금방 어른이 되나요?"

"금방 되지."

"난 학교에 가고 싶지도 않고 심각한 것들을 배우고 싶지도 않아요."

피터가 잔뜩 열을 올리며 말했다.

"어른이 되고 싶지도 않아요. 아, 웬디 엄마. 아침에 잠에서 깼는데 수염이 나 있으면!"

"피터. 난 너한테 수염이 생겨도 사랑할 거야."

웬디가 위로하듯 말했다.

달링 부인이 피터를 향해 두 팔을 뻗었지만 피터는 그녀를 뿌리쳤다.

"물러서요. 아무도 나를 잡아서 어른으로 만들 수 없어요."

"그럼 넌 어디서 살 건데?"

"우리가 웬디를 위해 지었던 집에서 팅크랑 살 거예요. 요정들이 자기들이 밤에 잠을 자는 나무 꼭대기로 그 집을 옮겨 주기로 했어요."

"정말 멋지다."

웬디의 목소리가 어찌나 간절하던지 달링 부인은 웬디를 잡은 손에 더욱 힘을 주었다.

"요정들이 전부 죽은 줄 알았는데."

달링 부인이 말했다.

"늘 어린 요정들이 넘쳐나는걸요."

이제 제법 전문가다운 웬디가 설명하기 시작했다.

"새로 태어난 아기가 처음 웃을 때 요정도 한 명 태어나는 거예요. 아기들은 늘 태어나니까 요정도 늘 태어나는 거죠. 요정들은 나무 꼭대기에 있는 보금자리에서 사는데 연자주색 요정들은 남자고 하얀색은 여자, 그리고 파란색은 자기가 누군지도 모르는 바보들이에요."

"난 아주 신 나게 놀 거야."

피터가 웬디에게 시선을 고정시킨 채 말했다.

"하지만 저녁에 난롯가에 앉아 있을 땐 많이 외로울 거야."

웬디가 말했다.

"팅크가 있잖아."

"팅크가 할 수 있는 게 몇 가지나 된다고?"

웬디가 약간 쏘아붙였다.

"엉큼한 고자질쟁이!"

팅크가 집 안 어딘가에서 버럭 소리를 질렀다.

"상관없어."

피터가 말했다.

"아, 피터. 상관있을 텐데."

"그럼 나랑 같이 작은 집으로 가자."

"가도 돼요, 엄마?"

"절대 안 돼. 이제 겨우 집에 돌아왔는데, 아무 데도 못 보내."

"하지만 피터에겐 엄마가 필요해요."

"아가야, 너는 어떻고."

"됐어요, 됐어."

피터는 마치 예의상 한 번 물어봤다는 듯 아무렇지도 않게 말했지만 달링 부인은 씰룩거리는 피터의 입을 보았다. 그래서 피터에게 멋진 제안을 하나 했다. 해마다 일주일 동안 봄맞이 대청소를 할 수 있도록 웬디를 보내 주겠다는 것이었다. 웬디는 좀 더 확실하게 약속을 받아 내고 싶었다. 봄이 되려면 아직도 한참이나 있어야 하기 때문이다. 하지만 피터는 이 약속만으로도 다시 기운을 차리고 떠날 수 있었다. 피터에겐 시간관념 따위는 없었기 때문이다.

피터는 워낙 많은 모험을 했기에 내가 지금까지 한 이야기는 그저 새 발의 피일 뿐이다. 웬디도 이런 사실을 알고 있었기에 그녀가 피터에게 마지막으로 건넨 말은 애처롭기까지 했다.

"대청소할 때가 될 때까지 날 잊지 않을 거지, 피터. 그렇지?"

물론 피터는 약속을 하고 떠났다. 떠날 때 달링 부인의 키스도 가져갔다. 아무도 가질 수 없었던 그 키스를 피터는 너무도 쉽게 가져갔다. 이상한 일이었지만 달링 부인은 만족해하는 것 같았다.

물론 소년들 모두 학교에 들어갔다. 대부분 3반에 들어갔다. 하지만 슬라이틀리만은 처음에는 4반에 들어갔다가 다시 5반을 배정받았다. 1반이 가장 우수한 반이었다. 아이들은 학교에 다닌 지 일주일도 안 돼서 섬을 떠난 게 얼마나 바보 같은 짓이었는지 깨달았다. 하지만 이미 되돌릴 수 없는 일이었다. 아이들은 금방 적응해서 여느 사람들처럼 평범해졌다. 이 말을 해야 한다는 게 슬프지만 아이들은 점차 나는 능력을 잃어버렸다. 처음에는 밤중에 날아가지 못하도록 나나가 아이들 발을 침대 기둥에 꽁꽁 묶어 두었다. 또 아이들이 낮에 재미 삼아 하는 놀이 중에는 버스에서 떨어지는 척 연기하는 것도 있었다. 하지만 얼마 지나지 않아 아이들은 침대에 묶인 발을 당겨 보지도 않게 되었고 버스에서 떨어지면 다친다는 것도 알게 되었다. 이윽고 바람에 날아간 모자를 쫓아 날 수도 없게 되었다. 아이들은 연습 부족이라는 말로 얼버무렸지만 진짜 이유는 아이들에게 더 이상 믿음이 없었기 때문이다.

마이클은 다른 아이들에게 비웃음을 받으면서도 가장 오랫동안 믿음을 가지고 있었다. 그래서 집으로 돌아온 그해 말, 피터가 웬디를 데리러 왔을 때 마이클도 함께 갈 수 있었다. 웬디는 피터와 함께 날아갈 때 네버랜드에서 나는 잎과 열매로 엮어 만든 드레스를 입었다. 한 가지 염려되는 것은 옷이 짧아진 걸 피터가 눈치채면 어쩌나 하는 것이었는데, 피터는 전혀 눈치채지 못했다. 피터는 자기 얘기를 하느라 정신이 없었다.

웬디는 피터와 신 나게 옛날이야기를 할 생각에 잔뜩 부풀어 있었지만 피터의 머릿속은 벌써 새로운 모험들로 가득 차 있었다.

"후크 선장이 누군데?"

웬디가 피터에게 최대의 적이었던 후크에 대해 이야기하자 피터가 관심을 보이며 물었다.

"네가 후크 선장을 죽이고 우리 목숨을 구했던 거 기억 안 나?"

웬디가 깜짝 놀라서 물었다.

"난 죽이고 난 다음에는 잊어버려."

피터가 대수롭지 않다는 듯 대답했다.

웬디가 팅커 벨이 자신을 보고 기뻐했으면 좋겠다며 전혀 가능성 없어 보이는 바람을 이야기했을 때는 이렇게 말했다.

"팅커 벨은 누구야?"

"아, 피터."

웬디가 깜짝 놀라서 외쳤다. 웬디가 설명을 해 줘도 피터는 팅커 벨을 기억하지 못했다.

"그런 요정은 셀 수 없이 많은걸. 벌써 죽고 없을 거야."

피터 말이 맞을 것이다. 요정들은 오래 살지 못하니까 말이다. 하지만 아주 작아서 짧은 시간도 그들에게는 제법 긴 시간처럼 느껴질 것이다.

웬디는 지난 1년이 피터에게는 바로 어제와 같다는 것을 알고 마음이 상했다. 웬디에게는 그 1년이 오랜 기다림의 시간이었기 때문이다. 하지만 피터는 여전히 매력적이었다. 그들은 나무 꼭대기에 있는 작은 집에서 즐겁게 봄맞이 대청소를 했다.

다음 해에 피터는 웬디를 데리러 오지 않았다. 웬디는 더 이상 맞지 않는 예전 옷 대신 새 드레스를 입고 기다렸다. 하지만 피터는 오지 않았다.

"피터가 아픈가 봐."

마이클이 말했다.

"피터는 절대 아프지 않다는 거 알잖아."

"어쩌면 피터는 이 세상에 없는지도 몰라, 누나!"

마이클이 웬디에게 다가와 몸을 떨며 속삭였다. 그때 마이클이 울음을 터뜨리지 않았다면 아마 웬디가 울었을 것이다.

피터는 그다음 해 봄맞이 대청소 때 다시 왔다. 이상하게도 피터는 자신이 한 해를 건너뛰었다는 것을 알지 못했다.

소녀 웬디가 피터를 만난 건 그게 마지막이었다. 웬디는 피터를 위해 좀 더 오랫동안 성장통을 겪지 않으려고 노력했다. 심지어 일반 상식 대회에서 상을 탔을 때는 피터를 배신한 느낌이었다. 하지만 무심한 소년은 오지 않았고 여러 해가 지났다.

두 사람이 다시 만났을 때 웬디는 이미 결혼한 여성이 되어 있었다. 이제 웬디에게 피터는 장난감들을 넣어 둔 상자의 먼지 같은 존재였다. 웬디는 어른이 된 것이다. 그렇다고 안타까워할 필요는 없다. 그녀는 어른이 되고 싶어 하는 여느 아이들과 다르지 않았다. 결국 자신의 의지로 다른 여자아이들보다 조금 더 빨리 어른이 되었다.

이때쯤 소년들도 어른이 되었고 그들은 지칠 대로 지쳐 있었다. 그러니 그들 얘기는 더 이상 할 만한 게 못 된다. 언제든 쌍둥이 형제와 닙스와 컬리가 작은 가방과 모자를 들고 회사에 가는 모습을 볼 수 있을 것이다. 마이클은 기관사가 되었고 슬라이틀리는 귀족 여성과 결혼해 귀족이 되었다. 가발 쓴 판사가 철문 밖으로 나오는 모습이 보이는가? 한때 투틀즈라고 불리던 사람이다. 그리고 아이들에게 들려줄 얘기라고는 단 한마디도 모르는 저 수염 난 남자는 한때 존이었다.

웬디는 분홍색 허리띠가 달린 하얀 드레스를 입고 결혼했다. 피터가 교회로 날아와 결혼에 이의를 제기할 법도 한데 그러지 않은 것이 이상하다.

세월은 또다시 흘러 웬디는 딸을 낳았다. 이 사실은 검은 잉크가 아니라 황금빛으로 적어서 알려야 하는데…….

아이의 이름은 제인이었다. 그 아이는 마치 질문을 하고 싶어서 이 땅에 태어난 것처럼 항상 뭔가 묻고 싶은 듯한 묘한 표정을 짓고 있었다. 아이가 질문을 할 수 있을 만큼 컸을 때 한 질문은 거의 모두가 피터 팬에 관한 것이었다. 제인은 피터에 대한 이야기를 듣는 것을 좋아했고, 웬디는 유명한 비행이 시작된 바로 그 방에서 생각나는 대로 모두 이야기해 주었다. 이제 그 방은 제인의 방이 되었다. 제인의 아빠가 이제 더 이상 계단을 좋아하지 않는 웬디의 아빠, 즉 달링 씨에게서 헐값에 집을 샀던 것이다. 달링 부인은 이미 세상을 떠나 잊힌 사람이었다.

지금 그 방에는 침대가 두 개뿐이었다. 하나는 제인, 다른 하나는 제인의 유모 것이었다. 나나 또한 세상을 떠난 탓에 개집도 없었다. 나나는 나이가 들어서 죽었는데 죽기 직전에는 함께 지내기가 여간 힘든 게 아니었다. 자기 말고는 아무도 아이 돌보는 방법을 모른다고 고집을 부렸기 때문이다.

제인의 유모가 일주일에 한 번 저녁 일을 쉴 때마다 제인을 재우는 건 웬디의 몫이었다. 그때가 바로 이야기를 들려주는 시간이었다. 엄마와 함께 이불을 머리까지 뒤집어쓰는 건 제인이 생각해 낸 것이었다. 둘은 그렇게 천막을 만들어 깜깜한 어둠 속에서 소곤거렸다.

"이젠 뭐가 보여요?"

"오늘 밤에는 아무것도 안 보이는데."

나나가 있었다면 그만 떠들게 했을 것이라고 생각하며 웬디는 이렇게 대답했다.

"보이잖아요. 엄마가 어린아이였을 때가요."

"아가야, 그건 아주 오래전 일이야. 아아, 시간이 얼마나 빨리 날아가는지."

웬디가 말했다.

"시간도 날아요? 엄마가 어렸을 때 날았던 것처럼?"

영악한 아이가 물었다.

"내가 날았던 것처럼! 있잖니, 제인. 난 내가 정말 날았는지 의문이 들 때가 있단다."

"엄마는 날았어요."

"오, 옛날이여! 나도 하늘을 날 때가 있었지."

"엄마, 지금은 왜 못 날아요?"

"그건 엄마가 어른이 되었기 때문이란다. 사람들은 어른이 되면 나는 법을 잊어버려."

"왜 나는 법을 잊어버리는데요?"

"어른이 되면 더 이상 즐겁지도 않고 순진하지도 않고 이기적이지도 않으니까. 즐겁고 순진하고 이기적인 사람만 날 수 있거든."

"즐겁고 순진하고 이기적인게 어떤 거예요? 나도 즐겁고 순진하고 이기적이었으면 좋겠어요."

웬디는 뭔가 보인다는 사실을 스스로 인정하는 것인 줄 알면서도 이렇게 말했다.

"바로 이 방이었을 거야."

"맞아요, 이 방이었어요. 그래서요?"

두 사람은 피터가 그림자를 찾아 날아 들어온 날 밤에 시작된 멋진 모험 속으로 들어갔다.

"멍청한 녀석이 비누로 그림자를 붙이겠다고 낑낑대는 거야. 그러다 안 되니까 울음을 터뜨렸어. 그 소리에 내가 잠에서 깨어 그림자를 꿰매 줬단다."

"한 가지 빠뜨린 게 있어요."

제인이 끼어들었다. 이제는 자기 엄마보다 이야기를 더 잘 알고 있었다.

"피터가 바닥에 앉아서 우는 걸 보고 뭐라고 했죠?"

"난 침대에 앉아서 이렇게 말했어. '얘, 왜 울고 있니?'"

"맞아요, 그거예요."

제인이 크게 숨을 내쉬며 말했다.

"그리고 피터는 우리 모두를 데리고 네버랜드로 날아갔어. 요정과 해적과 인디언과 인어의 호수 그리고 땅속 집과 작은 집이 있는 곳으로 말이지."

"맞아요! 엄마는 그중에서 뭐가 가장 좋았어요?"

"난 땅속 집이 가장 좋았어."

"저도요. 피터가 엄마한테 마지막으로 한 말은 뭐였어요?"

"피터가 내게 마지막으로 '늘 나를 기다리고 있어. 그럼 어느 날 밤 꼬끼오 소리를 듣게 될 거야.'라고 했어."

"맞아요."

"아아, 하지만 피터는 날 까맣게 잊어버렸지."

웬디는 이 말을 웃으면서 했다. 웬디도 이제 어른이 된 것이었다.

"피터가 내는 꼬끼오 소리는 어떤 소리예요?"

어느 날 저녁 제인이 물었다.

"바로 이렇게 하는 거야."

웬디는 피터의 꼬끼오 소리를 흉내 냈다.

"그게 아니잖아요."

제인이 정색하며 말했다.

"이렇게 하는 거예요."

그러더니 엄마인 웬디보다 훨씬 더 그럴 듯하게 소리를 냈다. 웬디는 조금 놀란 눈치였다.

"얘야, 네가 어떻게 그 소리를 알지?"

"잘 때 가끔 그 소리를 들어요."

"아, 그래. 많은 여자아이들이 잘 때 그 소리를 듣지. 하지만 깨어 있을 때 그 소리를 들은 건 나뿐이야."

"정말 운이 좋았네요."

그러던 어느 날 밤, 비극이 찾아왔다. 그해 봄이었다. 제인은 그날 밤에도 이야기를 다 듣고 침대에서 잠이 들었다. 그리고 웬디는 바느질을 하려고 바닥에 앉아 있었다. 방에 다른 불빛이 없었던 탓에 난롯가에 바짝 다가앉았다. 그렇게 바느질을 하고 있는데 꼬끼오 소리가 들렸다. 그러고 나서 옛날처럼 창문이 벌컥 열리더니 피터가 바닥에 내려섰다.

피터는 변한 것이 하나도 없었다. 웬디는 그가 아직도 젖니를 그대로 가지고 있음을 눈치챘다. 피터는 어린아이였고 웬디는 어른이었다. 웬디는 속수무책으로 죄책감만 느끼며 커다란 몸을 선뜻 움직이지도 못한 채 난로 옆에 웅크리고 있었다.

"안녕, 웬디."

피터는 아무런 변화도 눈치채지 못하고 인사를 건넸다. 자기 생각에 빠져 있기도 했거니와 불빛이 희미해서 웬디가 입고 있는 하얀 드레스가 처음 만났을 때 입고 있던 잠옷으로 보였을지도 모른다.

"안녕, 피터."

웬디는 몸을 최대한 작게 오그라뜨리며 기어들어 가는 목소리로 대답했다. 그녀 안에서 뭔가가 소리치고 있었다.

'이 여자야, 날 놓아줘.'

"이봐, 존은 어디 있어?"

문득 침대가 두 개뿐인 것을 깨닫고 피터가 물었다.

"존은 이제 여기 없어."

웬디가 침을 꿀꺽 삼키며 말했다.

"마이클은 자는 거야?"

제인이 자고 있는 침대를 한 번 쓱 보고는 피터가 물었다.

"그래."

이렇게 대답하면서 웬디는 피터뿐만 아니라 제인까지 속이는 기분이 들었다.

"저 애는 마이클이 아니야."

웬디는 죄라도 받을까 염려하며 서둘러 덧붙였다. 피터가 관심을 보이며 물었다.

"그럼 새로운 아이야?"

"그래."

"남자애야, 여자애야?"

"여자애."

이쯤 되면 상황을 이해할 만도 하건만 피터는 전혀 모르는 눈치였다.

"피터."

웬디가 머뭇거리며 물었다.

"나랑 같이 날아가려는 거니?"

"당연하지. 그래서 온 거잖아."

그러더니 조금 굳은 표정으로 덧붙였다.

"봄맞이 대청소를 할 땐데 설마 잊은 거야?"

웬디는 피터가 봄맞이 대청소를 수없이 건너뛰었다는 것을 말해 봐야 아무 소용이 없다는 것을 알고 있었다.

"난 갈 수 없어. 나는 법을 잊어버렸거든."

웬디가 변명하듯 말했다.

"내가 금방 다시 가르쳐 줄게."

"아, 피터. 나한테 쓸데없이 요정 가루를 뿌리지 마."

웬디가 몸을 일으키며 말했다.

비로소 피터는 두려움을 느꼈다.

"뭐야?"

피터가 몸을 움츠리며 외쳤다.

"불을 켤게. 네 눈으로 직접 확인해."

내가 알기로는 피터가 태어나 처음으로 두려움을 느낀 순간 이었다.

"불 켜지 마."

피터가 소리쳤다.

웬디는 비참한 소년의 머리를 손으로 어루만졌다. 이제 웬디는 피터 팬 때문에 상심하는 어린아이가 아니었다. 그녀는 이 모든 것을 보고 웃을 수 있는 어른이었다. 하지만 그 웃음은 젖어 있었다.

웬디가 불을 켜자 피터는 똑똑히 보았다. 그러고는 고통스러운 비명을 질렀다. 키가 크고 아름다운 여인이 몸을 굽혀 자신을 품에 안으려고 하자 피터는 황급히 뒤로 물러났다.

"뭐야?"

피터가 또다시 소리쳤다.

웬디는 피터에게 사실을 말해 줘야 했다.

"난 나이를 먹었어, 피터. 난 스무 살도 훨씬 넘었어. 오래전에 어른이 되었어."

"안 그러겠다고 약속했잖아!"

"나도 어쩔 수가 없었어. 난 결혼도 했어, 피터."

"아니야, 그렇지 않아."

"맞아, 침대에서 자고 있는 여자애가 내 딸이야."

"아니야, 그럴 리 없어."

하지만 피터는 웬디의 말이 맞을 거라고 생각했다. 그러고는 단검을 치켜들고 자고 있는 아이를 향해 한 걸음 다가섰다. 물론 공격하지는 않았다. 대신 바닥에 주저앉아 흐느껴 울었다. 웬디는 피터를 어떻게 달래야 할지 알 수가 없었다. 한때는 그렇게 쉬운 일이 없었는데 말이다. 웬디는 이제 다 큰 어른일 뿐이었다. 웬디는 생각을 정리하려고 방을 뛰쳐나갔다.

피터가 계속 흐느껴 우는 바람에 곧 제인이 잠에서 깨어났다. 제인은 침대에 일어나 앉자마자 피터에게 관심을 보였다.

"얘, 왜 울고 있니?"

피터가 자리에서 일어나 제인에게 허리를 굽혀 인사했다. 제인도 침대에서 허리를 굽혀 인사를 했다.

"안녕."

"안녕."

"내 이름은 피터 팬이야."

"응, 알아."

"난 엄마를 찾아 돌아왔어. 엄마를 네버랜드로 데려가려고."

"응, 알아. 죽 기다리고 있었어."

웬디가 주저하며 방으로 돌아왔을 때 피터는 침대 기둥에 앉아 한껏 들뜬 기분으로 꼬끼오 소리를 내고 있었다. 그리고 잠옷을 입은 제인은 그렇게 즐거울 수가 없다는 듯 방 안을 날고 있었다.

꼭～ 피터와 제인 ～꼭

"얘가 우리 엄마야."

피터가 설명했다. 그러자 제인이 내려와 피터 옆에 섰다. 제인은 피터가 자신을 바라보는 숙녀들에게서 가장 보고 싶어 하는 얼굴 표정을 하고 있었다.

"피터는 정말 엄마가 필요해요."

제인이 말했다.

"그래, 알아. 그걸 나만큼 잘 아는 사람도 없지."

웬디는 조금 쓸쓸한 표정으로 말을 받았다.

"잘 있어."

피터가 웬디에게 말했다. 그러고는 공중으로 날아오르자 제인 역시 망설임 없이 함께 날아올랐다. 이제 제인에게 날아다니는 것은 걷고 뛰는 것만큼 쉬운 일이었다.

"안 돼, 안 돼."

웬디가 창문으로 달려가며 외쳤다.

"봄맞이 대청소를 할 동안만이에요. 피터는 제가 늘 봄맞이 대청소를 해 주길 원해요."

제인이 말했다.

"나도 함께 갈 수 있으면 좋을 텐데."

웬디가 한숨을 내쉬며 말했다.

"엄마는 날 수 없잖아요."

물론 웬디는 그들이 함께 날아가게 내버려 두었다. 그때 우리가 마지막으로 웬디를 봤을 때, 웬디는 창가에서 피터와 제인이 하늘 멀리 날아가 별처럼 작아질 때까지 지켜보고 있었다.

이제 와서 웬디를 본다면 머리는 하얗게 세고 몸집이 작아진 모습을 볼 수 있을 것이다. 이 모든 것이 아주 오래전에 일어난 일이었으니 말이다. 제인은 이제 평범한 어른이 되었고 마거릿이란 딸이 있다. 그리고 매년 봄맞이 대청소를 할 때가 되면 피터는 어김없이 와서 마거릿을 네버랜드로 데려간다. 잊어버렸을 때만 빼고 말이다. 그곳에서 마거릿이 피터에게 피터 자신에 대한 이야기를 들려주면 피터는 열심히 귀를 기울인다.

마거릿이 어른이 되면 또 딸을 낳게 될 것이고 이번에는 그 아이가 피터의 엄마가 될 것이다. 언제까지고 그렇게 계속될 것이다. 아이들이 즐겁고 순진하고 이기적이기만 하다면.

영원히 늙지 않는 고전, 『피터 팬』

"모든 아이들은 자란다. 단 한 명만 빼고 말이다."

이 문장으로 이야기를 시작한 제임스 매튜 배리는 자신의 작품이 이처럼 오랫동안 세상에 영향을 끼치게 될 줄은 몰랐을 것이다. 『피터 팬』은 오늘날까지 연극·뮤지컬·영화 등으로 재탄생되며 100년이 넘는 세월 동안 전 세계 사람들의 사랑을 받아왔다. 또한 어른이 되지 않는 '피터 팬'과 어른이 없는 나라 '네버랜드'를 탄생시킴과 동시에 '피터 팬 증후군'이라는 말을 낳으며 동심의 상징으로 확고히 자리매김했다. 이제 피터 팬은 문학 작품 속 주인공으로서뿐만 아니라 대중문화에서도 빼놓을 수 없는 대표적인 캐릭터가 된 것이다.

제임스 매튜 배리는 『피터 팬』을 쓰기 전에도 여러 편의 소설과 희곡으로 성공을 거둔 작가이다. 하지만 오늘날까지 이어지게 된 그의 문학적 명성은 1904년 초연된 연극 〈피터 팬〉에서 시작되었다. 이 연극은 대성공을 거두었고 그 내용을 바탕으로 소설이 출간되었다.

『피터 팬』은 여러 편의 만화와 영화로도 각색되었는데, 1924
년 허버트 브레논이 감독한 무성 영화를 시작으로 1953년에는
월트 디즈니의 만화 영화로 만들어졌고, 1991년에는 할리우드
영화계의 거장 스티븐 스필버그 감독이 피터 팬이 아닌 후크에
초점을 맞춰 영화 〈후크〉를 제작하기도 했다. 또 2002년 월트
디즈니의 〈리턴 투 네버랜드〉, 2003년 P. J. 호건 감독의 〈피터
팬〉 그리고 2004년 마크 포스터 감독의 〈네버랜드를 찾아서〉에
이르기까지 다양한 피터 팬 이야기가 만들어졌다.

뿐만 아니라 『피터 팬』의 뒷이야기를 다룬 속편들과 『피터 팬』
에서 영감을 받은 소설들까지 더하면 피터 팬이 탄생시킨 작품
의 수는 실로 어마어마하다. 그 주인공 피터처럼 『피터 팬』 역시
'영원히 늙지 않는 작품'인 것이다. 늘 신선한 생각을 불러일으
키며 새로운 의미를 찾게 만드는 『피터 팬』은 앞으로 어떤 형태
로든 더 많은 독자와 대중을 끌어들일 것이 틀림없다.

제임스 매튜 배리, 자라지 않는 소년

영국의 소설가이자 극작가인 제임스 매튜 배리는 1902년 발

표한 성인 소설 『작고 하얀 새』에 처음 등장한 피터 팬 이야기를 크리스마스 아동극으로 무대에 올렸다. 그리고 그 공연 내용을 바탕으로 1911년 『피터와 웬디』라는 작품을 출간했는데, 이것이 바로 우리가 알고 있는 피터 팬 이야기이다.

제임스 매튜 배리는 스코틀랜드의 작은 마을에서 직조공인 아버지와 헌신적인 어머니 사이에서 십 남매 중 아홉째로 태어났다. 그가 일곱 살 되던 해, 집안의 관심과 사랑을 한 몸에 받던 형 데이비드가 스케이트를 타다가 사고로 세상을 떠나자, 그의 어머니는 극심한 우울증에 시달렸고 배리는 어머니를 위로하기 위해 형의 옷을 입고 형 흉내를 내며 자랐다. 형의 죽음이 배리에게 엄청난 충격이었음은 물론이고 '피터 팬'이라는 캐릭터를 완성하는 데 큰 영향을 미친 것으로 보인다. 형이 죽은 나이인 열세 살 무렵부터 자라지 않아 평생 150센티미터 남짓한 키로 살았고, '인생에서 열두 살 이후에 일어난 일들은 별로 중요한 게 없다.'라는 말을 한 것을 보면 말이다.

하지만 피터 팬 이야기를 구상하고 세상에 내놓는 데 직접적인 계기가 된 것은 1897년에 시작된 데이비스 가족과의 만남이었다. 당시 배리는 켄싱턴 공원을 산책하다가 데이비스 가(家)의 아이들과 인연을 맺으면서 아이들에게 들려줬던 이야기를 바탕으로 피터 팬 이야기를 쓰기 시작했다. 그는 아이들의 실제 이름을 작품 속 등장인물의 이름으로 그대로 사용했다. 또 아이들의 부모가 차례로 세상을 떠나자 아이들의 후견인이자 양아버지가되어 줄 정도로 아이들에 대한 사랑이 각별했다.

한편 『피터 팬』은 전 세계 어린이들의 마음을 기쁘게 한 것은 물론이고, 80여 년이 넘도록 아픈 아이들을 보살피는 데에도 실질적인 도움을 주었다. 1929년 소설 『피터 팬』의 모든 권한을 그레이트 오몬드 스트리트 아동 병원에 기증했고, 이후 피터 팬 이야기가 연극 무대에 오르거나 책이 팔릴 때마다 그 수익금은 수많은 아이들의 건강과 생명을 지키는 데 쓰여 왔다. 덕분에 배리는 『피터 팬』을 세상에 내놓은 것과 함께 사회에 큰 공헌을 해 준남작 작위 및 훈장을 받았다.

기대를 저버리지 않는 캐릭터들의 향연

누구나 피터 팬을 알고 있다. 그러나 정말로 알고 있는 걸까? 사실 많은 사람들은 제임스 매튜 배리의 원작보다 아동청소년문학으로 각색된 작품이나 영화로 만들어진 작품에 익숙해져 있다. 특히 전 세계적으로 인기를 끈 디즈니 만화 속 피터 팬의 모습은 『피터 팬』의 대표 이미지라고 해도 과언이 아니다. 그래서 독자들은 원작을 통해 각색되지 않은, 있는 그대로의 피터 팬과 만나는 순간 큰 충격을 받게 될것이다. '진짜 피터 팬'에 대해 전혀 모르고 있었다는 사실 때문이다.

피터 팬이 우리 곁에 머문 지도 벌써 100년이 훌쩍 넘었다. 과연 피터 팬은 어떤 아이일까? 후크 선장조차 피터에게 이런 질문을 던지지 않던가?

"피터 팬, 너는 대체 누구며 어떤 사람이냐?"

피터 팬은 만화에 나오는 것처럼 정의롭고 선하기만 한 아이가 아니다. 선과 악이 섞인 듯한 모습인데 정작 피터 팬 자신은 그 둘의 차이를 이해하지 못한다. 상냥하고 관대하며 마음이 여린 것처럼 보이다가도 인정 없고 잔인하며 오만한 모습을 보이기도 한다. 또 쾌활하고 순진하지만 극도로 자기중심적이고 변덕스러우며 무엇이든지 잘 잊어버린다. 자신이 죽인 해적의 이름조차 기억하지 못한다고 하니까 말이다. 그런가 하면 책임감도 없고 이기적이어서 남의 감정 따위는 전혀 생각하지 않는다. 피터 팬의 이러한 특징들은 부정적으로 느껴지기도 하지만, 바로 이러한 특징들이 '피터 팬'이라는 인물을 구성하는 중요한 요소이다. 그리고 아이들의 특징을 설명하는 것이기도 하다. 하지만 피터 팬을 통해 아이들의 유별난 측면을 부각시키려는 것은 아니다. 배리는 아이들의 모습을 있는 그대로 보여 주고자 했을 뿐이다.

이러한 피터 팬의 모습은 오늘날의 아이들에게서 쉽게 볼 수 있는 일반적인 모습이지만, 배리가 살았던 빅토리아 시대에는 아이들을 '즐겁고 순진하고 이기적'(본문 252쪽)이라고 표현하는 것 자체가 충격이었다. 배리는 언제까지나 아이로 남아 즐겁게 놀 생각뿐인 거칠고 소란스러운 소년을 통해 그동안 순하고 선하게만 여겨지던 아이들의 본성을 현실적으로 그려 낸 것이다.

그렇다면 피터 팬의 최대 강적인 후크는 어떨까? 우리가 알고 있는 것처럼 무자비한 악당이기만 한 걸까? 피터 팬이 아이들의 전형(典型)이라면 후크 선장은 어른을 대변하는 인물이다. 그는 두려운 것도 많은 데다 늘 '품격'에 신경을 쓰고 자신의 말과 행동을 돌아보며 고뇌한다. 또한 꽃과 감미로운 음악을 사랑하고 명문 사립 학교에서 교육을 받았기에 현실을 두려워하지 않는 피터처럼 제멋대로 살 수 없다. 즉, 그에겐 피터 팬이 동경의 대상이자 미움의 대상인 것이다. 대부분의 사람들, 특히 어른들은 너무도 인간적인 후크 선장의 모습에서 자신을 발견하게 된다. 악어 배 속의 시계 소리가 들릴 때마다 공포에 떠는 후크 선장의 모습은 마치 시간에 쫓기며 살아가는 우리의 모습을 보는 듯하다.

피터와 후크 선장뿐만 아니라 피터를 사이에 두고 묘한 신경전을 벌이는 팅커 벨과 웬디의 본모습도 배리의 원작이 아니고서는 알 수 없는 부분이다. 팅커 벨은 피터 팬을 따라다니는 그저 작고 귀여운 요정이 아니라 질투에 눈이 멀어 웬디를 죽이려고까지 하는 영악한 '팜므 파탈'이다. 그리고 웬디는 어른이 되기를 거부하며 네버랜드로 떠났으면서도, 막상 그곳에서는 피터 팬과 길 잃은 아이들을 상대로 엄마 흉내를 내며 어른이 될 준비를 하는 모순 덩어리이다.

이 밖에도 『피터 팬』의 등장인물 모두는 강한 개성을 지닌 캐릭터들이다. 배리는 이런 독특한 캐릭터와 함께 비유와 풍자가 가득 담긴 우아하고도 익살스러운 문체로 아이들에게는 판타지에 대한 동경을, 어른들에게는 동심에 대한 향수를 불러일으킨다. 아마도 원작을 읽어 보지 않고서는 영문학사에서 길이 빛나는 천재 작가 제임스 매튜 배리의 진가를 확인하기 어려울 것이다.

평론가들 또한 『피터 팬』이 오랜 세월 동안 인기를 누리는 이유를 어른과 아이 모두의 흥미를 불러일으키는 이야기 방식에서 찾고 있듯이 『피터 팬』은 우리가 알고 있는 것처럼 단순한 동화가 아니라 아이와 어른 모두를 위한 작품이다. 원작이 아니면 느낄 수 없는 『피터 팬』의 매력은 행간 곳곳에 숨어 아이들에게는 즐거움을, 어른들에게는 생각할 거리를 안겨 줄 것이다.

모든 아이들은 반드시 자라야 한다

일반적인 동화라면 선이 악에 맞서 승리하고 그 과정에서 가장 강력한 무기는 '사랑'이라는 식의 주제가 보통일 것이다. 하지만 이 소설이 말하고자 하는 것은 좀 특이하다. 여느 작품처럼 굳이 지켜야 할 도덕이나 가치를 강조하지 않기 때문이다. 그저 네버랜드에서 한바탕 신 나게 모험을 한 아이들에게 이제는 어른이 되어야 한다고 일깨워 줄 뿐이다. 유머러스한 어른이 화자로 등장해 들려주는 이야기는 꽤나 설득력이 있다.

배리의 소설은 아이들을 영원히 자라지 않는 곳, 착하고 말

>>>

잘 듣는 아이로서의 책임감과 부모도 잊은 채 모험을 즐길 수 있는 곳, 바로 '네버랜드'로 안내한다. 네버랜드의 아이들은 모험을 즐기며 자유롭고 신 나게 산다. 하지만 동시에 그 아이들은 길을 잃어 오갈 데 없고 엄마 없는 아이들이다. 피터 또한 자신의 방 창문이 굳게 닫힌 것을 발견하지 못했다면 결코 네버랜드에서의 즐거움을 알지 못했을 것이다. 배리는 『피터 팬』을 통해 어린 시절의 즐겁고 신 나는 모험을 보여 주는 한편, 아이들에게 '엄마'라는 존재의 소중함을 깨닫게 해 준다. 피터가 네버랜드로 웬디를 데려간 것도 결국 엄마가 필요했기 때문이니까 말이다. 뿐만 아니라 길 잃은 아이들이 웬디와 함께 집으로 돌아가 어른이 되기로 결정하는 모습을 보여 줌으로써 자라지 않는다면 인생을 제대로 경험할 수 없음을 일깨워 준다.

그러니 모든 아이들은 반드시 자라야 한다. 길 잃은 아이들도, 웬디도, 존과 마이클도, 웬디의 딸 제인도 네버랜드를 다녀와 어른이 되었으니 말이다. 그래서인지 홀로 남아 집으로 돌아간 아이들을 바라보는 피터 팬의 모습이 애처롭기까지 하다.

소년은 다른 아이들은 절대 알 수 없는 수많은 회열을 맛보아 왔다. 하지만 그 순간만큼은 자신이 영원히 누릴 수 없는 한 가지 기쁨을 창문 너머로 바라보고만 있었다.(본문 240쪽)

　의무와 책임감을 벗어던지고 피터 팬과 함께 네버랜드로 모험을 떠났던 독자들 또한 이제 현실로 돌아와야 할 시간이다. 하지만 한 가지 분명한 것은 피터 팬만은 어른과 아이들 모두의 마음속에서 영원히 자라지 않는 소년으로 계속 남을 것이라는 사실이다. 피터 팬은 지금도 네버랜드에서 우리가 모험을 즐기러 오기만을 손꼽아 기다리고 있는지도 모른다.

　　　　　　　　　　　　　　　　　　　－옮긴이 원지인

≪제임스 매튜 배리 연보≫

1860년 5월 9일 영국 스코틀랜드 키리뮈어에서 직조공인 아버지 데이비드 배리와 어머니 마거릿 오길비의 십 남매 중 아홉째로 출생.

1866년 형 데이비드가 스케이트를 타다가 사망. 이후 배리의 어머니는 우울증에 시달림.

1873년 에든버러 대학에 입학.

1882년 에든버러 대학에서 문학 석사 학위를 받음.

1883년 〈노팅엄(Nottingham Journal)〉의 책임 작가로 일함.

1885년 런던으로 이주.

1889년 〈브리티시 위클리(British Weekly)〉의 기자로 일함.

1891년 소설 『독신 시대(When a Man's Single)』를 출간하여 작가적 명성을 얻음.

1894년 배우 메리 앙셀과 결혼.

1897년 켄싱턴 공원에서 데이비스 가족과 교류. 데이비스의 다섯 아이들은 이후 『피터 팬』의 모델이 됨.

1901년 소설 『검은 호수 섬에 버려진 소년(The Boy Castaways of Black Lake Island)』 출간.

1902년 〈피터 팬〉 시리즈의 모태가 된 소설 『작고 하얀 새(The Little White Bird)』 출간. 희곡 「훌륭한 크라이턴(The Admirable Crichton)」 발표.

1904년 희곡 「피터 팬」을 극장에서 최초 상연.

1906년 소설 『켄싱턴 공원의 피터 팬(Peter Pan in Kensington Gardens)』 출간.

1908년 희곡 「어른이 된 웬디(When Wendy Grew Up)」 발표. 이후, 소설 『피터와 웬디(Peter and Wendy)』의 에필로그로 수록.

1909년 메리 앙셀과 이혼.

1911년 희곡 「피터 팬」을 어린이를 위해 풀어 쓴 소설 『피터와 웬디』 출간. 후크 선장과 요정 팅크와 네버랜드가 등장하는 이 작품은 오늘날까지 전 세계 독자들에게 사랑받고 있음.

1912년 켄싱턴 공원에 피터 팬 동상이 세워짐.

1913년 영국 왕실로부터 준남작 작위를 받음.

1917년 희곡 「친애하는 브루투스(Dear Brutus)」 발표.

1920년 희곡 「메리 로즈(Mary Rose)」 발표.

1922년 영국 문화 예술 발전에 이바지한 공로를 인정받아 영국인 최고의 영예인 메리트 훈장을 받음.

1928년 영국 작가 협회 회장으로 선출. 희곡 「피터 팬」을 재구성하여 소설 『피터 팬』 출간.

1929년 『피터 팬』의 저작권을 런던의 그레이트 오먼드 스트리트 아동 병원에 기부.

1930년 에든버러 대학 명예 총장으로 선출.

1934년 영국 극작가 협회 회장으로 선출.

1937년 6월 19일 폐렴으로 사망.

제임스 매튜 배리 1860년 5월 9일, 영국 스코틀랜드 키리뮈어에서 십 남매 중 아홉째로 태어났다. 어릴 적부터 독서와 연극을 사랑했던 그는 작가의 꿈을 안고 1873년 에든버러 대학에 입학해 문학을 공부했다. 1891년 소설 『독신 시대』를 통해 작가로서 명성을 얻었으며, 이후 『검은 호수 섬에 버려진 소년』과 『작고 하얀 새』를 발표하며 19세기 말 영국 문단의 일류 작가로 자리 잡았다. 1904년 『작고 하얀 새』에 담겨 있는 피터 팬 이야기를 어린이를 위한 희곡 「피터 팬」으로 각색해 최초로 연극으로 상연했으며, 이 작품을 소설로 다시 써 1906년 『켄싱턴 공원의 피터 팬』으로, 1911년 『피터와 웬디』로 각각 출간했다. 영국에서 가장 사랑받는 작가로 거듭난 그는 1913년 준남작 작위를, 1922년 메리트 훈장을 받으며 작가로서 최고의 영예를 누리다가 1937년 6월 19일, 77세의 나이로 생을 마감했다.

프란시스 던킨 베드포드 1864년 런던에서 태어났으며, 영국 왕립 학교에서 건축학을 공부했다. 일러스트레이터가 되기 전에 건축가 아서 블룸필드 경의 도제로 일했다. 건축학적인 훈련과 습작은 그가 크게 성공하는 데 밑거름이 되었다. 그린 책으로 『피터 팬』, 『크리스마스 캐럴』 등이 있으며, 1954년 세상을 떠났다.

원지인 홍익대학교에서 영어영문학을 공부한 뒤, 오랫동안 어린이책을 기획하고 편집하는 일을 했다. 현재 번역문학가로 활동하고 있으며, 옮긴 책으로 『홀리스 우즈의 그림들』, 『비밀의 화원』, 『정글 북』, 『키다리 아저씨』, 『소공자』, 『피터 팬』 등이 있다.

클래식 보물창고에는
오랜 세월의 침식을 견뎌 낸
위대한 세계 문학 고전들이 총망라되어 있습니다.
세대와 시대를 초월하여 평생을 동반할 '내 인생의 책'을
〈클래식 보물창고〉에서 만나 보세요.

1. 이상한 나라의 앨리스 루이스 캐럴 지음 | 황윤영 옮김

특유의 유쾌한 상상력과 말놀이, 시적인 묘사와 개성적인 캐릭터, 재치 넘치는 패러디와 날카로운 사회 풍자로 아동청소년문학사와 영문학사에 큰 획을 그은 루이스 캐럴의 환상동화.
★ BBC 선정 영국인 애독서 100선 ★ 학교도서관사서협의회 추천도서

2. 키다리 아저씨 진 웹스터 지음 | 원지인 옮김

서간문이라는 독특한 형식과 소녀적 감성이 결합된 성장기이자 로맨스 소설! 20세기 초 사회의 모순을 고발하고 개혁을 주장했던 진보적인 사상은 페미니즘 문학으로서의 의미를 더한다.
★ 학교도서관사서협의회 추천도서

3. 보물섬 로버트 루이스 스티븐슨 지음 | 민예령 옮김

인간이 가진 절대적인 선과 악을 그린 세계 최초의 해양모험소설. 영국 빅토리아 시대의 흥미진진한 꿈과 낭만을 대변하는 동시에 선악의 경계를 아슬아슬하게 줄타기하는 인간의 욕망을 고찰한다.
★ BBC 선정 영국인 애독서 100선

4. 노인과 바다 어니스트 헤밍웨이 지음 | 민예령 옮김

헤밍웨이 문학의 총 결산이자 미국 현대문학의 중추로 일컬어지는 걸작. 생애의 모든 역경을 불굴의 투지로 부딪쳐 이겨 내는 인간의 모습을 하드보일드한 서사 기법과 절제미가 돋보이는 문체로 형상화했다.
★ 노벨 문학상 수상작가 ★ 퓰리처상 수상작 ★ 노벨연구소 선정 세계문학 100선
★ 대학수학능력시험 출제 작품

5. 하늘과 바람과 별과 시 윤동주 지음 | 신형건 엮음

우리나라 사람들이 가장 많이 애송하는 '민족 시인' 윤동주의 문학 세계를 엿볼 수 있는 시와 산문을 한데 모았다. 시대의 아픔을 성찰하며 정면으로 돌파하려 한 저항 정신은 물론이고 인간 윤동주의 맨얼굴을 만날 수 있다.
★ 연세대 필독도서 200선

6. 봄봄 동백꽃 김유정 지음

어려운 현실을 풍자와 해학으로 극복한 한국 근대소설의 정수. 김유정의 대표작을 모았다. 원전을 충실하게 살려 아름다운 우리말을 풍요롭게 담고, 토속적 어휘는 풀이말을 달아 이해를 도왔다.

7. 거울 나라의 앨리스 루이스 캐럴 지음 | 황윤영 옮김

『이상한 나라의 앨리스』보다 한층 탄탄해진 구성과 논리적인 비유를 통해 보다 깊고 넓어진 재미와 감동을 선사하는 후속작. 현실 속의 정상과 비정상, 논리와 비논리, 의미와 무의미의 경계를 고찰한다.
★ BBC 선정 영국인 애독서 100선 ★ 명사 101명이 추천한 파워클래식 ★ 학교도서관사서협의회 추천도서

8. 변신 프란츠 카프카 지음 | 이옥용 옮김

현대인의 고독과 불안을 그림으로써 20세기 실존주의 문학의 발전에 커다란 영향을 끼친, 20세기 문학계에서 가장 난해한 '문제작가'로 꼽히는 프란츠 카프카의 대표작을 모았다. 원전에 충실한 번역으로 특유의 문체가 지닌 묘미를 만끽할 수 있다.
★ 서울대 권장도서 100선 ★ 연세대 필독도서 200선 ★ 미국대학위원회 SAT 권장도서

9. 오즈의 마법사 L. 프랭크 바움 지음 | 최지현 옮김

영화, 뮤지컬, 온라인 게임 등 다양한 장르로 재생산되어 지구촌 대중문화를 견인함으로써 문화 콘텐츠가 가지는 파급력의 정도를 생생하게 보여 주는 세기의 고전. 짜릿한 모험담 속에 담긴 치유의 기운이 마법 같은 순간을 선물한다.

★ 학교도서관사서협의회 추천도서

10. 위대한 개츠비 F. 스콧 피츠제럴드 지음 | 민예령 옮김

미국 현대 문학의 거장으로 꼽히는 F. 스콧 피츠제럴드의 대표작. 미국에서만 한 해 30만 부 이상 팔리는 스테디셀러로, 재즈 시대를 살았던 젊은이들의 욕망과 물질문명의 싸늘한 이면을 담아 낸 명실공히 미국 현대 문학의 최고작.

★ 〈타임〉지 선정 100대 영문 소설   ★ 미국대학위원회 SAT 권장도서
★ 〈뉴스위크〉지 선정 100대 명저   ★ BBC 선정 꼭 읽어야 할 책

11. 오 헨리 단편선 오 헨리 지음 | 전하림 옮김

평범한 소시민의 일상과 삶의 애환을 따뜻한 시선으로 그린 오 헨리 문학의 정수로 손꼽히는 작품을 모았다. 인도주의적 가치관 위에 부조된 작가적 개성의 특출함을 만끽할 수 있다.

12. 셜록 홈즈 걸작선 아서 코난 도일 지음 | 민예령 옮김

세기의 캐릭터와 함께 펼치는 짜릿한 두뇌 게임. 치밀한 구성과 개연성 있는 전개, 호기심을 자극하는 독특한 설정이 포진되어 있음은 물론, 추리의 과정부터 카타르시스가 느껴지는 결말이 펼쳐져 있는 매력적인 소설.

13. 소공자 프랜시스 호즈슨 버넷 지음 | 원지인 옮김

사랑의 입자를 뭉쳐 만들어 놓은 것 같은 캐릭터를 통해 사랑의 선순환을 형상화한 소설. 순수한 직관과 무한한 잠재력을 지닌 동심의 세계를 느낄 수 있다.

14. 왕자와 거지 마크 트웨인 지음 | 황윤영 옮김

대중성과 작품성을 겸비해 '미국 현대문학의 아버지'로 평가받는 마크 트웨인의 대표작으로 '뒤바뀐 신분'이라는 숱한 드라마의 원조 격인 소설. 부조리하고 불합리한 사회상에 대한 날카로운 비판과 통쾌한 풍자 속에 역사적 지식과 상상력을 담아 냈다.

15. 데미안 헤르만 헤세 지음 | 이옥용 옮김

자신의 내면세계를 향해 고집스럽게 걸음을 옮긴 주인공 싱클레어의 성장을 그린 영원한 청춘의 성서. 철학, 종교, 인간을 끊임없이 탐구했던 작가의 깊이 있는 시선과 인간 내면의 양면성에 대한 치밀한 묘사가 시선을 사로잡는다.

★ 노벨 문학상 수상작가

16. 말괄량이와 철학자들 F. 스콧 피츠제럴드 지음 | 김율희 옮김

재즈 시대의 자유분방한 젊은이들의 풍속도를 그린 F. 스콧 피츠제럴드의 소설집. 1920년대 고동치는 젊은이의 맥박을 생생하게 전달했다는 평가를 받는 작품들을 모았다.

17. 벤자민 버튼의 시간은 거꾸로 간다 F. 스콧 피츠제럴드 지음 | 김율희 옮김

70세의 노인으로 태어나 결국 태아 상태가 되어 삶을 마감하는 벤자민 버튼의 일생을 그린 환상소설을 비롯해 『위대한 개츠비』의 전신이라고 할 수 있는 F. 스콧 피츠제럴드의 작품들을 모았다. 실험적이고 혁신적인 화법으로 생생하게 형상화한 재즈 시대를 만끽할 수 있다.

18. 이방인 알베르 카뮈 지음 | 이효숙 옮김

출간과 동시에 하나의 사회적 사건으로까지 이야기된 알베르 카뮈의 대표작. 부조리하고 기계적인 시스템 속에서 인간이 부딪치게 되는 절망적 상황을 짧고 거친 문장 속에 상징적으로 담아냈. 작품 자체가 '이방인'인 소설.

★ 노벨 문학상 수상작가 ★ 노벨연구소 선정 세계문학 100선

19. 크리스마스 캐럴 찰스 디킨스 지음 | 김율희 옮김

영국의 대문호 찰스 디킨스의 작가 정신과 개성이 고스란히 담겨 있는 대표작. 19세기 영국 사회의 구조적 모순과 크리스마스 정신, 인간성의 회복을 그린 영원한 고전이자 크리스마스의 상징이 되어 버린 소설.

★ BBC 선정 영국인 애독서 100선 ★ 학교도서관사서협의회 추천도서

20. 이솝 우화 이솝 지음 | 민예령 옮김

2,500년 동안 이어져 온 삶의 지혜와 철학을 담은 인생 지침서이자 최고(最古)의 고전! 오랜 세월 인류가 축적해 온 지식과 철학이 함축되어 있으며 남녀노소 누구나 읽을 수 있는 인류의 고전이라 할 수 있다.

21. 수레바퀴 아래서 헤르만 헤세 지음 | 함미라 옮김

작가의 자전적 경험이 녹아들어 있는 헤르만 헤세의 대표적인 성장소설. 총명한 한 소년이 개인의 자유와 개성을 억압하는 딱딱한 교육 제도와 권위적인 기성 사회의 벽에 부딪혀 비극으로 치닫는 이야기를 섬세하게 그리고 있다.

★ 노벨 문학상 수상작가 ★ 서울대 선정 고전 200선 ★ 국립중앙도서관 청소년 권장도서

22. 너새니얼 호손 단편선 너새니얼 호손 지음 | 한지윤 옮김

『주홍 글자』로 유명한 호손은 에드거 앨런 포, 허먼 멜빌과 더불어 미국 낭만주의 문학의 3대 거장으로 꼽힌다. 이 책은 45년간 우리나라 교과서에 실리기도 했던 『큰 바위 얼굴』을 비롯해 호손 문학의 대표 단편소설 11편을 실었다.

23. 에드거 앨런 포 단편선 에드거 앨런 포 지음 | 황윤영 옮김

『검은 고양이』, 「모르그 거리의 살인 사건」 등으로 유명한 에드거 앨런 포는 미국 낭만주의 문학의 거장이자 단편문학의 시조이며 추리 소설의 창시자이기도 하다. 기괴하고 환상적인 소재를 통해 인간 내면의 광기와 복잡한 심리를 치밀하게 형상화했다.

★ 미국대학위원회 SAT 권장도서 ★ 노벨연구소 선정 세계문학 100선

24. 필경사 바틀비 허먼 멜빌 지음 | 한지윤 옮김

장편소설 『모비 딕』의 작가 허먼 멜빌은 에드거 앨런 포, 너새니얼 호손과 함께 미국 낭만주의 문학의 3대 거장으로 꼽힌다. 정체불명의 필경사 바틀비의 '선호하지 않는' 태도와 철학은 갑갑한 현실 속에서 우리에게 깊은 공감과 위로를 이끌어 낸다.

25. 1984 조지 오웰 지음 | 전하림 옮김

『멋진 신세계』, 『우리들』과 더불어 세계 3대 디스토피아 소설로 불리는 걸작으로, 가공의 국가 오세아니아의 전체주의 지배하에서 인간의 존엄을 지키고자 했던 한 인물이 파멸되어 가는 과정을 그렸다. 오늘날에도 여전히 유효한 이 작품 속 경고는 시간이 지날수록 그 힘이 더욱 강력해지고 있다.

★ 뉴스위크 선정 세계 100대 명저 ★ 〈타임〉 선정 '20세기 최고의 책 100선'
★ 노벨연구소 선정 세계문학 100선 ★ 〈모던 라이브러리〉 선정 '20세기 100대 영문학'

26. 걸리버 여행기 조너선 스위프트 지음 | 김율희 옮김

풍자 문학의 거장 조너선 스위프트의 『걸리버 여행기』는 결코 온순하지 않다. 이 작품의 원문은 18세기 영국의 정치와 사회뿐만 아니라 인간의 본성을 신랄하게 풍자하고 있기 때문이다. 이 완역본에는 스위프트가 고찰한 인간과 사회를 관통하는 통렬한 아이러니가 고스란히 담겨 있다.

★ 서울대 선정 고전 200선   ★ 미국대학위원회 SAT 권장도서
★ 〈뉴스위크〉지 선정 100대 명저   ★ 노벨연구소 선정 세계문학 100선

27. 헤르만 헤세 환상동화집 헤르만 헤세 지음 | 이옥용 옮김

헤세의 대표적인 동화 16편이 실린 작품집으로, 내면으로 이르는 길, 자기 발견과 자아실현을 위한 갈등과 모색을 독창적이면서도 환상적으로 표현했다. 또한 난쟁이, 마법사, 시인 등 신비로운 인물들과 천일야화, 중국과 인도의 민담, 신화 등의 요소가 어우러져 초자연적이면서도 경이로운 이야기들이 다채롭게 펼쳐진다.

★ 노벨 문학상 수상 작가

28. 별 마지막 수업 알퐁스 도데 지음 | 이효숙 옮김

특유의 시적 서정성과 감수성으로 19세기 말 프랑스의 정취를 그려 낸 작가 알퐁스 도데의 단편 소설을 모았다. 그의 대표작 「별」부터 전쟁의 비극을 감동적으로 풀어 낸 「마지막 수업」까지 알퐁스 도데의 진면목을 만끽할 수 있는 작품 15편이 들어 있다.

29. 피터 팬 제임스 매튜 배리 지음 | 원지인 옮김

연극, 뮤지컬, 영화 등으로 재탄생되며 100년이 넘는 세월 동안 전 세계 사람들의 사랑을 받아 온 '영원히 늙지 않는' 고전! 어른이 되지 않는 '피터 팬'과 어른이 없는 나라 '네버랜드'를 탄생시킴과 동시에 '피터 팬 신드롬'이라는 말을 낳으며 동심의 상징이 되었다.

＊'클래식 보물창고'는 끝없이 이어집니다.